polar
VERLAG

A. F. Carter

Die Höfe

Aus dem Amerikanischen von Karen Witthuhn
Herausgegeben von Wolfgang Franßen

Polar Verlag

Originaltitel: The Yards

First published by Mysterious Press. An Imprint of Penzler Publishers, New York

Deutsche Erstausgabe, 1. Auflage 2023
Aus dem Amerikanischen von Karen Witthuhn
Mit einem Nachwort von Marcus Müntefering

www.polar-verlag.de

Redaktion: Nadine Helms, Tobias Schumacher-Hernandez
Korrektorat: Andreas März
Umschlaggestaltung: Robert Neth, Britta Kuhlmann
Coverfoto: © Jason / Adobe Stock
Satz/Layout: Martina Stolzmann
Gesetzt aus Adobe Garamond PostScript, InDesign

Druck und Bindung: CPI Books GmbH,
Ulm, Deutschland

ISBN: 978-3-948392-81-9

1
GIT

Sogar ungeschminkt sehe ich ganz gut aus. Okay, mein Gesicht ist etwas zu schmal, die Nase zu kurz, das Kinn ein bisschen zu spitz. Aber die Männer stehen drauf, auch wenn man mich wohl nie auf dem Cover einer Modezeitschrift sehen wird. Nein, es ist mir immer leichtgefallen, mir einen Mann zu angeln. Nur mit der Auswahl tue ich mich schwer.

Im Rückblick denke ich, der erste Würfel war schon lange vor meiner Abschlepptour gefallen. Etwa zwei Jahre und drei Monate früher, plus minus ein paar Tage. Als ich darauf verzichtete, einen Mann im Leben zu haben. Fünfundzwanzig Jahre alt, und ich hatte die Nase gestrichen voll. Obwohl ich keine Männerhasserin bin. Ein paar Freundinnen von mir sind mit anständigen Typen verheiratet, nicht perfekt, aber anständig. Man kann sich vorstellen, sie auch noch in zwanzig Jahren umarmen zu wollen. Nur ich nicht. Mein erster Freund hat mir die Faust ins Gesicht gerammt, als ich ihm keinen blasen wollte – ich war zwölf –, und meine letzte Liebe, Franky Belleau, hat mein Konto leer geräumt und sich aufgemacht, Ruhm und Reichtum in Las Vegas zu suchen. Jetzt sitzt er im Gefängnis. Ein bisschen Ruhm hat er immerhin bekommen, einen Zehnzeiler auf Seite achtzehn der *Las Vegas Review*, nachdem er einen Gemüsehändler erschossen hatte.

Ein Mädchen, das auf der abgeranzten Seite der Gleise in einer heruntergewirtschafteten Stadt wie Baxter aufwächst, hat vielleicht gar keine andere Wahl als eine schlechte. Von A wie Alkoholikermutter, die jeden Monat den Liebhaber wechselte, bis Z wie Zaster, den mein Vater, der abgehauen war, gelegentlich von uns haben wollte, erfüllt mein Leben jedes Klischee. Manchmal denke ich, dass Frauen wie ich zu nichts anderem gut sind. Gott hat uns zu lebenden Beispielen dafür gemacht, wie man Kinder nicht großziehen soll.

Aber Jammern ist nicht mein Ding, und ich halte auch nicht die Hand auf. Nach meinem Schulabschluss an der Dunning High habe ich als Aushilfskellnerin gearbeitet und mir damit ein Jahr in der Krankenpflegeschule finanziert, was mich zu einer zugelassenen Hilfskrankenpflegerin macht.

Ursprünglich waren meine Ziele viel höhergesteckt. Ich wollte mindestens noch ein weiteres Jahr auf der Schule bleiben und mich zur staatlich geprüften Krankenpflegerin ausbilden lassen. Dann verdient man viel mehr. Aber dazu reichte es nicht. Das Land versank in der Rezession, mein Pell-Grant-Stipendium versank gleich mit, für andere Ausbildungsförderungen kam ich nicht infrage, und Franky machte sich mit meinen Ersparnissen aus dem Staub.

Wenn die Männer in meinem Leben sich als Trostspender geeignet hätten, hätte ich mich an irgendeiner Schulter ausgeweint.

Da mir keine Wahl blieb, nahm ich eine Stelle im Resurrection-Altenpflegeheim an und arbeite dort drei Zwölf-Stunden-Schichten die Woche. Das war zwei Jahre, bevor das Virus zuschlug. Die Sechsunddreißig-Stunden-Woche erlaubt es den Baptisten, die den Sauladen leiten, mich als Teilzeitkraft zu klassifizieren, ohne Anrecht auf Krankenversicherung oder bezahlten Urlaub. Was ich in den sechsunddreißig Stunden verdiene, reicht nicht mal für die Rechnungen, und um Charlotte muss ich mich ja auch noch kümmern. Deswegen habe ich mir noch einen zweiten Job gesucht.

Jetzt arbeite ich drei Nächte die Woche im Resurrection und drei weitere als Pflegerin bei einem alten Mann, der behauptet, früher Gangster gewesen zu sein. Zack verteilt lauter gute Ratschläge, ist aber zu alt, um mir an den Arsch zu fassen, auch wenn er mich jedes Mal, wenn ich das Zimmer durchquere, mit Blicken verfolgt. Ist auch gut so, denn ich bin nicht bereit, mir an den Arsch fassen zu lassen, egal wie sehr ich den Job brauche. Das Traurigste daran ist, dass ich ziemlich stolz auf das bin, was ich erreicht habe. Ich wohne zur Miete in einem kleinen Haus in Dunning, in einer Gegend, in der die Nachbarn um zehn Uhr abends die Musik runterdrehen. Respektabel, das trifft es wohl am besten – respektabel, aber immer noch arm. Vom Hügel hinter dem Haus aus kann ich die Bahngleise sehen. Nachts höre ich die Züge vorbeirumpeln. Sollte ich krank werden oder mich verletzen und vielleicht ein paar Monate lang kein Geld verdienen, überquere ich die Gleise wieder. Ich und Charlie, wir beide.

Hätte ich nicht geheiratet, wäre ich schon zwei Jahre eher auf die Krankenpflegeschule gegangen. Ich verstehe immer noch nicht, warum Sean mich ausgesucht hat; in der Nachbarschaft hätten sich jede Menge Mädchen um seinen Ring gerissen. Aber er nahm mich, war immer charmant, immer rücksichtsvoll.

Meine Freundinnen warnten mich. Sean spielt mit dir, Git. Nennt dich hinter deinem Rücken sein Hillbilly-Mädchen. Das soll ein Witz sein, klingt aber nicht witzig. Wenn du ihn heiratest, hat er dich in der Hand.

Wie man sich denken kann, schlug ich alle Warnungen in den Wind. Ich heiratete Sean mit neunzehn, der Empfang fand im Hinterzimmer einer Kneipe statt.

Okay, ich war jung und weich. Ein kleines Mädchen, das seinen Daddy suchte, irgendeinen Daddy. Aber man muss mir zugestehen, dass ich in Windeseile hart wurde. Sean setzte sein Besitzrecht handfest durch, mit Fäusten und durch Drohungen. Bis zu dem Nachmittag, an dem ich mit der Glock, die er in seiner Nachttischschublade aufbewahrte, auf ihn schoss. Die Kugel streifte nur die Rippen, aber ich hatte auf seinen Kopf gezielt, und Sean wusste es. Er drehte sich um und floh, zur Tür hinaus, die Straße runter und raus aus meinem Leben. Die Glock und sein ungeborenes Kind ließ er zurück.

Meine Tochter – Charlotte auf der Geburtsurkunde, seitdem überall Charlie – kam acht Wochen später auf die Welt, wenige Tage nach meinem zwanzigsten Geburtstag. Und nicht im Gefängnis. Sean ging weder ins Krankenhaus noch zu den Cops. Leute wie wir tun so was nicht.

In dem Moment, in dem die Hebamme mir Charlie in die Arme legte und sagte »Begrüßen Sie Ihre Tochter«, wurde sie zum Mittelpunkt meines Lebens. Ich war besiegt. Ich hatte stundenlang in den Wehen gelegen, mein Kopf dröhnte, und der Gestank aus meinen Achseln war so rau, dass man ein Streichholz daran hätte anzünden können. Charlie setzte dem ganzen Mist ein Ende. Ich wusste genau, was ich zu tun hatte, wusste, wenn ich das hier versaue, war mein eigenes Leben im Arsch. Meine Aufgabe ist es, Charlie zu lieben, für sie zu sorgen, sie zu beschützen, sie großzuziehen. Meine Aufgabe ist es, meiner Tochter mehr zu geben, als ich gehabt habe, ihr eine Chance zu geben.

Ich will, dass Charlotte es besser hat. Ich will, dass sie in einer Gegend lebt, die so weit weg ist von den Bahngleisen, dass man die Züge nicht mehr hört. Aber dazu braucht man Geld.

Sean zahlt monatlich ein paar Dollar, genug, damit er nicht verhaftet wird, nicht genug, um Charlies Leben zu verändern. Also hängt das Schicksal meiner Tochter von mir ab, und ich behaupte mich so gut ich kann. Seit ich Männern abgeschworen habe, gebe ich mich meistens mit einem Vibrator und meiner Fantasie zufrieden, aber ich will nicht lügen, es gibt Momente, da brauche ich eine kleine Abschlepptour.

Bis ich zwanzig war, existierte das Wort Libido in meinem Wortschatz nicht. An meinem Ende der Nahrungskette wird dafür nur ein Wort verwendet: geil. Ehrlich gesagt bin ich meistens geil, und normalerweise besorge ich es mir selbst. Aber alle paar Monate komme ich an einen Punkt, an dem ich einen Mann brauche. Dort beginnt diese Geschichte, der letzte Schritt auf meinem Weg, seit ich mir geschworen habe, es allein zu schaffen.

2
GIT

Mom sitzt mit einer nicht angezündeten Zigarette zwischen den Fingern auf der Bettkante. Zum Rauchen muss sie rausgehen. Ich sitze auf einem Korbstuhl und starre in den Spiegel auf meiner Schminkkommode. Kein Grund zur Eile. Es ist noch nicht mal sieben, und die beste Abschleppzeit beginnt erst nach zehn. Ich habe den Samstag genommen, weil es mein einziger freier Abend ist.

»Ich bin für das grüne Kleid«, sagt Mom.

»Nicht das schwarze?«

»Darin hast du einen flachen Hintern.«

Mein Haus liegt an der Booth Lane, hat drei Schlafzimmer, ein Wohnzimmer, eine Küche und ein zu kleines Badezimmer, das wir uns teilen müssen. Wir, das sind ich – Bridget O'Rourke – und Charlie, die acht ist, außerdem meine Mutter, Celia Graham. Charlie ist in ihrem Kinderzimmer und sieht fern, wie ich durch die Gipswand hören kann.

Meine Mutter ist die Krone des Weißen Abschaums, und das ist keine Übertreibung. Sie war nach allem süchtig, für das irgendwer anders bezahlte, und in meiner Kindheit öfter weg als da. Das war ein Segen, weil in den Gesprächen mit meiner Mutter, ob betrunken oder nüchtern, die ganze Wut mitschwingt, die sie im Laufe ihres harten und bitteren Lebens angesammelt hat. Als Kind habe ich sie geschluckt. Welche Wahl hatte ich? Wenn Mom wegblieb, war ich immer froh, auch wenn ich manchmal meine Oma Jo anbetteln musste, um etwas zu essen zu bekommen.

Als ich nach dem ersten Jahr in der Krankenpflegeschule von zu

Hause auszog, war Mom genauso überrascht wie der Rest meiner Familie. Damals hoffte ich, sie zum letzten Mal im Rückspiegel zu sehen, und dann Lebwohl, *sayonara* und *goodbye*. Doch dann wurde ich alleinerziehende Mutter, und arbeiten zu gehen und Kinderbetreuung zu bezahlen, war unmöglich. Sogar im verarmten Baxter und Post-Covid muss man für professionelle Kinderbetreuung tausend im Monat hinlegen. Also schloss ich einen Deal mit meiner Mutter: Ich gab ihr ein Dach über dem Kopf und stellte Essen auf den Tisch, sie wurde … vielleicht keine richtige Großmutter, aber wenigstens ein Kindermädchen. Für Moms Leber hatte es damals kein Zurück mehr gegeben, sie war in schlechter Verfassung. Ihre Schulter- und Hüftknochen waren spitz genug, um unter das Waffengesetz zu fallen. Ihr Gesicht bestand aus tiefen Furchen. Ihr Mund war so tief eingefallen, dass es aussah, als würde sie ihre Lippen verschlucken.

Tut mir leid, wenn ich kein Blatt vor den Mund nehme. Meine Beziehung zu meiner Mutter ist rein praktischer Natur, und meine Verbitterung sitzt tief. Meiner Meinung nach bin ich ihr rein gar nichts schuldig, sondern habe Anrecht auf Wiedergutmachung. Wenigstens ist sie inzwischen nüchtern, aus gutem Grund. Sie weiß genau, dass ich sie in hohem Bogen rauswerfe, sollte sie wieder anfangen zu trinken. Und sie weiß auch, dass sie wahrscheinlich irgendwann ein Stück von meiner Leber brauchen wird.

»Okay, das grüne.« Ich stehe auf, hänge das schwarze Kleid in den Schrank und lege das grüne aufs Bett. Die kleinen Pailletten auf dem hellen Stoff wirken im grellen Licht der Schlafzimmerlampe billig und schrill, doch im Halbdunkel einer schummrigen Bar werden sie leuchten.

Ich weiß, wohin ich in ein paar Stunden fahren werde, wo ich sitzen werde, weiß, dass das blutrote Schild mit dem Namen der Bar – Randy's – die linke Seite meines Kleids und die Silberreifen an meinem Handgelenk zum Glitzern bringen wird.

»Is echt Zeit, dass du ma rauskommst, Git.« Mom kniet auf dem Boden und durchsucht einen Haufen Schuhe nach Pumps zu dem Kleid. »Hab sie.« Mom hebt die Fünfzehn-Zentimeter-Stilettos hoch. Sie sind eher silbern als grün, aber das passt schon. Mir tun schon von dem Anblick die Füße weh, aber alle paar Monate genieße ich es, mich schick zu machen und als jemand zu verkleiden, der ich nie sein kann. Nicht solange ich ein Kind großziehen muss.

Mom legt die Zigarette weg und holt ihren kleinen Koffer mit Schminkutensilien, Bürsten und Schwämmen aus der mittleren Kommodenschublade. Früher hätte sie fast mal ihren Lebensunterhalt als Kosmetikerin verdient, war aber immer zu unzuverlässig, um wirklich Erfolg zu haben. Dabei hat sie Talent, und sogar ihr leichter, aber merklicher Tremor verschwindet, wenn sie beschäftigt ist.

»Kommst du heute nach Hause? Oder morgen?« Ohne aufzusehen, zieht sie einen Augenbrauenstift aus dem Koffer. »Was soll ich Charlie sagen, wenn sie aufwacht und du bist nicht da?«

Das von einer Frau, die immer wieder wochenlang verschollen war.

»Wenn ich bei Sonnenaufgang nicht zu Hause bin, ruf die Bullen.«

»Und was sag ich?«

Da ich nicht antworte, macht sich Mom an die Arbeit. Sie zieht meine Augenbrauen nach und verlängert sie um etwa acht Millimeter. Dann sind die Lider dran. Drei verschiedene Lidschatten, die immer dunkler werden, bis beide Augen von einem hellen Grün umgeben sind, das zum Kleid passt. Ein bisschen Silberglitzer dazu und eine geschwungene, etwa zwei Zentimeter lange schwarze Linie außen neben meinen blauen Augen, dann ist das Werk vollendet.

»Wie findste das?«, fragt Mom.

Sie tritt beiseite und überlässt mich dem Spiegelbild. Ich sehe das, was ich mir erhofft habe: Partygirl, nicht Bordsteinschwalbe. Der Hauptunterschied ist, dass man für eine Nutte zahlen muss, und ich mach's umsonst. Das gibt mir das Recht, wählerisch zu sein, wenn auch nicht allzu sehr.

Der Spiegel hält meine Aufmerksamkeit noch einen Moment lang. An der zu hellen Haut ist noch was zu machen, ebenso an den linealglatten Haaren, die meine Hillbilly-Abstammung verraten. Meine Großeltern – die einzigen, die ich kenne, die Eltern meiner Mutter – sind auf der Suche nach einem besseren Leben aus West Virginia hier eingewandert. Und fanden es laut Oma Jo auch.

Kurz vor ihrem Tod verkündete Oma Jo, dass sie stolz auf mich sei. Ich würde es weit bringen, wie auch sie es weit gebracht hatten.

»Egal wie schwer das Leben in Baxter auch war, da in den Tälern war es noch viel härter. Wer nicht in den Minen geschuftet hat, dem blieb nichts anderes übrig als Gras zu fressen.«

»Hast du schon entschieden, wo du heute Abend hinfährst, Git?« Mom macht sich wieder an die Arbeit, überdeckt die kleine Narbe über meinem rechten Auge, legt Foundation auf mein Gesicht.

»Vermutlich ins Randy's.«

Randy's Tavern ist eine Bar, in der sich Männer und Frauen treffen, die auf Sex aus sind. Sonst würde man dort nicht hingehen. Das kann ein Paar auf der Suche nach einem anderen Paar sein, eine Ehefrau, deren Mann auf Dienstreise ist, oder ich, die heiß ist auf einen One-Night-Stand.

Die Bar liegt am Rand von Mount Jackson, der einzig wohlhabenden Wohngegend von Baxter. Das mit dem »Mount« ist für uns, die wir am südlichen Ende der Stadt aufgewachsen sind, ein Witz. Mount Jackson kann nur da als Mount irgendwas bezeichnet werden, wo im Umkreis von Hunderten von Meilen nichts als Flachland existiert. Das mit dem »wohlhabend« ist genauso irreführend. Zwar stimmt es, dass oben auf dem Hügel Baxter Mansion thront, eine Villa mit fünfundsechzig Zimmern. Aber die Familie ist seit Jahren nicht mehr dort gewesen, und es kursieren Gerüchte, sie würden die Fabrik bald dichtmachen. Es gibt noch kleinere Villen, die meisten verlassen, und Häuser, die von den Besserverdienenden bewohnt werden – Ärzten, Anwälten, Geschäftsleuten.

Früher einmal waren in der Stadt sechs große Fleischverarbeitungsanlangen in Betrieb, alle in Familienbesitz. Als Erste machte 1994 die Gauss-Fabrik dicht, die fünfte, Dunning Pork Products, schloss vor sechs Jahren ihre Tore. Jetzt ist nur noch die übrig, die Anfang des letzten Jahrhunderts von George Baxter gegründet wurde.

Und wenn die auch noch zumacht?

Im Mittleren Westen gibt es nichts als Mais, Rinder und Schweine. Tech-Firmen verschlägt es nicht hierher. Wenn kein Wunder geschieht und Baxter Packing auch noch schließt, heißt es »Renn um dein Leben«.

»Kannst du nicht lieber bei deinesgleichen bleiben?« Mom zerrt mich wie immer auf die Erde zurück.

»Und das wäre wo?«

Sie ist mit meinem Gesicht zufrieden, zieht einen Lockenstab aus ihrem Zauberkoffer und beginnt, mein dünner werdendes Haar zu bearbeiten, das ich noch mit einem Hut bedecken werde. Ich bin fast fertig und ganz heiß darauf, loszukommen. Mit ein bisschen Glück schwinge ich meinen mehr als befriedigten Arsch morgen früh bei Sonnenaufgang wieder zur Tür hinein. Je früher ich mich auf den Weg mache, desto besser.

»Lawton's wäre gut.«

In gewisser Weise hat Mom wahrscheinlich recht. Im Lawton's müsste ich kein Getränk bezahlen. Ich könnte mich an die Tür stellen, mit dem Finger schnippen, und schon würde sich ein Dutzend arbeitsloser Rednecks mit Namen wie Austin, Clint oder Boyd um meine Gunst prügeln. Vielleicht würden wir in einem Pick-up-Truck in ein Motel fahren. Und wenn der Typ pleite wäre, könnten wir es auf der Ladefläche treiben.

Eine Stunde später schaue ich in den Spiegel und bin fasziniert von meinem Aussehen. Ich bin fast schön, mein Aussehen ist so exotisch, dass ich nicht weiß, was ich mit meinem Gesicht machen soll. Mir ist klar, dass ich nach den Sternen greife, aber genau darum geht es. Mein Slip und der BH haben hundert Dollar gekostet. Sie sind hellblau, mit lavendelfarbener Spitze verziert und nahezu durchsichtig.

Charlie kommt ins Zimmer, als ich gerade acht silberne Armreifen über meine Hand streife. Auch die werden das rote Licht einfangen.

»Mommy«, Charlie legt den Kopf schief, »du siehst wunderschön aus.«

Ich umarme meine Tochter und gebe ihr einen leichten Kuss auf die Wange, der den Lippenstift nicht verschmiert. Dann ziehe ich eine Schublade der Schminkkommode auf, hole meinen Ehering hervor und schiebe ihn auf meinen Finger.

Auf geht's.

3
GIT

In richtigen Städten wie New York oder Chicago würde man über das Randy's nur lachen. Jedenfalls die bessere Gesellschaft. Aber ich muss zugeben, dass sich Mason Cheat, Besitzer des Randy's, wirklich Mühe gegeben hat. Alles, vom Steinfußboden bis zur Metalldecke, ist edel. Die geschwungene Bar ist mit gestepptem Leder verkleidet, die purpurfarben lackierten Tische sind mit quadratischen Glasplatten bedeckt, und an der größten Wand hängt eine Skulptur aus Weißmetall, die mich vage an einen Vogel im Flug denken lässt.

Das ist alles ganz schön, das Bemühen, meine ich, aber für meine Begriffe erhebt die Bar Anspruch auf höhere Weihen vor allem durch das, was nicht da ist: ein Billardtisch nämlich.

Das Licht im Randy's wird hauptsächlich durch Wandleuchten erzeugt und ist dementsprechend schummrig, was mir, als ich eintrete, entgegenkommt. Wir befinden uns in Baxter tief genug im Westen, um einen weitkrempigen Hut, handgefertigt von einer Hutmacherin aus der Gegend, tragen zu können, der mein Gesicht weitgehend verdeckt. Hüte sind eigentlich out, sogar in Baxter, aber inmitten von Weideland und Rinderherden sind Stetsons auf den Farmerfesten, die die alten Zeiten wiederaufleben lassen, als Rinderzüchter noch ihr Vieh durch die Stadt trieben, kein ungewöhnlicher Anblick. Und bei Wild-West-Partys in den Klubs, wo vor allem der Texas Two-Step getanzt wird, sind sie geradezu ein Muss.

Als ich sicher bin, dass mich niemand erkannt hat, durchquere ich den Raum. Ich spüre die Blicke, die mir folgen. Das dient der Erregung – sich begehrt zu fühlen ist der erste Schritt –, und ich lege etwas mehr Schwung in meinen Gang. Hoffentlich nicht zu viel. Einfach ein bisschen mehr Dynamik in dem Teil meines Körpers, der sich gegenwärtig größter Beliebtheit erfreut.

Der Barmann wendet sich mir zu. Ich kenne ihn, ein Mann mittleren Alters mit Bart und traurigem Blick, als würde er den Job hier schon viel zu lange machen. Sein Name ist Shiloh, sein Lächeln entspannt. Falls er mich erkennt, behält er es für sich.

»Was kann ich bringen?«

»Einen Martini.«

»Kommt.«

Die zweite Hälfte meiner Jugend habe ich damit verbracht, in irgendeiner der vielen Bars in den Yards Shots zu kippen. Die Yards sind die schäbige Wohngegend um Baxters letzte verbliebene Fleischfabrik herum. Ich habe meine Lektion gelernt und nicht vor, mich heute Abend abzuschießen. Ich habe andere Bedürfnisse, der Martini ist bloß Teil der Show.

Im Stehen endet mein Rock kurz unter dem Hintern, und der Kragen liegt am Hals an. Die Ärmellöcher sind weit ausgeschnitten, offen fast bis zur Hüfte, und nur der eingenähte BH verhindert, dass ich gegen Baxters Sittengesetze verstoße. Beim Saum bin ich mir da nicht so sicher; wenn ich einen Fuß auf die polierte Stange des Hockers stelle und die Beine übereinanderschlage, rutscht er weit nach oben.

Als ich meine Position eingenommen habe, nehme ich das Angebot in Augenschein und erblicke vor allem Bürohengste, dazwischen ein paar herausgeputzte Rednecks, das übliche Gemisch, mit einer Ausnahme. Ich mustere den Mann verstohlen. Er sitzt an einem Tisch etwa drei Meter vor der Bar, ist älter als ich, aber nicht viel, und trägt ein schwarzes Jackett über einem Seiden-T-Shirt, das seinen Oberkörper betont, ohne offensichtlich zu eng zu sein. Das T-Shirt ist indigofarben, ein Kontrast zu dem verwaschenen Blau seiner Jeans.

Böser Junge? Toyboy? Etwas an dem schmalen Lächeln, das erscheint, als sich unsere Blicke treffen, sagt mir, dass er kein Spielzeug ist.

Aber er rührt sich nicht. Hebt sein Glas, trinkt, stellt erneut kurzen Blickkontakt her und schaut weg. Ich bin nicht blöd. Ich weiß, dass er meinen Ehering gesehen hat. Ich trage ihn an der Hand, mit der ich meinen Drink halte. Eine verheiratete Frau kommt an einem Samstagabend nur aus einem einzigen Grund ins Randy's und setzt sich allein an die Bar. Jeder andere Mann stünde bereits neben mir.

Mein erster Verehrer – ich liebe das Wort, auch wenn es nichts mit der Situation zu tun hat – nähert sich bereits nach wenigen Minuten. »Frisch geschieden« ist ihm schon von Weitem anzusehen, von dem verängstigten Lächeln bis zum sorgfältig geklebten Scheitel.

»Darf ich Sie zu einem Drink einladen?«

»Ich habe noch.«

Mit ein wenig mehr Erfahrung würde er den Hinweis verstehen und andere Weidegründe aufsuchen. Aber die hat er nicht, und schon sprudelt der Lebenslauf aus ihm heraus, den er sich auf dem Weg an die Bar zurechtgelegt hat. Frisch geschieden, wie ich vorhergesehen hatte, er heißt Owen und stammt aus Baxter. Er lehrt Amerikanische Geschichte an der University of Wisconsin in Madison und besucht hier gerade seine Familie.

Ermutigung kommt nicht infrage, aber ich bringe es nicht über mich, ihn abblitzen zu lassen. An Owens linkem Ohr vorbei beobachte ich den Mann im Seiden-T-Shirt. Er lächelt wieder schmal, guckt sich die Show an, hat es nicht eilig. Was würde er machen, wenn ich einfach mit dem College-Professor abziehen würde? Wenn ich längerfristige Absichten hätte, wäre das vielleicht sogar eine Option – Owen ist ein Typ fürs Leben –, aber ich bin nicht aus auf lebenslang und nutze eine Pause in seinem Monolog, um mich zur Bar umzudrehen.

»Noch einen, Shiloh. Auf *meine* Rechnung.«

Ich spüre, wie Owens Hahnenkamm welkt. Wieder abgeblitzt. Aber dafür kann ich nichts und lasse ihn von dannen ziehen. Sofort nimmt jemand Neues seinen Platz ein, ein dickbäuchiger Mann mittleren Alters mit einer Goldkette, mit der man ein Kreuzfahrtschiff vor Anker legen könnte.

»Was trinken?«

In dem Moment stellt Shiloh meinen Drink auf die Bar.

»Danke«, sage ich, »schlechtes Timing.«

»Franklyn Wallace mein Name.« Er hält mir die Hand hin, die ich kaum berühre. Macht nichts, Franklyn legt schnell seine Karten auf den Tisch, zeigt, was er zu bieten hat. Er besitzt Häuser in Prairie Meadows, einer Gated Community vor der Stadtgrenze, sowie in Boca Raton, Florida. Die kann er sich leisten, weil ihm auch das größte Autohaus im County gehört, Toyotas, Chevys, Hondas, Audis, Hunderte von Autos. Ich soll bei Interesse vorbeikommen und nach Franklyn fragen.

Franklyn trägt einen Ring, dessen Diamanten in Hufeisenform angeordnet sind, und ich erkenne in ihm sofort den Typ, der auf der Highschool nie ein Mädchen abgekriegt hat. Aber jetzt, wo er erfolgreich ist? Jetzt vielleicht?

Ich will ihm nicht wehtun, genauso wenig wie ich Owen wehtun wollte. Ich halte die linke Hand hoch. »Verheiratet.«

»Ich auch. Hab den Ring im Wagen gelassen.«

»Na und? Ist das die Antwort?«

»Ja, genau, na und? Wir wissen beide, warum wir hier sind.«

»Du hast recht. Ich weiß, warum ich hier bin, und das bist nicht du.« Ich schaue ihm einen Augenblick lang in die Augen. »Nimm's nicht persönlich, aber mir steht heute Abend der Sinn nach was anderem.«

Das bringt mir ein Achselzucken und eine kleine Rede ein, die er wahrscheinlich schon öfter gehalten hat. »Alles klar, damit kann ich leben, und danke, dass du nicht meine Zeit vergeudet hast.« Er wirft eine Visitenkarte auf die Bar. »Ruf an, wenn du Interesse an einem Wagen hast, neu oder gebraucht. Meine Preise sind unschlagbar.«

Als Franklyn abzieht, überlege ich, ob ich einen Fehler gemacht habe. Franklyn ist keine Schönheit, aber ich weiß, dass er ein vorbildlicher Liebhaber wäre und sich alle Mühe geben würde. Dass wir uns nie wiedersehen würden, wäre egal. Er würde sich mir stur widmen, dieses und jenes ausprobieren, bis er endlich den richtigen Knopf gedrückt hätte.

Aber er ist schon weg, und ich wende meine Aufmerksamkeit wieder dem Toyboy zu. Er sieht mich einen Moment lang an und steht dann auf. In der linken Hand hält er eine Ledersporttasche, die ich bisher nicht bemerkt hatte. Wenn die Tasche aus Schlangenleder ist, wonach sie aussieht, dann muss sie einige hundert Dollar wert sein. Mindestens.

Macht er jetzt seinen Zug? Ich rechne damit, dass er zu mir kommt, aber er wendet sich in Richtung Tür und schaut mich dann mit dunklen Augen fragend an: Ja oder nein? Er ist größer, als er im Sitzen wirkte, die Schultern breiter, aber irgendetwas nagt an mir, irgendein kleiner Zweifel. Trotzdem erhebe ich mich und halte kurz inne, um einen Zwanziger auf die Bar zu legen. Shiloh nickt mir zu und sieht dann den Mann an, der jetzt auf halbem Weg zur Tür ist.

»Ist er okay?«, frage ich.

»Hab ihn schon häufiger gesehen. Heißt Bradley Grieg und kommt ziemlich regelmäßig.«

Jetzt fühle ich mich sicherer und folge Bradley nach draußen auf den Parkplatz. Ich glaube, er will, dass ich zwei Schritte hinter ihm bleibe, aber diese Sex-Sklavin-Nummer ist nicht mein Ding.

»Das ist weit genug, Bradley.«

Als er seinen Namen hört, dreht er sich um und lächelt. Ich stelle mich dicht vor ihn. »Spielen wir, Bradley? Falls die Antwort Ja lautet, dann sollst du wissen, dass ich nicht auf Handschellen oder

Fesseln oder Sklavenspielchen stehe. Wenn du das willst, gehen wir besser getrennte Wege.«

Er schaut mir sekundenlang direkt in die Augen, als würde er mich prüfen wollen. Aber dann lächelt er und sagt: »Stets zu Diensten.«

Meine inneren Alarmglocken schrillen. Obwohl ich seinen Namen gesagt habe, hat er nicht nach meinem gefragt. Doch als er mich an sich zieht und mir einen sanften, langen Kuss gibt, der nur allmählich drängender wird, verfliegt die Angst, mir wird heiß. Wir drücken uns aneinander, und ich spüre, dass er hart wird.

»Alles klar?«, fragt er.

»Ja«, sage ich, »alles klar.«

Bradley hat bereits ein Zimmer im Skyview Motor Court am Baxter Boulevard. Das Skyview ist vielleicht nicht gerade das Hilton, aber immerhin auch kein Stundenhotel. Ich folge seinem Audi über den Baxter Boulevard, der einzigen Straße, die quer durch die gesamte Stadt führt. An jeder Kreuzung halten uns Ampeln auf und steigern die Erwartung, meine Ungeduld hat fast etwas Erotisches. Ich öffne ein Fenster und schließe es wieder, als ich in der Ferne Donnergrollen höre. Ich brenne darauf, in wenigen Minuten stundenlange, allumfassende Befriedigung zu erleben. Dies ist mein Trip, und ich werde alles aus ihm rausholen.

Bradley biegt auf den Parkplatz des Skyview ab, ich klebe fast an seiner Stoßstange. Es ist ruhig, vor den Mini-Hütten stehen nur wenige Wagen, alle ein Stück entfernt von uns. Bradley wartet vor seiner Hütte und hält mir die Tür auf, als ich aus meinem kleinen Ford steige. Als ich an ihm vorbeigehe, schlägt er mir auf den Hintern. Und dann …

Keine zehn Minuten später ist er auf dem Weg ins Badezimmer, nackt. Ich stehe immer noch über die kleine Kommode gebeugt und bin wie gelähmt. Bradley hat kein Wort gesagt, hat mich weder geküsst noch gestreichelt, und ich muss davon ausgehen, dass er sich nur deswegen mit mir abgegeben hat, weil das immer noch besser als eine Socke ist. Ich höre die Dusche rauschen, dann wird sie abgestellt, dann Stille.

Mein Hirn rast wie eine überdrehte Roulettekugel, immer im Kreis. Ich muss hier raus, solange noch ein Quäntchen meiner Würde intakt ist, schaffe es aber aus irgendeinem Grund nicht, mich zu rühren. Außerdem ist mein Slip verschwunden. Ich erinnere mich vage, ihn aufs Bett geworfen zu haben, sehe ihn aber nirgends und will ihn nicht dalassen. Dazu war er zu scheißteuer.

Anstatt in Tränen auszubrechen, wonach mir ist, gehe ich auf die Knie und suche nach der verdammten Unterhose. Sie liegt hinter dem Kopfteil des Betts, endlich habe ich sie und stehe gerade wieder auf beiden Beinen, als die Badezimmertür aufgeht. Bradley schwankt nackt herein, high bis unter die Hutkrempe, die Augenlider auf halbmast. Als er nach einer längeren Pause spricht, kommt nur Lallen heraus.

»Biste noch da?« Er plumpst aufs Bett, setzt sich wieder auf. »Wart ma.«

Seine Jeans liegt neben ihm auf dem Bett. Er greift in eine Tasche, zieht ein aufgerolltes Geldbündel hervor, zählt drei Zwanziger ab und wirft sie in meine Richtung.

»Verpiss dich.«

Ich sehe die Scheine einzeln auf den Teppich flattern. Bradley schnaubt einmal, fällt auf den Bauch und beginnt zu schnarchen.

Ich brauche ein paar Minuten, um mich zu erholen, und bin stinksauer. Ich sehe mich nach irgendetwas Schwerem um, mit dem ich ihm den Schädel einschlagen kann, vielleicht eine Lampe. Aber die sind alle an den Wänden oder der Decke angebracht. Bleibt nur der Stuhl, auf dem ich sitze.

Als ich ins Bad gehe, schwirren mir immer noch tausend Gedanken im Kopf herum. Ich denke gerade, dass ich mich waschen sollte, bevor ich nach Hause fahre, da lässt mich der Anblick der Zigarette, des geschwärzten Löffels und der Spritze auf dem Badewannenrand erstarren. Als ich mich umdrehe, fällt mein Blick auf die Ledersporttasche auf dem kleinen Tisch im Zimmer. Ich gehe schnell zu Bradley und sehe nach, wie es ihm geht. Er hat anscheinend eine halbe Überdosis intus und wird so schnell nicht wieder zu Bewusstsein kommen.

Wo ich aufgewachsen bin, gilt Ehrlichkeit oft nicht als ratsam. Meine Mutter hat so viele Lügen erzählt, dass ich sie nicht mehr zählen kann. Sie hat mich angelogen, die Sozialarbeiter, Oma Jo, meine Lehrer und die Liebhaber, die sie betrogen hat.

Als ich die Tasche öffne, sehe ich als Erstes eine große Pistole, eine Halbautomatik. Ich zucke nicht mal. Man nennt diesen Teil des Landes *bible belt*, Bibelgürtel, könnte ihn aber genauso gut *gun belt*, Waffengürtel, nennen. Pistolen machen mir keine Angst, Gewehre und Flinten auch nicht, fragt meinen Ex-Mann. Außerdem bin ich sehr viel mehr an den Bündeln aus Zwanzigern und Fünfzigern interessiert, die unter der Pistole liegen. Das würde reichen, um den Lauf meines Lebens nachhaltig zu ändern, und zwar zum Besseren.

Und Charlies.

Meine tägliche Routine würde ich erst mal mehr oder weniger beibehalten. Meinen Job zu kündigen wäre zu auffällig. Aber ich könnte wahrscheinlich einen Teilzeitkurs belegen und mich zur staatlich anerkannten Krankenpflegerin weiterbilden. Dann würde ich genug verdienen, um Baxter zu verlassen, bevor die Stadt völlig am Ende ist. Ich könnte mir anderswo ein neues Leben aufbauen, wo niemand weiß, woher ich komme und wie ich aufgewachsen bin. Ich könnte mich und Charlie von den Ketten befreien, die uns hier fesseln.

Früher wurden Viehherden durch die Straßen von Baxter getrieben. Heutzutage werden sie in Lkws und Viehwaggons gebracht. Und wenn es morgens ruhig ist, hört man die Tiere schreien, wenn sie zum Schlachten geführt werden, das Gebrüll der Mastochsen, das Quieken der Schweine.

Auch davon könnte ich mich befreien.

4
DELIA

Als Chief Black anruft, befinde ich mich zur Abwechslung mal nicht in der Einsatzzentrale, obwohl ich als Chefin der Detectives von Baxter natürlich immer im Dienst bin, wenn ein Notfall es erfordert. Nein, ich sitze gerade im Büro des Pastors der Trinity Lutheran Church und stehe für das inakzeptable Verhalten meines Sohns gerade. Die Trinity ist eine der florierenderen Kirchen in Baxter. Der Saal hat zwei Emporen, an der Kassettendecke hängen Kronleuchter. Der Altar ist umgeben von Buntglasfenstern, die Kirchenbänke sind aus Ahornholz und auf Hochglanz poliert. Die Gemeinde passt zu diesem behäbigen Wohlstand. Baxter ist eine Stadt der Armen und Ärmsten, und was an Mittelschicht existiert, besucht entweder die Trinity oder eine der katholischen Kirchen.

Ich habe für Religion wenig übrig, aber da viele der Freunde meines zwölfjährigen Sohns in die Trinity Lutheran gehen, fahre ich Danny jeden Sonntag pflichtbewusst zum Gottesdienst. Ich will nicht wissen, was sie ihm dort beibringen, bin aber ziemlich sicher, dass es sein Verhalten bisher nicht beeinflusst hat. Heute Morgen hat er einem anderen Jungen aus noch ungeklärten Gründen aufs Maul gehauen.

»Ihr Sohn ist recht intelligent, Lieutenant Mariola«, sagt Pastor Grange. »Aber sein Wesen ist … wie soll ich sagen? Nicht aggressiv, so weit würde ich nicht gehen, aber doch sehr gereizt.« Er lächelt und entblößt gelbe, schiefe Zähne. »Ja, genau. Daniel ist ein reizbares Kind mit wenig Respekt für Autorität.«

Granges säuselnder Ton reizt mich ebenfalls, und ich muss mich beherrschen, um nicht irgendetwas Obszönes zu sagen, das ich später bereuen werde. Schließlich bin ich eine anständige Staatsbeamtin, der erste weibliche Detective in Baxter. Und inzwischen sogar die Chefin. Gut, die Stadt hat gerade mal hunderttausend Einwohner. Und die Detective Division hat insgesamt bloß sechs Ermittler. Und die Polizeibehörde legt mehr Wert auf Einnahmequellen wie Verkehrsdelikte und Falschparken. Aber ich bin immerhin diejenige, die Chief Black zur Chefin ernannt hat, als Tommy Harrigan pensioniert wurde.

»Ein Itaker für einen Paddy«, war seine leutselige Erklärung. »Und noch dazu ein Itakermädel.«

Pastor Grange ist verstimmt, als mein Handy die ersten Noten von »Fast Car« herausplärrt, ein Lied von Tracy Chapman. Und noch verstimmter, als ich drangehe. Tja. Mein Boss ruft an, den kann ich schlecht ignorieren.

»Wo sind Sie, Delia?«

»In der Trinity Lutheran. Mein Sohn ...«

»Vergessen Sie den Jungen. Wir haben eine Leiche im Skyview, ein Mord. Ich brauche Sie da. Und zwar gestern.«

Das klingt wie ein Witz, ist aber keiner. Im vergangenen Jahr hat es im kleinen Baxter zehn Todesfälle durch Überdosis und fünf Selbstmorde im Zusammenhang mit Drogenmissbrauch gegeben. Keine große Sache. Keine Eile. Jetzt aber haben wir unseren zweiten Mord, und der Chief kommt ins Schwitzen. Dass heute Sonntag und laut Dienstplan mein freier Tag ist, zählt nicht.

»Ich muss los«, sage ich zu Pastor Grange. »Die Pflicht ruft.«

Auf dem Weg zum Auto knöpfe ich mir im Vorzimmer des Pastorenbüros noch meinen Sohn vor. Dan blickt ergeben drein. Er weiß, dass er mit einer Standpauke zu rechnen hat, und freut sich nicht darauf.

»Erzählst du mir vielleicht mal, was passiert ist?«

»Barry hat dich Kampflesbe genannt.«

»Hat er das? Na, ich hoffe, du hast ihm wenigstens beide Beine gebrochen.«

Da grinst Danny. »Nee, ich hab ihm bloß die Ohren abgerissen.«

Danny ist blond, groß für sein Alter und ein geborener Sportler. Er spielt Football und Baseball. Ein perfektes Leben … wäre da nicht die unglückselige sexuelle Neigung seiner Mutter. Nicht dass ich Frauen mit nach Hause bringen oder mich in Baxters einziger Lesben- und Schwulenbar rumtreiben würde. Nein, ich bin so diskret, wie es in einer Bible-Belt-Stadt absolut erforderlich ist. Dennoch ist meine Sexualität kein Geheimnis, und in Dannys Pubertätswelt wird Ehre großgeschrieben. Auch wenn Barrys Schmähung den Tatsachen entsprach, musste Danny darauf reagieren, denn sonst würde er als feige oder schwul beschimpft und gehänselt werden. Und weder ich noch er lassen sich zum Opfer machen. Wenn man einer Konfrontation einmal ausweicht, wird man immer wieder den Kürzeren ziehen, diese in Stein gemeißelte Wahrheit kennt jeder Polizist. Charakter zählt.

»Ich erzähl dir mal eine Geschichte«, sage ich, seine resignierte Miene ignorierend. Er kennt das schon. »Erinnerst du dich, dass ich in der Highschool Baseball gespielt habe?«

»Ja, Second Baseman.«

»Genau. Und es gab da diesen Jungen, der mich die ganze Zeit auf dem Kieker hatte.« Ich muss kurz nachdenken, bevor mir der Name einfällt. »Jimmy Leland. Er hat mich nie in Ruhe gelassen, hat mich Butch Mariola genannt, sobald die Trainer nicht in der Nähe waren. Eines Tages haben wir ein Teamspiel gespielt, und er war auf der First Base und keiner *out.* Ich decke gerade die Mitte ab, als der Batter – ich weiß nicht mehr, wie er hieß – einen Groundball am Pitcher vorbeischlägt. Der Ball hüpft hoch, direkt in meinen Handschuh, und ich trete auf die Second Base und drehe mich um, um das Double Play zu vollenden. Und Jimmy Leland sollte mir in dem Moment eigentlich aus dem Weg gehen. Er ist bereits *out* gecallt worden. Aber er versperrt mir den Wurf zur First Base, hat ein breites Grinsen im Gesicht und brüllt: ›Yah, yah, yah, yah‹. Tja, ich werfe den Ball trotzdem und treffe ihn mitten auf der Stirn. Glaub mir, der Idiot ist umgefallen wie ein Baum.«

»Und was ist dann passiert?«

»Dazu komme ich gerade. Jimmy ging es so weit gut, aber der Trainer hat ihn zur Sicherheit in die Notaufnahme geschickt. Und es war egal, dass er mir aus dem Weg hätte gehen sollen, damit ich werfen kann, dass er sich falsch verhalten hatte. Ich wurde aus dem Team geschmissen, und das war das Ende meiner Baseball-Karriere. Verstehst du, Danny? Es hat sich gut angefühlt, den Typen aus dem Weg zu räumen, aber was hat es mir gebracht?«

Das muss man Danny lassen. Er plappert nicht gleich raus, was ihm als Erstes in den Sinn kommt, sondern überlegt erst. »Mom, ich konnte das nicht durchgehen lassen.«

»Das stimmt, aber du hättest warten können, bis ihr allein gewesen wärt. Pastor Grange hat die Macht wie damals mein Trainer. Wenn er dich rausschmeißt, bist du draußen.« Ich lasse das sacken und wechsle dann das Thema. »Ich habe gerade einen Anruf vom Boss bekommen. Ein Mord, draußen im Skyview Motor Court. Wenn ich heute Abend nach Hause komme, erzähle ich dir alles.«

Bei dieser Aussicht hellt sich Dannys Miene auf. Jetzt hat er etwas, mit dem er bei seinen Freunden angeben kann. Ein echter Mord. Er gibt mir einen Kuss auf die Wange – für den Mund ist er anscheinend zu alt –, und ich spute mich.

Die traurige Wahrheit ist, dass Danny das Ergebnis einer Vergewaltigung im Bekanntenkreis ist. Zumindest glaube ich das. Ich habe damals von der Schwangerschaft erst erfahren, nachdem mich wochenlang morgendliche Übelkeit geplagt hatte. Als der Arzt mir die Nachricht verkündete, war ich mehr als nur geschockt. Ich war neunzehn und studierte im ersten Jahr Strafrecht am Southern Illinois Community College. Außerdem war ich überzeugte (auch wenn das nur meinen Eltern bekannt war) Lesbe. Meine Überzeugung entsprang meiner einzigen Erfahrung mit einem Mann, ein wahres Desaster, das zum Verlust meiner Jungfräulichkeit und dem Entschluss führte, dieses Erlebnis niemals zu wiederholen.

Und jetzt ... schwanger?

Zwei Monate davor war ich auf einer Party gewesen. Damals trank ich ziemlich viel und zog mir ab und zu etwas Koks rein, wie die meisten Kids in meinem Alter. Als ich im Morgengrauen im Bett aufwachte, dachte ich bloß, ich wäre ohnmächtig geworden. Ich hatte am Abend davor Gin getrunken, gemixt von einem Mann, den ich seit Jahren kannte. Fast so was wie ein Mentor.

Ich würde gern sagen, dass ich Rache genommen hätte, aber in Wirklichkeit konnte ich rein gar nichts tun. Ich konnte nicht beweisen, dass ich betäubt worden war oder dass Kyle Spyros mich vergewaltigt hatte. Und ohne Beweis konnte ich ihn nicht anzeigen. Nein, für mich stellte sich nur eine Frage: abtreiben oder nicht?

Meine Eltern sind gläubige Katholiken, trotzdem akzeptieren sie meine sexuelle Orientierung. So groß ist ihre Liebe. Aber Abtreibung ging zu weit. Viel zu weit. Wir lebten damals in Centralia, einer Kleinstadt mit zwölftausend Einwohnern in der allerkonservativsten südlichen Ecke von Illinois. Unverheiratete Mütter gab es zu viele, um sie geradeheraus zu verdammen, aber Abtreibung war unverzeihlich. Wenn ich mich einem Kind nicht gewachsen gefühlt hätte, hätten meine Eltern die Verantwortung übernommen.

Vielleicht fürchteten sie, ich würde mit Hass auf die aufgezwungene Schwangerschaft reagieren und mein Baby ablehnen. Tatsächlich liebe ich Danny seit dem ersten Tag bedingungslos, auch wenn ich keine besonders gute Mutter wurde. Ich bin eigentlich zu egoistisch und engagiere mich zu sehr für meinen Job, der unregelmäßige Arbeitszeiten mit sich bringt. Im ersten Jahr überließ ich die Kinderbetreuung meinen Eltern, während ich mein Studium zu Ende brachte. Erst nachdem ich den einzigen Job angenommen hatte, der mir angeboten wurde, weit entfernt in Virginia, begriff ich, wie schwer es ist, alleinerziehende Mutter zu sein. Da ist das nie endende schlechte Gewissen darüber, das Kind bei anderen lassen zu müssen, und die große finanzielle Belastung. Man lernt, sich durchzuwursteln, jongliert am Monatsende die Rechnungen, hält ständig die Augen auf nach neuen Chancen. Mein Umzug nach Baxter war rein finanziell motiviert.

Baxter wurde stückweise gebaut, eine Wohngegend nach der anderen, während gleichzeitig immer mehr Fleischverarbeitungsbetriebe entstanden, und schließlich war Baxter Boulevard die einzige Durchfahrtsstraße. Er ist zehn Meilen lang und führt von der südöstlichen Ecke der Stadt in die nordwestliche. In der Mitte stehen ein paar Amtsgebäude, ansonsten wird er vor allem von Einkaufszentren, Gebrauchtwagenhändlern, Tankstellen und Fast-Food-Filialen gesäumt. Leer stehende Läden und verblichene »Zu vermieten«-Schilder sind Zeugen einer Wirtschaft im permanenten Niedergang. Das fing schon an, lange bevor Covid-19 Baxter einholte, aber das Virus war der letzte Sargnagel. Baxter Packing machte dicht und wieder auf, dicht und noch einmal auf. Und das bevor Tests nachwiesen, dass über eintausendachthundert der etwa dreitausend Angestellten infiziert waren. Sie trugen das Virus in jeden Winkel der Stadt, und ich hörte auf, Detective zu sein. Stattdessen verbrachte ich wie alle meine Kollegen die Tage damit, die Notrufe der schwer Erkrankten anzunehmen, die so zahlreich eingingen, dass unser freiwilliges Ambulanzteam heillos überfordert war und wir die Kranken oft auf dem Rücksitz unserer Polizeiwagen in unser kleines Krankenhaus, das Baxter Medical Center, bringen mussten. Jeder Transport fühlte sich ein bisschen wie eine Hinrichtung an. Der Parkplatz stand voller Krankentragen, und das Gehuste der darauf liegenden Männer und Frauen klang in meinen Ohren wie das Gekrächze der Gänse auf den Seen von Süd-Illinois, wo ich aufgewachsen bin. Da mir völlig klar war, dass auch ich an die Reihe kommen würde, arbeitete ich bis zu dem Moment, an dem mir die Knie wegknickten.

Wer heutzutage nicht bei Baxter Packing beschäftigt ist, arbeitet meistens außerhalb der Stadt. Lkw-Fahrer sind unterwegs, weiter östlich steht ein Walmart-Supercenter, noch weiter nach Süden ein Amazon-Lager. Wer Glück hat, pendelt vierzig Meilen weit zu einer gewerkschaftlich gebundenen Niederlassung von General Electric oder bekommt einen Job in der Ackley Air Force Base, die noch weiter entfernt liegt.

Ich werde auf dem Baxter Boulevard von einer roten Welle aufgehalten und sehe mich mit den Überresten von Baxters Goldenen Zeiten konfrontiert. Die bröckligen Sandsteinfassaden des Gerichts und Gefängnisses, der City Hall Park mit seinem Gestrüpp und verwilderten Rasenflächen. Die letzte Volkszählung in Baxter ergab einhundertdreitausendvierhundertzwölf Einwohner. Wenn die Zahl bei der nächsten Zählung unter hunderttausend fällt, womit zu rechnen ist, wird Baxter nicht mehr als Großstadt gelten.

Bürgermeister Venn und der Stadtrat sind besessen davon, dies trotz der schlechten Wirtschaftslage zu verhindern. Sie wollen neue Firmen anwerben und nutzen unsere geringe Mordrate als Beleg für die Familienfreundlichkeit der Stadt. Das ist kompletter Blödsinn. Die Opioidkrise ist nicht einfach durch die Stadt gerollt, husch und weg, sie ist gekommen, um zu bleiben. Einbrüche sind in Baxter so normal wie in Städten der Dritten Welt.

Aber egal, der Bürgermeister wird Chief Black Druck machen, und der macht dann mir Druck. Auch das ist Baxter. Vetternwirtschaft, Filz, Korruption. Die Politiker reißen der Stadt die letzten Fleischfetzen von den Knochen. Ich werde nicht warten, bis die Knochen abgenagt sind, und während ich verbissen meine Arbeit mache, bewerbe ich mich gleichzeitig bei Polizeibehörden in richtigen Städten wie Minneapolis oder Chicago. Alles Städte, die lokalpatriotisch gesinnte Baxterianer zu verachten vorgeben, während ihre Kinder auf die dortigen Colleges fliehen.

Die Straßen sind nach dem Regen der vergangenen Nacht noch nass, um die verstopften Abflüsse in den Rinnsteinen haben sich kleine Pfützen gebildet. Die meisten Läden sind so früh am Sonntagmorgen geschlossen, aber die Kirchen, an denen ich vorbeikomme, haben Hochkonjunktur. Das Christentum wird in Baxter großgeschrieben. Und zwar jede Glaubensrichtung, von der Römisch-Katholischen Kirche bis zur Tabernacle Church of God, wo der Pastor mit Klapperschlangen hantiert. Religion spricht mich nicht an, aber die meisten dieser Kirchen haben noch eine zweite Mission, die mir gefällt. Nachmittags verwandeln sie sich in Essenstafeln und versorgen Hunderte von verzweifelten Familien. So tief sind wir schon gesunken.

Die Schandtat im Skyview überrascht mich nicht. Aber es ist eine Schande. Erstens hat es gestern Nacht geregnet. Zweitens bedarf der Parkplatz des Skyview dringend der Ausbesserung und ist voller schlammiger Schlaglöcher. Drittens drücken sich Autoreifen im Schlamm ab und bleiben erhalten. Viertens stehen an diesem Ende des Parkplatzes sechs Streifenwagen, ein Krankenwagen, ein Feuerwehrwagen, der Wagen des Coroner und ein Audi, der vermutlich dem Opfer gehört. Alle sind durch dieselben Schlaglöcher gefahren, die die Spuren des Täters hätten enthalten können. Alle haben ihre eigenen Reifenabdrücke im Schlamm hinterlassen.

Habe ich erwähnt, dass unsere Cops im Durchschnitt fünfundzwanzig Prozent weniger Gehalt bekommen als ihre Kollegen in anderen Teilen des Staates, die vergleichbare Aufgaben erfüllen? Rechne dann noch blühende Vetternwirtschaft mit ein, und heraus kommt eine wirklich inkompetente Polizei.

Der Dink wartet vor der letzten der Hütten, die etwa sechs Meter auseinanderstehen. Der Dink ist Detective John Meacham, Bruder von Gloria Meacham, Vorsitzende des Stadtrats. Man kann dem Dink einen klaren Befehl erteilen und davon ausgehen, dass er wenigstens den halbherzigen Versuch unternimmt, ihn auszuführen. Aber mehr auch nicht. Und man sollte nicht damit rechnen, dass er hinterher einen Bericht abliefert. Sondern ihn im nächsten Café suchen.

»Wer war als Erster am Tatort?«, frage ich.

»Harvey und Morello.«

»Und wann waren Sie hier?«

»Ein paar Minuten später. Ich war gerade um die Ecke.«

»Und es ist Ihnen nicht in den Sinn gekommen, den Parkplatz abzusperren?«

Noch was über den Dink: Er weiß, dass er beschützt wird. »Nö«, sagt er. »Isses nicht.«

»Dann sperren Sie ihn jetzt ab, Officer. Abgesehen von dem Audi will ich alle Fahrzeuge entfernt haben.«

Der Skyview Motor Court hat bessere Tage gesehen, viel bessere. Die zwölf kleinen Gebäude sind Blockhütten nachgebildet, aber die Holzstämme sind bloße Verkleidung und im Lauf der Jahre verwittert. Die abblätternde Kunstrinde erinnert an einen langhaarigen Hund, der sein Winterfell verliert.

Ich betrete gerade den kleinen Absatz vor der offenen Tür von Hütte 909, als unser Coroner herauskommt. Die meisten größeren Gemeinden beschäftigen einen hauptberuflichen Rechtsmediziner. Baxter hat einen Coroner-Kardiologen, Arshan Rishnavata, der pro Leiche bezahlt wird.

Aber er redet gern. »Jemand hat ihm ein Kissen auf den Hinterkopf gedrückt und eine Kugel durchgejagt. Die Stirn und der Großteil des Hirns sind überall im Bett verteilt.«

Ich lege ihm eine Hand auf die Brust. »Vergiss das Hirn, Arshan.

Hier geht es um den Bürgermeister. Mach die Obduktion ordentlich. Ich will den Drogenbericht, schab seine Fingernägel aus, untersuch ihn auf Krebs, Herzprobleme, sexuell übertragbare Krankheiten. Mach's gründlich.«

5
DELIA

Zwei meiner Detectives, Vernon Taney und Laura Udell, stehen neben der nackten Leiche eines Mannes, die bäuchlings auf dem Bett liegt, das Gesicht ist in einem blutgetränkten Kissen verborgen. Hirnmasse und Füllmaterial von einem zweiten, angeschwärzten Kissen verkleben die Eintrittswunde im Kopf. Sie ist die einzige erkennbare Verletzung am Körper.

Vern Taney ist nicht nur mein bevorzugter Ermittlungspartner, er, seine Frau und der gemeinsame Sohn stellen auch mein Privatleben dar. Vern stammt aus Baxter, seine Familie ist seit hundert Jahren hier ansässig. Anders als der Dink und die meisten übrigen Einheimischen im Team setzt er sich genauso sehr für Baxter und den Polizeiberuf ein wie für seine Familie. Laura Udell dagegen ist die Schwägerin des Chiefs. Oder vielleicht auch die Cousine oder Nichte. Man kommt da nicht mehr so leicht mit.

»Sind die staatlichen KT-Heinis auf dem Weg, Vern?«

»Brauchen keine Stunde mehr«, antwortet er.

Baxter verfügt über keine eigene Kriminaltechnik. Wir haben lediglich ein paar Cops, die Fingerabdrücke nehmen können. Aber die systematische Untersuchung eines Tatorts und das Sammeln von Blut- und DNS-Proben? Sorry, kein Geld für die Ausbildung. Also nutzen wir die KT des Staats. Und ihr Labor.

»Detective«, sage ich zu Laura, »ich will, dass Sie die Untersuchung des Parkplatzes und der Umgebung der Hütte beaufsichtigen. Fotografieren Sie alles, was Sie finden, bevor Sie es einsammeln.«

»Alles klar, Lieutenant.«

Nachdem Laura aus dem Weg ist, wende ich mich Vern zu. In seiner Schulzeit ein Football-Star, ist er ein freundlicher und umgänglicher Zeitgenosse. Einer von uns, mit dem man in der Eckkneipe über Sport reden kann. Aber man hüte sich, ihm oder der Polizei den Respekt zu verweigern oder sich einer Verhaftung zu widersetzen. Verns Hände sind fast so groß wie mein Kopf.

»Habt ihr sein Handy gefunden?«, frage ich.

»Nein, aber der Coroner ist fertig, wir können ihn also umdrehen. Du kennst das Arschloch übrigens.«

»Ach ja?«

»Laut seinem Führerschein heißt er Bradley Grieg.«

Ich brauche einen Moment, dann macht es klick. Eine zu Brei geprügelte Frau, die Wangen so lila wie Auberginen, die Augen zugeschwollen, der Kiefer gebrochen. Ich trete näher ans Bett heran und betrachte Griegs Hände, suche nach Hämatomen, finde aber keine.

»Wie hieß sie noch, Vern? Das Opfer?«

»Cindy Sherman.«

»Stimmt.«

Cindy war erst neunzehn gewesen. Viel zu jung für eine Ehe mit einem Scheißkerl wie Bradley Grieg. Aber sie hatte ihn angezeigt, und er schmorte bereits in einer Zelle, als sie beschloss, doch nicht gegen ihn auszusagen, und stattdessen einen Anwalt anheuerte, der uns mitteilte, die Sache wäre »geklärt« und Bradley nicht länger Teil von Cindys Leben. Inzwischen wussten wir, dass Bradley dick befreundet war mit Connor Schmidt, Sohn von Carl Schmidt.

Carl Schmidt ist der Kopf dessen, was in Baxter als Mafia gilt. Im Gegensatz zur Stadt floriert sein Geschäft, denn die Langzeitarbeitslosen trösten sich mit Dope, Koks, Meth und Alkohol. Nach diesem Muster lief es schon immer. Als eine Fabrik nach der anderen schloss, schoss die Anzahl der Junkies nach oben, ebenso die Quote der Überfälle und Einbrüche, die Vorfälle von häuslicher Gewalt und die Zahl der alleinerziehenden Frauen.

»Es heißt«, erklärt Vern, »dass Connor sich eingemischt hat. Hat Cindy versprochen, dass sie nie wieder was von Bradley hört, wenn sie nicht aussagt. Cindy ist darauf eingegangen.«

Vern dreht Grieg um. Dessen Mund steht so weit offen, dass man weit hinten im zerschmetterten Unterkiefer einen Goldzahn erkennen kann. Der Rest des Gesichts ist größtenteils weggeschossen.

»Habt ihr mit dem Hotelmanager gesprochen, Vern?«

»Besitzerin und Managerin. Felice Gaitskill, ich kenne sie aus der Highschool. Sie war ein paar Jahre über mir. Felice meinte, Grieg hätte gestern Nachmittag eingecheckt. Keine Ahnung, wo er dann war, wenn er überhaupt noch mal rausgegangen ist.«

»Was ist mit Videoaufnahmen?«

»Drei Kameras sind über der Bürotür angebracht und zeigen nach links, rechts und vorne.«

»Mehr nicht?« Das Bürogebäude hat zwei Stockwerke und ist eher ein Haus als eine Hütte. Es steht außerdem knapp hundert Meter entfernt.

»Leider ja, Delia. Und ich kann verstehen, warum Grieg sich eine Hütte ganz am Ende ausgesucht hat. Er wohnt gerade mal eine Meile entfernt und war nicht verheiratet, er muss also irgendeinen Mist geplant haben. Aber schau dir das mal an.« Vern hebt Griegs linken Arm an und zeigt auf die verheilten Narben eines Ex-Junkies, neben denen sich genug frische Einstiche befinden, um den Arm in ein Nadelkissen zu verwandeln.

»Wirf mal einen Blick ins Bad«, sagt Vern. »Auf dem Badewannenrand liegen die ganzen Utensilien.«

»Ja, mach ich gleich. Was ist mit den Überwachungsbändern? Können wir die heute noch sehen?«

»Die Gaitskills waren nicht begeistert. Also, Felice und ihr Sohn Richard. Ich habe ihnen dann erklärt, dass wir das Motel absperren müssten, bis wir einen Beschluss bekommen. Auf die nette Art, als bliebe mir keine Wahl. Da haben sie sich entschieden, zu kooperieren.«

Ich schicke Vern los, um sicherzustellen, dass das Video nicht versehentlich gelöscht wird. Motelbetreiber glauben, vielen ihrer Gäste sei Vertraulichkeit wichtiger als saubere Bettwäsche. Außerdem will ich ein paar Minuten allein sein, um meinen Gedanken freien Lauf zu lassen. Vern hat recht: Grieg wohnte direkt in der Nähe, folglich war er wohl nicht ins Skyview gekommen, um hier zu schlafen.

Ein schiefgelaufener Drogendeal? Das ist mein erster Gedanke. Connor Schmidt und sein Vater sind stadtbekannte Dealer, und ich bin schon lange hinter ihnen her. Bisher sind sie mir immer entwischt. Wenn wir von einem Deal Wind bekommen, ist er bereits gelaufen. Wahrscheinlich werde ich sie irgendwann noch zu fassen bekommen, warte aber nicht darauf. Wenn die Sterne richtig stehen, dann soll es so sein.

Zuerst sehe ich im Badezimmer nach. Auf dem Rand der Badewanne finde ich eine Spritze, einen Teelöffel, einen Wattebausch und ein kleines Plastikfläschchen mit etwas braunem Pulver. Auf dem Boden und in der Dusche liegen feuchte Handtücher.

Ich kehre ins Zimmer zurück und mache Inventur, liste jeden einzelnen Gegenstand auf. Eine Kommode mit drei Schubladen, ein Tisch und ein Stuhl, in der Ecke ein Polstersessel, ein Doppelbett, darauf Laken und Decken, die zwar blutgetränkt, aber kaum zerwühlt sind. Über dem Tisch hängt ein Flatscreen-Fernseher an der Wand. Ein Bild über dem Bett zeigt einen Waldarbeiter an einem Bergbach.

Griegs Hose liegt als Haufen auf dem Polstersessel. Ein T-Shirt, anscheinend aus Seide, und ein leichtes schwarzes Jackett sind auf den Boden geworfen worden.

In Eile, beim Hereinkommen? Zumindest sieht es danach aus.

Aber es befindet sich noch ein Gegenstand im Zimmer, der gänzlich fehl am Platz wirkt. Eine teure Schlangenledertasche liegt auf der Kommode, geöffnet und leer.

Die Frühphase jeder Ermittlung ist, zumindest für mich, immer voller Fragezeichen. Was war in der Schlangenledertasche, als Grieg sie aus dem Auto holte und in sein Zimmer trug? Warum ist sie geöffnet? Wurde der Inhalt entwendet? Oder eingetauscht, bevor Grieg eingecheckt hatte? Oder danach? Und wenn ja, dann gegen was? Cash? Das einzige Bargeld, das sich finden lässt, steckt in Griegs Hosentasche. Die einzige Droge, ein Fläschchen mit Resten von vermutlich Heroin oder Fentanyl, steht auf dem Rand der Badewanne.

Die leere Ledertasche deutet auf einen Raub hin. Aber dazu passt nicht, dass Grieg nach dem Duschen unbekleidet auf dem Bett liegt. Drogendeals macht man nicht nackt. Und ich bin mir fast sicher, dass Grieg nicht bewegt worden ist. Die Leichenflecke sind ausgeprägt, Griegs Blut hat sich in der Brust und auf der Vorderseite seiner Beine gesammelt. Nein, er ist gestorben, wie wir ihn gefunden haben: nackt auf dem Bett liegend.

Man beginnt immer mit der naheliegendsten Erklärung. Und geht erst weiter, wenn die sich als falsch erwiesen hat. Die verstreute Kleidung? Die feuchten Handtücher? Nackt auf dem Bett? Bradley Grieg hat sich die falsche Frau in Hütte 909 geholt.

6
CONNOR

»Reiß dich verdammt noch mal zusammen und krieg deine Gedanken klar. Erzähl, was genau passiert ist. Erst dies, dann das, dann jenes. Klar? Eins, dann zwei, dann drei.«

Der so redet, ist Carl Schmidt. Mein Dad. Dad ist sauer, das ist er immer. Auf mich, meine Mom, die Scheißkriminellen, die für uns arbeiten, auf die Reinigung, die den Fleck an seiner Jacke nicht weggekriegt hat. Was ich denke? Dads Wut war erst nur ein Trick, um seine Kumpane (und seine Kunden) auf Linie zu halten. Aber dann ist sie ihm in Fleisch und Blut übergegangen. Ich sage das, weil Mom behauptet, ihr Gatte wäre früher mal ausgeglichen gewesen. Wie ihr Sohn.

Mit anderen Worten, Dad ist ein Tyrann und Arschloch. Gut, alle anderen in Angst und Schrecken zu versetzen hat ihm ein gutes Leben eingebracht. Aber ich habe seit ein paar Jahren keine Angst mehr vor ihm. Damals wurde mir klar, dass ich ihn eines Tages vielleicht töten muss. Und dann wurde mir klar, dass ich das hinkriege, null Problemo.

Diesmal hat Dad allen Grund, sauer zu sein. So richtig fuchsteufelswild. Wir sind in Dads Haus (nicht Moms, niemand würde wagen, es Moms Haus oder auch nur ihr gemeinsames Haus zu nennen), in Dads Büro, kürzlich angebaut. Ich hätte die Einrichtung vorhersagen können. Dad hat die vielen Tiere, die er im Laufe der Jahre umgebracht hat, einschließlich der Fische, auf dem Boden und an allen Wänden verteilt.

Besonders stolz ist er auf einen Bärenmarder, den er aus dem Hubschrauber heraus erlegt hat. Er erzählt ständig, wie gern er mit den Fingern durch das dichte Fell fährt, das noch die bitterste Kälte abhält.

»Ich bin heute Morgen um acht am Motel gewesen«, sage ich. »Pünktlich wie verabredet. Nur dass die Cops schon da waren. Sechs oder sieben Streifenwagen, ein Notarztwagen, der Wagen des Coroner und etwa ein Dutzend Uniformierte. Sie haben die Umgebung von Zimmer 909 abgesucht.«

»Hütte 909, klar? Im Skyview gibt's keine Zimmer. Nur Hütten.« Dad kratzt sich am linken Ohr, an dem das Ohrläppchen fehlt. »Gib dir doch endlich mal Mühe, was hinzukriegen, Connor.«

Wir beide, Vater und Sohn, betreiben ein Familiengeschäft. Wir verschieben Drogen und verleihen Geld gegen hohe Zinsen. Eine Art Kleinkredit, aber ohne den Papierkram. Außerdem kümmern wir uns um die Nutten auf den Trucker-Rastplätzen in der Umgebung. Die Huren bezahlen für unseren Schutz und bekommen ihn. Wir halten die Zuhälter fern. Seitdem meine Frau mich vor einem Jahr verlassen hat, sind die Mädels auch zu mir nett. Ich habe Trudy deswegen nie einen Vorwurf gemacht. Eigentlich wünschte ich nur, sie hätte Mom mitgenommen, sie wären beide entkommen. Mein Leben? Läuft nur auf eins hinaus.

Dad hält sich selbst für den König. Hockt auf seinem Thron und flüstert seinem Sohn, dem Prinzen, Befehle ins Ohr. Das nennt man glaubhafte Abstreitbarkeit. Denn ich bin das Arschloch, das die Befehle an unsere Crew weitergibt. Und wenn uns einer der Jungs dann verpfeift, was früher oder später passieren wird, bleibt nichts an Dad hängen. Es sei denn, ich bin der Junge, der pfeift.

»Ich war ziemlich weit weg«, fahre ich fort. »Hab an der Straße am anderen Ende des Motels geparkt. Ich wollte nicht zu nah ran, damit keiner fragt, was ich da zu suchen hab. Aber ich hab gesehen, dass unser Mann da war.«

»Und was hat er gemacht?«

»Rumgestanden.«

»Er hatte nichts zu sagen?«

»Nee. Das Sagen hatte diese Zicke, Lieutenant Mariola. Unser Mann hat völlig abwesend gewirkt. Als wäre er am falschen Ort.«

Ich halte inne, aber Dad fordert mich mit einer Geste auf, weiter zu erzählen.

»Ich hab ihm eine SMS geschickt und mich eine halbe Stunde später auf dem Parkplatz bei Kroger mit ihm getroffen. Bradley Grieg ist tot. Hat wohl eine Kugel in den Kopf bekommen, im Schlaf. Hat es nicht kommen sehen.«

Keine Überraschung, angesichts des Heroins, das die Cops im Bad gefunden haben. Das behalte ich im Moment noch für mich. Ich war davon ausgegangen, dass Bradley seine Junkie-Vergangenheit hinter sich gelassen hatte. Hätte ich gewusst, dass er wieder drauf war, hätte ich ihn niemals nach Norden geschickt. Aber Dad davon zu überzeugen wäre so aussichtsreich gewesen wie, dass wir beide in den Himmel kommen.

»Was ist mit dem Geld?« Wenn Dad wütend ist, neigt er dazu, sich zu wiederholen, so wie jetzt. »Was ist mit dem verdammten Geld?«

»Die Frage konnte ich nicht stellen. Jedenfalls nicht direkt.«

»Komm zum Punkt, Connor.« Dads Ton wird schärfer, noch so ein Trick, der mich nicht anficht. »Was ist mit dem Geld?«

»Unser Mann meint, dass Mariola von einem Raubüberfall ausgeht. Im Zimmer lag eine schicke Tasche, so eine Art Sporttasche, aber aus Schlangenleder.« Es macht mir Spaß, Dad zu reizen, und ich halte so lange inne, bis er die Augenbrauen hochzieht und den Mund zusammenpresst, der schon so hart wie eine geballte Faust ist. »Die Tasche war geöffnet. Und leer. Das einzige Geld, das sie im Zimmer gefunden haben, waren hundert Dollar in Brads Hosentasche.«

Die Tür geht auf, und Mum kommt rein, in den Händen ein Tablett mit Kaffeebechern und einem Teller mit gezuckerten Donuts. Sie sind noch warm, wie ich feststelle, als ich zugreife.

»Ich dachte, ihr möchtet vielleicht einen Kaffee.«

Manche halten Mum für einfältig, aber ich kaufe ihr das nicht ab. Ich glaube, sie hat Angst, aber ich weiß nicht, wovor. Was ich weiß: Sie tut alles, um Konflikte zu vermeiden. Eine richtige Phobie. Was Dad angeht, habe ich ihn nie ein böses Wort zu seiner Frau sagen hören. Und auch kein gutes.

Dad nickt in Richtung Schreibtisch, und Mom setzt das Tablett ab. Als sie aus der Tür geht, beiße ich noch mal von meinem Donut ab.

»Schmeckt großartig«, rufe ich ihr nach.

Mom schenkt mir ein kurzes Lächeln, ein junges, fast mädchenhaftes Lächeln. Sie ist so schlank und elegant, wie Dad fett und klobig ist. Wer sie nicht kennt, würde sie nie im Leben für Mann und Frau halten.

Als ich mich wieder umdrehe, steht Dad am Fenster und starrt in den Garten. Der ist von Rosen umgeben, die Blüten bilden eine blutrote Wand, die sich von einem Ende des Grundstücks zum anderen erstreckt. Natürlich ist es Mom, die sich darum kümmert.

»Ich denke gerade«, sagt Dad, »dass es so besser für uns ist.«

»Inwiefern?«

Das bringt mir einen bösen Blick ein. Was hat er im Leben Schreckliches getan, um so einen Idiotensohn zu verdienen? Macht nichts. Soll er mich für einen Idioten halten. Soll er denken, was er will, er wird mit den Konsequenzen leben müssen.

»Wenn die Cops das Geld hätten, wäre es für alle Zeiten weg. Aber wenn wir den Scheißkerl finden, der Bradley geext hat, haben wir die Chance, es zurückzubekommen.« Dad nimmt einen Kaffeebecher und trinkt ihn fast aus. »Und wo wir schon von Toten sprechen, ich hab dir ja gesagt, Bradley ist hinüber. Ich hab dir gesagt, er ist ein totaler Versager. Aber er war dein Kumpel, und du hast für ihn gebürgt. Und, hatte ich recht? Sag's mir.«

Der Job war kinderleicht gewesen. Erstens, ich gebe Bradley siebenhundert kleine grüne Pillen mit der Zahl 80 (für 80 mg) auf einer Seite. Zweitens, Bradley bringt sie zu einem Käufer im Norden des Staats. Drittens, Bradley bringt die achtzehntausend Dollar zurück, die der Käufer ihm gibt, und begibt sich in den Skyview Motor Court, bevor irgendwer mitkriegt, dass er in der Stadt ist.

Das Skyview war meine Idee – nur für den Fall, dass die Bullen Bradleys Haus beobachten –, aber das Ganze war mehr oder weniger Routine. Bei Drogengeschäften gibt es eine Faustregel: Hin und wieder weg, bevor irgendwer was mitbekommt. Uns hat das Virus genutzt, es hält die Cops auf Trab, und die Neuarbeitslosen müssen jede Menge Zeit totschlagen. Stimmt schon, ich war krank, Mom auch, aber nach ein paar Wochen hatten wir uns wieder erholt. Dad hat's anders gemacht und sich schnell isoliert, während seine kranke Frau ihm das Essen vor die Tür ihres früheren gemeinsamen Schlafzimmers stellte.

»Wie kannst du Bradley in den Dreck ziehen?«, frage ich. »Der Typ ist tot. Er hat mit seinem Leben bezahlt.«

»Ich dachte, du hast gesagt, er hätte geschlafen, als er die Kugel in den Kopf geballert bekommen hat.«

»Die Bullen glauben, er hätte geschlafen, okay? Wo ist der Unterschied? Man ist nicht toter, wenn man's kommen sieht.«

Dad nimmt einen Donut und beißt die Hälfte ab. Ich sehe ihm beim Kauen zu, sehe seinen Adamsapfel auf und ab hüpfen, und frage mich, wie es sich anfühlen würde, ihm eine Rasierklinge über die Kehle zu ziehen.

»Ich will dieses Geld, Connor, oder ich will mein Pfund Fleisch. Ich kann mich nicht einfach abziehen lassen und tatenlos bleiben. Irgendwer muss dafür bezahlen. Und du wirst dafür sorgen.« Er zögert, wiederholt dann: »Du allein wirst dafür sorgen. Ich will nicht, dass irgendwer mitbekommt, dass mir achtzehntausend fehlen.«

Ich erwähne das Offensichtliche nicht, dass nämlich auch die

Bullen denjenigen finden wollen, der Bradley ausgeschaltet hat. Oder dass mein Interesse ihre Aufmerksamkeit erregen könnte.

»Okay, Connor, du kanntest den Scheißkerl ja, stimmt's? Seine Freunde, wo er abhängt, auf was er steht, auf was nicht? Also hör dich um. Bradley muss irgendwem gesagt haben, dass er in dem Zimmer sein würde. Wenn du denjenigen findest, hast du unser Geld.«

Vermutlich sollte ich was sagen, spare es mir aber. Zucke nur die Achseln und greife nach meinem Kaffee. Die Abzocke ist kein Weltuntergang. Die achtzehn Riesen tun weh, aber wir kommen durch. Und mir ist klar, dass Dad das weiß. Er hat etwas anderes im Sinn.

»Streng dich an, Connor. Streng dich richtig an. Wir würden gar nicht in dieser Scheiße stecken, wenn du das Arschloch nicht empfohlen hättest.« Er lächelt. Jetzt kommt die Pointe. »Wenn du das Geld nicht findest, wirst du mit deinem Anteil dafür geradestehen.«

7
DELIA

Felice Gaitskill überragt meine ein Meter achtundsechzig um einiges und hat außerdem schwere Knochen. Aber sie ist längst nicht so eindrucksvoll wie ihr Sohn. Richard Gaitskill ist genauso groß und breit wie Vernon Taney. Vern sitzt im hinteren Büro gelassen vor einem Bildschirm, bietet mir einen Stuhl an, den ich annehme, und wartet auf mein Nicken. Wie immer wird er den Großteil der Vernehmung durchführen. Mein Job ist es, den Schlusspunkt zu setzen.

»Vielen Dank erst mal, Felice«, beginnt Vern in liebenswürdigem Ton, »dass du uns so kurzfristig zur Verfügung stehst.«

Felice lächelt höhnisch, ihre Augen verengen sich. »Tu, was du tun musst, Vern. Bringen wir's hinter uns.«

»Na, na, Felice, kein Grund, so gereizt zu sein. Es geht schließlich um Mord.« Vern hält inne, doch Felice schweigt. »Erstens, hast du Bradley Grieg gekannt, bevor er gestern Abend hier eingecheckt hat?«

»Wieso sollte ich ihn kennen?«

»Das wäre dann gleich meine zweite Frage. Wieso?« Vern hebt den Kopf und sieht ihr in die Augen, seine Miene ist immer noch freundlich. »Also hast du ihn gekannt, ja?«

»Mhm, nicht, wie du meinst. Grieg war Stammgast, kam etwa dreimal im Monat. Normalerweise brachte er eine Frau mit. Unterschiedliche Frauen.«

»Nutten?«

Diesmal antwortet Richard, seine Stimme ist überraschend hell. »Ich glaube, Bradley war … ein Frauenheld. Er hat gern angegeben, zumindest mir gegenüber. Wenn ich draußen zu tun hatte – Müll einsammeln, Rasen mähen –, haben wir ein paar Worte gewechselt. Die Frauen, die er bei sich hatte – viele waren älter als er, die meisten trugen Eheringe. Als wäre ihnen das gar nicht peinlich, weißt du? Als wäre ein Quickie zwischendurch ganz normal.«

»Und gestern? War er allein, als er eingecheckt hat?«

»Ja.«

»Bist du sicher, Richard?«

»Er hat draußen vorm Büro geparkt und kam rein. Im Auto war sonst niemand.«

»Okay. So weit, so gut, und danke für eure Unterstützung.« Vern schiebt einen Stuhl neben meinen. »Habt ihr was dagegen, wenn ich anfange?« Als niemand Einwände erhebt, machen wir uns an die Arbeit.

Das Video wurde von einer externen Festplatte runtergezogen und ist so unscharf und körnig, wie ich erwartet habe. Wieder die Privatsphäre. Nichts sehen, nichts sagen. Laut Empfangsbuch hat Grieg um 18:20 Uhr eingecheckt, und Vern lässt den Tag schnell durchspulen. Ab 18:15 Uhr lässt er langsamer laufen, und dann noch langsamer, als ein Audi auf den Parkplatz fährt und vor dem Büro hält.

Richard Gaitskill hat nicht gelogen. Grieg war allein. Und die Zeitangabe in der Bildschirmecke zeigt 18:21 Uhr an, was zum Empfangsbuch passt. So weit, so gut.

Acht Minuten später, um 18:29 Uhr, verlässt Bradley Grieg das Büro, fährt zur Hütte, öffnet den Kofferraum und trägt die Ledersporttasche hinein. Dann nichts mehr.

Vern tippt auf eine Taste, und das Video läuft in hoher Geschwindigkeit weiter, bis sich um 21:03 Uhr die Tür öffnet und Grieg herauskommt. Er hat die Sporttasche dabei, legt sie auf den Vordersitz und fährt los. Andere Gäste treffen ein und laden ihr Gepäck aus. Die Hütten, die sie beziehen, sind relativ weit entfernt von der 909. Zufall? Die meisten liegen auf der anderen Seite des Bürogebäudes.

Vern hält das Video an und wendet sich an die Gaitskills. »Grieg hat ab und zu Frauen mitgebracht. So viel wissen wir. Aber hatte er je einen männlichen Gast?«

»Einen männlichen Gast?«, lässt sich Felice Gaitskill vernehmen. Frage, Gegenfrage.

»Ja, hat ihn mal ein Mann auf dem Zimmer besucht?«

»Nicht dass ich wüsste.«

»Was ist mit dir, Ritchie? Hast du je gesehen, dass ein Mann in Griegs Hütte gekommen wäre?«

»Nicht dass ich mich erinnere.«

»Aber es könnte passiert sein, oder? Möglicherweise?«

»Möglicherweise«, gibt Richard zu.

»Zum Beispiel Connor Schmidt?«

Richard ist zu jung, und der Name fällt zu plötzlich. Er fragt sich, was wir wissen und was nicht. Er ist überfordert. Nicht so seine Mutter.

»Was sind wir jetzt«, fragt sie, »Verdächtige?«

Vern lässt den Blick lässig vom Sohn zur Mutter gleiten, nimmt sich alle Zeit der Welt. »Ihr lebt hier auf dem Gelände, Felice, und ihr wart gestern Nacht zu Hause. Also, ja, ihr hättet ihn ermorden können.« Wieder ein Lächeln, weniger liebenswürdig. »Niemand wird ausgeschlossen, bis er ausgeschlossen wird. Nun, kennt einer von euch beiden Connor Schmidt? Oder seinen Vater Carl? Ein einfaches Ja oder Nein reicht.« Als keiner der Gaitskills eine Antwort gibt, trete ich auf den Plan.

»Denken Sie nach. In einer Ihrer Hütten wurde ein Mann ermordet, erst der zweite Mord in diesem Jahr. Wollen Sie wirklich meine Ermittlung behindern, obwohl Bürgermeister Venn persönlich dahintersteht? Überlegen Sie mal. Wenn Sie nicht kooperieren, muss ich mich fragen, warum. Und wenn ich eine Frage habe, drehe ich so lange jeden Stein um, bis ich die Antwort kenne.«

Ich nicke Vern zu, und er drückt wieder auf Schnelldurchlauf, bis Grieg um 22:42 Uhr zurückkehrt. Hinter seinem Audi fährt ein mittelgroßer Wagen, den ich nicht erkenne. Mitsubishi, Honda, Toyota oder sogar ein Ford oder Chevy? Aus dieser Entfernung sehen die alle gleich aus. Wenn ich nicht wüsste, dass Grieg einen Audi fuhr, würde ich den auch nicht erkennen.

Eine Frau steigt aus dem Wagen. Durchschnittlich groß, durchschnittliche Figur, eigentlich nicht mehr als ein heller Fleck. Für eine Identifizierung ist das Video wertlos. Ich sehe, dass sie einen Hut trägt, aber das ist auch das einzige erkennbare Detail.

Sie zögern nicht. Grieg hält die Tür auf, die Frau betritt die Hütte, er folgt ihr. Dreiunddreißig Minuten später, um 23:15 Uhr, kommt die Frau heraus, geht zu ihrem Wagen und fährt davon.

Bitte, sei du es, denke ich. *Lass da keinen anderen mehr im Video auftauchen, bis Richard Gaitskill die Leiche entdeckt. Lass es die Frau sein, hundertpro, ohne jeden Zweifel, die einzige Karte auf dem Tisch.* Dann kann ich sie identifizieren, den Fall abschließen, und der Chief sagt: »Braves Mädchen.«

Ein paar Minuten später beginnt es im Video zu regnen. Aus Nieseln wird ein Guss, von Hütte 909 bleibt nur noch ein schemenhafter Umriss, der schließlich ganz verschwindet. Und erst im Morgengrauen wieder sichtbar wird. In den sieben Stunden dazwischen hätte eine ganze Horde die Hütte betreten oder verlassen können. Was unwahrscheinlich ist, zugegeben, aber wahrscheinlich für begründeten Zweifel reicht. Dafür braucht es nur einen einzigen Geschworenen.

Richard Gaitskill kommt um 7:47 Uhr ins Bild, am Steuer eines Elektrofahrzeuges, etwa so groß wie ein Golfwagen. Er fährt von Hütte zu Hütte und sammelt Müll ein, die belegten Kabinen lässt er aus. Um 9:10 Uhr hält er vor Griegs Hütte und starrt gute dreißig Sekunden lang die Tür an, bevor er aussteigt. Ich sehe ihn auf die

Hütte zugehen, die Tür öffnen und abrupt zurückweichen. Sekunden später ist er am Handy.

»Wen rufen Sie da an?«, frage ich. »Die 911?«

»Ja.«

»Sicher? Weil jeder Notruf auf die Sekunde genau registriert wird. Also, wenn Sie lügen, finden wir das raus.«

Richards Augen werden schmal. »Hören Sie, Sie wollten wissen, ob ich Connor oder seinen Vater kenne. Na ja …«

»Sag ihnen nichts.«

Richard fährt fort, ohne seine Mutter anzusehen. »Unser Laden hier ist sauber, Lieutenant.« Er zeigt auf einen an der Wand lehnenden Baseballschläger. »Keine Nutten, keine Zuhälter, und wenn ich vermute, jemand nutzt die Hütten zum Drogendealen, fliegt er raus. Aber Carl Schmidt und sein Sohn? Das ist eine andere Liga. Also, ja, ich kenne die Schmidts, was heißt, dass ich sie auf der Straße erkennen würde, aber nicht so gut, dass ich sie im Vorbeigehen grüßen würde. Connor, der ist ein paarmal mit Bradley hier gewesen. Was sie in der Hütte gemacht haben, keine Ahnung. Ich weiß es nicht, wusste es nicht und will es auch in Zukunft nicht wissen. Wer sich mit Carl Schmidt anlegt, riskiert sein Leben.«

Das kommt mir zu schnell, zu geschmeidig. Als hätte er es im Kopf geprobt, Wort für Wort, und dann erst ausgesprochen. Und, ja, Richard könnte Bradley getötet haben. Seine Mutter ebenfalls.

»Okay, das reicht erst mal. Aber hören Sie mir gut zu. Sie müssen dieses Video sorgfältig aufbewahren. Wenn es irgendwie abhandenkommt, werde ich Sie wegen Behinderung der Justiz belangen.«

Richard reagiert umgehend. »Ich hab 'ne bessere Idee, Lieutenant. Warum nehmen Sie es nicht mit? Wenn dann irgendwer anders kommen sollte und es haben will … tja, dann hab ich nichts in den Händen.«

»So jemand wie Carl Schmidt?«

»Oder sein Sohn.«

8
GIT

Charlie hat gerade die zweite Klasse beendet und in allen Fächern eine Eins bekommen. In der Kommentarspalte schrieb Mrs. Taney: »Charlotte ist ihrer Klassenstufe im Lesen und Rechnen voraus. Sie ist eine hervorragende Schülerin.«

»Und ein wunderhübsches Kind«, hat Mrs. Taney nicht dazugesetzt. Das war auch nicht nötig. Ich weiß, dass hübsche Kinder manchmal den umgekehrten Weg des hässlichen Entleins gehen, aber mit acht Jahren ist Charlie ein wirklich hübsches Kind. Das bestreitet niemand, nicht mal meine Mutter, und vielleicht ist es nicht so überraschend. Meine Ehe ist nicht daran gescheitert, dass Sean unansehnlich gewesen wäre.

Charlie ist außerdem ein überwiegend kooperatives Kind, das seine Trotzphase ohne Wutausbrüche hinter sich gebracht hat, auch wenn ihr Vokabular damals manchmal aus einem einzigen Wort bestand: Wieso? *Wieso* wurde ihr Mantra, und meine detailreichen Erklärungen führten nur dazu, dass sie noch mehr Erklärungen forderte.

Mom schlug vor, Charlies Neugier mit einer Tracht Prügel einzudämmen, die alle Fragen ein für alle Mal klären würde. Meine Reaktion war genauso mitfühlend. Wenn Mom je Hand an Charlie legen würde, würde ich ihr den Kopf abreißen und ihn ihr so tief in den Arsch schieben, bis er am Hals wieder rauskäme.

Charlie hat die Fragephase vor ihrem vierten Geburtstag beendet. Nicht dass ihre Neugier sich gelegt hätte, meine Tochter lernt einfach, weil sie lernen will. Das ist gut – stimmt's? –, ein Kind mit Eigenmotivation? Gleichzeitig bin ich die Art Mutter, die die Hausaufgaben ihrer Tochter überprüft, ihre Zähne, den Dreck hinter den Ohren nach dem Waschen, und die wissen will, was sie gemacht hat, während ich bei der Arbeit war. Ich kontrolliere sogar ihre Kleidung.

Ich glaube, eigentlich habe ich Angst. Angst, abzurutschen und Charlie mit nach unten zu ziehen. Ich habe in meiner Pubertät versucht, Besoffene zu meiden, inklusive Moms Liebhaber. Mit fünfzehn habe ich aufgegeben. Für Charlie will ich mehr, viel mehr. Und wieso nicht? Mein Herz schlägt für uns beide.

In der nächsten Stunde erreichen mich zwei Nachrichten, eine sehr gute und eine sehr schlechte, die schlechte zuerst. Ich sitze mit Charlie auf dem roten Loveseat, den ich so gedreht habe, dass man aus dem Panoramafenster nach draußen schauen kann. Auf der Ostseite wird unser Haus von einem anderen, noch kleineren (kaum vorstellbar) flankiert. Aber auf der Westseite schließt ein Waldstück an eine kleine, verwilderte Grünfläche an. Ich habe den Loveseat so hingestellt, dass Charlie und ich die Bäume und Büsche im Wechsel der Jahreszeiten beobachten können.

Heute sitzen wir mit dem Rücken zum Fernseher und lesen ein Buch, oder vielmehr liest Charlie, während ich ihr die unbekannten Worte erkläre. Das Buch heißt *Wilbur und Charlotte*, ich habe es in der Hoffnung ausgesucht (ja, *ich* habe es ausgesucht), dass ihr eigener Name im Titel ihr Interesse halten wird. Wir sind an der Stelle, wo die Hauptfigur, ein Schwein namens Wilbur, in einem neuen Stall ankommt, da bringt Moms grelle Stimme unsere traute Blase zum Platzen.

»Hey, sieh dir das mal an.«

Ich schaue über die Schulter und sehe Mom vor dem Fernseher sitzen, ein nicht allzu großer Flatscreen, der mindestens zwei Generationen hinter den neuen Dingern auf dem Markt hinterherhinkt.

»Was ist los, Mom?«

»Wir haben einen Mord, hier mitten in Baxter. Der zweite dieses Jahr.«

Was auf dem Bildschirm gezeigt wird, wirkt so vertraut wie ein Fernsehkrimi. Gelbes Absperrband vor einer Einfahrt, kreuz und quer parkende Polizeiwagen, herumstehende Cops, Kaffeebecher auf der Motorhaube eines Streifenwagens. Dann verbinden sich die Bilder zu einem Ganzen, und mir geht auf, dass ich eine der Hütten des Skyview Motels sehe. Hütte 909.

Ich gebe alles, um nicht die Fassung zu verlieren. Das ist nötig, weil ich weiß, dass Mom ihren Mund nicht halten kann. Auch jetzt noch kehrt sie alle paar Tage in Pearl's Schönheitssalon und zu ihren alten Freundinnen in den Yards zurück.

»Okay, was ist daran so besonders?«

»Das ist das Skyview. Das ist ein … ein Bordell.«

Eigentlich hatte sie *gottverdammter Puff* sagen wollen, aber sie weiß, dass ich solche Ausdrücke in Charlies Gegenwart nicht dulde. Außerdem ist das Skyview kein Puff, sondern ein Motel mittlerer Preisklasse, in dem vornehmlich Familien absteigen. Ich löse meinen Blick vom Fernseher und schaue Mom an, die vorstehenden Wangenknochen und die gelben Augen. Es ist, als hätte die Hässlichkeit in ihrer Seele ihren Körper übernommen, wie ein böser Kannibale, der Amok läuft.

»Was wird da berichtet? Über …« Fast wäre mir sein Name rausgerutscht, Bradley, ich schlucke ihn in letzter Sekunde herunter. »Über den Mord?«

»Noch nichts. Die Angehörigen müssen noch verständigt werden. Aber man kann sich ja denken, wie das gelaufen ist. Irgendeine Nutte hat sich gegen den Willen des Freiers ein Trinkgeld genehmigt. Oder der Freier hat sich was genommen, wofür er nicht bezahlt hatte, und sie hat sich geholt, was ihr zustand.« Mom kichert. »Ich kenne die Frau, der das Skyview gehört, seit der Highschool, Felice Gaitskill heißt sie. Ist kein Stück besser als gerade notwendig.«

Ich schließe einen Moment lang die Augen. Das ist nicht der Zeitpunkt, um sich mit Mom zu streiten. Als ich sie wieder öffne, schieben gerade zwei Männer in weißen Overalls eine Bahre mit einem grauen Leichensack aus der Hütte und laden sie in einen Krankenwagen der Feuerwehr. Ein Mann und eine Frau erscheinen in der Tür der Hütte.

Mom zeigt auf den Bildschirm. »Das da ist Vern Taney. War in der Highschool ein klasse Footballspieler, alle dachten, er würde aufs College kommen. Dann wurde sein Dad krank, und er musste arbeiten gehen. Vielleicht hat er so seinen Ruf bekommen. Schnell mit den Fäusten, wenn man ihm querkommt.«

»Und die Frau?«

»Das muss Taneys Chefin sein. Keine Ahnung, wie sie heißt. Lieutenant irgendwas.«

Das Video läuft in Dauerschleife, und der Ton ist zu leise, um die Worte des Reporters im Hintergrund hören zu können. Aber ich kann mich sowieso nicht konzentrieren, und die Szene läuft mehrmals durch, bevor mein Gedankenstrudel sich beruhigt, bevor ein Satz aus jener Zeit, als ich noch jung genug war, um zu glauben, dass die Kirche und Gebete mich retten würden, sich in mein Hirn bohrt. Und dort stecken bleibt.

Denn was ich gefürchtet habe, ist über mich gekommen.

Die meisten Kids, mit denen ich in den Yards aufgewachsen bin – kleine Ratten wie ich, die zwischen den Trailern und den Schuppen hin und her huschten –, gaben früh auf. Wieso auch nicht? Wenn sie auf die Highschool kamen, hinkten sie dem Lehrstoff bereits jahrelang hinterher, und Angst hatten sie nur noch vor den Junkies, die sich in der Gosse um die Ecke ihren Schuss setzten. Versagen sahen sie als ihr Schicksal, und dem Schicksal konnte man nicht entrinnen. Kein Gehaltscheck würde je das Überleben sichern.

Ich lehnte diese Art des Denkens ab. Ich war überzeugt, wer hart arbeitete, konnte sich und seiner Familie ein gutes Leben bieten. Gut, ich ließ mir zu lange Zeit und machte immer wieder Fehler, wie Sean zu heiraten und Franky Belleau zu vertrauen. Aber hinter all meinen Träumen existierte eine grundsätzliche Wahrheit, eine Wahrheit, der ich einen Namen gab: Ich nannte sie meinen Steigbügel-Plan und versicherte mir, dass allein Willenskraft Erfolg bringen würde. Glück spielte keine Rolle.

Wenn die Cops mich irgendwie mit der Leiche da in der Hütte in Verbindung bringen, werden sie mir den Mord anhängen. So haben die Cops in den Yards immer gearbeitet, und dass sich daran was geändert hätte, kann ich weder glauben noch hoffen. Ich wende mich wieder Charlie zu, denke aber über Vern Taney und seine Chefin nach.

»Was ist da los, Mommy?«

Charlie sieht mich mit ihren blauen Augen an, in ihrem klaren Blick liegt Neugier. Ich halte nichts zurück, aber bedenke meine Worte. Fast hätte ich gesagt, da ist ein Mann ermordet worden. Aber woher kann ich wissen, dass das Opfer ein Mann ist, keine Frau?

Ab jetzt muss ich vorsichtig sein. Sehr vorsichtig.

»Jemand ist ermordet worden, Liebes«, sage ich zu meiner Tochter.

»Wie in *Unten am Fluss?*«

»Genau.«

Charlie hebt einen Finger und lächelt wissend. »Aber kein Kaninchen. Ein Mensch.«

»Ja, ein Mensch. Du hast mich erwischt.«

Das erfreute Lachen meiner kleinen Tochter ist entzückend, aber sofort dreht sich wieder das Gedankenrad in meinem Kopf. Ich muss den Hut und das Kleid loswerden, aber würde das nicht beweisen, dass ich es war? Wenn man Beweise vernichtet? Und bestimmt habe ich DNS hinterlassen. Wenigstens haben wir es nie bis aufs Bett geschafft. Und Bradley hat geduscht, und ich habe die sechzig Dollar wieder in seine Tasche gesteckt, anstatt sie auf dem Boden liegen zu lassen. Vielleicht haben die Cops das Drogenbesteck im Bad entdeckt und daraus geschlossen, dass Bradley bei einem Streit um Drogen getötet wurde. Aber was ist mit den Überwachungskameras? An die habe ich überhaupt nicht gedacht. Vielleicht werden alle Hütten einzeln überwacht. Und vielleicht hat mich jemand in Randy's Tavern erkannt. Ich bin ja nicht gerade eine Einsiedlerin. Außerdem …

»Mommy.«

Charlies Stimme holt mich in die Gegenwart zurück. Es steht so viel auf dem Spiel. Ihr Leben und meins. »Ja, Liebes?«

»Was ist ein Bordell?«

9
GIT

Eine Stunde später bin ich auf dem Weg zu meinem Zweitjob bei Zack Butler – immer den Rückspiegel im Blick, meine Paranoia wächst –, als die gute Nachricht mich erreicht. Zack wohnt in einem großen Haus in Mount Jackson, der teuersten Gegend von Baxter, was zeigt, dass er es geschafft hat. Wie, ist mir immer noch ein Rätsel. Aber ich denke nicht an Zack oder sein Vermögen, als mein Handy klingelt.

Die Nummer und die Vorwahl 732 sind mir unbekannt, aber ich beuge mich vor und schiebe den kleinen grünen Pfeil nach rechts. Das Handy ist an der Lüftung des Armaturenbretts befestigt und auf *laut* gestellt.

»Hallo.«

»Guten Tag. Könnte ich bitte Ms. Bridget O'Rourke sprechen?«

Mom würde direkt zurückschießen: *Was wollense von der?* Und auch ich erwarte halb, dass die Anruferin eine Polizistin ist, die im Mordfall Bradley Grieg ermittelt. Aber ich habe mir angewöhnt, nicht gleich loszuplappern, was mir gerade in den Sinn kommt. Besser warten, bis man die Situation durchblickt.

»Darf ich fragen, wer Sie sind?«

»Mein Name ist Madison Klein. Ich arbeite in der Personalabteilung des Short Hills Medical Center in New Jersey. Spreche ich mit Schwester O'Rourke?«

»Ja.«

»Nun, bestimmt haben Sie viel zu tun, deswegen fasse ich mich kurz. Unser Medical Center wird in etwa einem Monat eröffnet. Wir sind ganz neu und suchen Personal in allen Bereichen, von

Hausmeistertätigkeiten bis zur Radiologie. Ich bin das, was man als Recruiterin bezeichnet. Mein Job ist es, die freien Stellen zu füllen.«

Madison spricht hastig und atemlos, die Sätze gehen ineinander über, als würde hinter ihr ein Supervisor mit Stoppuhr stehen. Als sie plötzlich innehält, muss ich mich erst sammeln.

»Sie suchen am Sonntagnachmittag Personal?«

»Da sind die meisten Arbeitnehmer zu Hause.«

»Okay, aber Sie wissen hoffentlich, dass ich weit weg von New Jersey wohne.«

»Ja, aber Sie haben sich vor ein paar Monaten bei einem unserer Partnercenter in Jersey City beworben – wir gehören zur Galvers Medical Group –, und da wollten wir fragen, ob Sie immer noch an einem Ortswechsel interessiert wären.«

Der McDonald's-Parkplatz, auf den ich einbiege, ist beinahe leer. Ich suche mir eine abgelegene Parklücke. Als hätte ich irgendein dunkles und gefährliches Geheimnis zu hüten.

»Ja«, sage ich, »das bin ich.«

»Nun, unser Partner in Jersey City – das Knowles Trauma Center – hat Ihren Beschäftigungsnachweis überprüft, nachdem Sie Ihren Lebenslauf eingereicht hatten. Erstens arbeiten Sie fast seit dem Tag Ihrer Prüfung in zwei Jobs. Zweitens, Ihr Privatpatient, also Mr. Butler, lobt Sie über den grünen Klee. Drittens, der Manager im Resurrection beschreibt Sie als ›verlässlich und effektiv‹.« Endlich hält sie inne. »Alles in allem sind Sie genau die Art engagierte Krankenpflegerin, die das Short Hills Medical Center sucht.«

Mach langsam, sage ich mir. *Madison schmiert dir Honig um den Bart. Das ist natürlich schön, aber sie will dir was verkaufen.* Wenn es zu gut ist, um wahr zu sein …

»Ich habe mir Jersey City genauer angesehen«, sage ich schließlich, »und festgestellt, dass ich mir niemals eine Wohnung in einer derart guten Gegend leisten könnte. Sogar kleine Wohnungen kosten mehr, als ich mir leisten kann. Viel mehr.«

»Keine Sorge. Short Hills liegt in Essex County, dreißig Meilen von New York entfernt. Die Preise sind hier noch relativ erschwinglich. Außerdem bauen wir ein kleines Wohnheim, um unsere Angestellten nach dem Umzug zu unterstützen. Da könnten Sie die ersten drei Monate unterkommen.«

Madison bemüht sich zu sehr. Wenn ich morgen nach Hause komme, werde ich mir dieses Medical Center online mal ansehen. Einstweilen halte ich das Gespräch am Laufen.

»Darf ich Madison sagen?«, frage ich.

»Selbstverständlich.«

»Ich habe ein Kind, Madison, eine achtjährige Tochter. Ein Wohnheim ist nicht das Richtige für uns. Das klingt zu sehr nach Unterschlupf.«

»Kein Problem. Wir arbeiten auch mit Immobilienmaklern zusammen. Darf ich Bridget sagen?« Sie wartet die Antwort nicht ab. »Hören Sie, Bridget, wie wäre es, wenn wir ein zweites Interview verabreden, vielleicht gleich über Zoom oder Workplace. Wenn wir uns danach alle einig sind, kann ich Ihnen Unterstützung zusagen. Wir werden nicht riskieren, Sie zu verlieren, weil Sie keine Wohnung finden. Übrigens ist Short Hills eine gehobene Wohngegend. Die Schulen sind hervorragend.«

»Und das Gehalt?«

Madison lacht, zögert aber nicht. »Am Anfang zahlen wir vierundzwanzig fünfzig die Stunde, Überstunden sind möglich und werden bezahlt. Zu den Zusatzleistungen gehören sieben Urlaubstage, zwei Wochen bezahlter Urlaub nach dem ersten Arbeitsjahr und die Krankenversicherung. Sagen Sie, hätten Sie Interesse daran, sich fortzubilden? Wir eröffnen nämlich eine eigene Pflegeschule, voll anerkannt. Short-Hills-Mitarbeiter zahlen nur die Hälfte der Kursgebühr. Als examinierte Krankenpflegerin würden Sie weitaus mehr verdienen.«

Zack hat in seiner Einfahrt hinter dem Lincoln genug Platz für meinen kleinen Wagen gelassen. Ich parke, bleibe aber noch sitzen. Und, ja, ich werde mich für das zweite Interview bereithalten. Seit drei Jahren versuche ich, Baxter hinter mir zu lassen, habe sogar Bewerbungen an Krankenhäuser in Seattle geschickt. Ich habe ein paar Angebote bekommen, die aber immer von einem persönlichen Vorstellungsgespräch abhingen, und für ein Vielleicht war ich nicht willens, quer durchs Land zu reisen. Und als ich doch einmal zu einem Interview nach Chicago fuhr, bin ich dort auf das gleiche Problem der irrsinnig hohen Mietpreise gestoßen. Ich will nicht in eine Großstadtversion der Yards ziehen.

Dieses Angebot ist anders, zumindest hoffe ich das. Madison klang sehr überzeugend. Wenn ich bereit bin, meine Zelte abzubrechen – und sie hat mir geraten, gut darüber nachzudenken –, dann wird mir das Short Hills Medical Center unter die Arme greifen. Zumindest beim praktischen Teil.

Bei anderer Gelegenheit hätte ich eine Flasche Wein mitgebracht und sie mit Zack geteilt. An Feiertagen machen wir das so, obwohl die Ärzte Alkohol von der Liste der Freuden gestrichen haben, die Zack noch geblieben sind. Aber ich habe keinen Wein dabei und kann mir auch nicht einreden, dass mich der Mord an Bradley nicht einholen wird. Ich war an dem Abend, an dem er getötet wurde, mit ihm in einer Bar. Und habe sie in seiner Begleitung verlassen, Herrgott noch mal.

Nein, nicht in seiner Begleitung. Ich habe die Bar kurz nach ihm verlassen und hatte drinnen mit ihm kein Wort gewechselt. Und wir sind nicht im selben Auto weggefahren. Ich bin Bradley zum Skyview gefolgt. Wenn …

Genug von dem Mist. Ich öffne die Tür, steige aus und gehe zur Haustür. Bevor ich klingeln kann, macht Miranda schon auf. Zack leidet an einem fortgeschrittenen Emphysem, das ihn, wenn er nicht rechtzeitig eine Lungentransplantation bekommt, umbringen wird. In dieser Phase seiner Krankheit ist er in der Lage, mithilfe eines Tracheostomas und zusätzlichem Sauerstoff selbstständig zu atmen, zumindest in wachem Zustand. Das ist gut, denn Miranda ist keine Krankenschwester und kann mit einem Beatmungsgerät nicht umgehen. Dennoch ist sie unersetzlich. Sie hilft Zack beim Anziehen und Baden und bei seinen Arztterminen. Sie macht ihm Frühstück und Mittagessen, kontrolliert seine Medikamente und unternimmt kurze Spaziergänge mit ihm, auf denen sie einen Rollstuhl hinter seinem Rollator herschiebt. Und sie erledigt seine Wäsche.

Nachts ist es anders. Im Schlaf kann Zack nicht selbstständig atmen. Als er es trotz meiner Einwände einmal versuchte, fiel seine Sauerstoffsättigung plötzlich auf vierundsechzig Prozent ab, und er lief blau an. Ich schloss ihn in Sekundenschnelle an das Beatmungsgerät an, und er erholte sich, erzählte mir aber später, er hätte das Gefühl gehabt, ihm würde das Leben aus dem Körper gesogen.

»Ich kann mir nichts mehr vorgaukeln. Ich weiß, dass es einen Gott gibt.« Sein Blick war flehend, als er fortfuhr: »Was zum Teufel soll ich denn jetzt machen?«

10
GIT

Da ihre Tochter krank zu Hause liegt, ist Miranda schon weg, bevor ich eingetreten bin, und überlässt Zack meiner sanften Gnade. Nur dass es heute Abend keine Gnade gibt.

»Das muss sein, ja?«, fleht Zack. »Ist das wirklich absolut notwendig?«

Zacks Atemkanüle ist seit zwei Monaten nicht gewechselt worden und beginnt zu stinken. Inzwischen müsste er sich an die Prozedur gewöhnt haben. Vor fünf Jahren hat ein Chirurg ihm ein Loch in den Hals und die Luftröhre geschnitten, einen gebogenen Plastikschlauch hineingeschoben und ihn mit einem Band fixiert. Gleichzeitig wurde ein Cuff am Ende der Kanüle im Körper teilweise aufgeblasen. Das verhindert, dass der Schlauch rausrutscht, selbst wenn sich das Band lockert, trotzdem kann genug Luft um den Schlauch und die Stimmbänder gleiten, um normales Sprechen zu gewährleisten.

Aus Sicht des Patienten ist der Kanülenwechsel unangenehm, denn er löst immer den Würgereflex aus. Beim Herausziehen des alten und beim Einführen des neuen Schlauchs wird Zack unweigerlich husten und würgen müssen. Aber das mag ich an Zack. Er ist kein Jammerlappen.

»Ich habe über vierzig Jahre lang drei Schachteln am Tag geraucht«, hat er mir mal erzählt. »Ich hab Glück, dass ich keinen Dreck ausatme.«

Zehn Minuten später schließe ich den Sauerstoffkonzentrator an Zacks Kanüle an, und wir sind fertig. Er sitzt in einem der vier Liegesessel im Wohnzimmer und schaut sich auf einem Fernseher, der eher in ein Kino passen würde, die Nachrichten an, während ich in die Küche gehe. Eigentlich verrichten Krankenschwestern keine Haushaltstätigkeiten, aber da Zack mich mitessen lässt, schmeiße ich uns meistens irgendwas in die Pfanne.

Heute Abend nicht.

»Was hältste von Pizza und Salat?«, fragt Zack.

Sal's Pizzeria ist in meinen Kontakten als Favorit gespeichert. Mein Stammrestaurant, wenn Mom ausgegangen ist und ich zu müde bin, um für Charlie zu kochen. Ich rufe sofort an.

»Hast du das mitbekommen?«, fragt Zack.

»Den Mord?«

»Ja.« Zacks Sprechstimme ist recht weich, aber die Mühe, die es kostet, genug Luft durch die Stimmbänder zu pressen, führt dazu, dass er beim Einatmen oft keuchen muss. »Ich kenne den Typen. Das Opfer, meine ich.«

Das Klingeln an der Tür verschafft mir eine Denkpause. Pizza und Salat werden geliefert. Ich bezahle mit Zacks Geld und gehe in die Küche. Zack redet gern, ich lasse ihn quatschen, bis das Baseballspiel anfängt. Er ist Fan der St. Louis Cardinals und setzt bei jedem Spiel auf sie.

»Was hast du gesagt?«, rufe ich ihm über die Schulter hinweg zu.

»Dieser Typ, Grieg. Ich kenne ihn.«

»Bin ich ihm begegnet?«

»Ich meine, ich weiß, wer er ist.« Zack hält inne und atmet hastig. Ich bin daran gewöhnt und warte einfach ab. »Aber ich hab nie Geschäfte mit ihm gemacht.«

Mit einem großen Tablett auf den Armen, das quer über die Lehnen von Zacks Sessel passt, komme ich wieder ins Wohnzimmer. Abendessen.

Wir essen ein paar Minuten lang, und ich sehe mir dieselben Bilder an wie heute Morgen, die Bahre wird rausgerollt, die beiden

Cops folgen. Diesmal allerdings wird noch eine Pressekonferenz gezeigt, die der Polizeichef, Chief Harry Black, heute Nachmittag abgehalten hat. Er weicht den meisten Fragen aus, gibt aber zu, dass die Polizei keine Verdächtigen hat und wahrscheinlich Raub das Motiv war. Alles Routine, und Chief Blacks Tonfall verrät es. Ich beobachte die beiden Cops, die hinter dem Chief stehen. Vern Taney erkenne ich, weiß aber immer noch nicht den Namen der Frau neben ihm. Sie trägt einen dunkelblauen Hosenanzug, der ihre stämmige Figur betont, breite Hüften, kräftige Schultern. Die Winkel ihres schmalen Mundes sind leicht nach unten gezogen. Verachtung? Der Blick aus ihren dunklen Augen ist wach und konzentriert. Ich kann nur hoffen, dass er nicht in Bälde auf mich gerichtet sein wird.

Zack wischt sich den Mund mit einer Papierserviette ab und schaut mich an. »Das Opfer, Bradley Grieg? Treibt sich mit Connor Schmidt rum. Er und Connor sind dicke Freunde. Oder waren es.«

Obwohl mir der Name nichts sagt, murmele ich ein Aha.

»Connor Schmidt ist der Sohn von Carl Schmidt«, fährt Zack fort. »Hast du von ihm gehört? Carl Schmidt?«

»Sagt mir nichts.«

»Carl ist Zuhälter und Dealer. Echt alte Schule, Git. Wenn man bei seinem Namen nicht vor Angst schlottert, macht er sich Sorgen. Vielleicht sind seine Tage gezählt. Vielleicht will jemand haben, was er hat.«

Ich gehe in die Küche, fülle die Teller nach und komme ins Wohnzimmer zurück. »Du hast deinen Salat nicht gegessen«, sage ich zu Zack.

»Mach ich noch.« Er bedeutet mir, Platz zu nehmen. »Was ich sagen will, wenn der Chief recht hat, wenn Bradley ausgeraubt wurde, dann wird es Ärger geben. So wie Carl Schmidts Hirn funktioniert, hat er bereits beschlossen, was zu unternehmen. Wegen des Raubs. Er muss für Ausgleich sorgen.«

»Das ist verrückt. Selbst wenn das Opfer ausgeraubt wurde – Grieg, oder wie der heißt –, woher willst du wissen, dass das Geld Schmidt gehört hat?«

»Du bist so blauäugig wie ein Baby.« Zack lacht. »Verstehst du, sobald Griegs Name veröffentlicht wurde, haben gewisse Leute hier in der Stadt Grieg und Schmidt zusammengezählt. Jetzt sagt unser Polizeichef, dass das Motiv Raub war. Diese gewissen Leute, von denen ich rede, die sind nicht besonders scharfsinnig. Die gehen vom Offensichtlichen aus. Die gehen davon aus, dass Carl Schmidt abgezogen wurde und Blut sehen will. Buchstäblich, Git. Blaue Flecken reichen ihm nicht.«

Ich denke kurz darüber nach, weiß aber nichts hinzuzufügen. »Was ist mit der Polizistin?«, frage ich. »Kennst du sie?«

»Nur ihren Ruf. Sie heißt Mariola, kommt von irgendwo weiter östlich. Wie es heißt, ist sie clever. Und mit Vern Taney legt man sich besser auch nicht an. Ich vermute fast, es wird ein Wettrennen zwischen den beiden und den Schmidts, Vater und Sohn, geben. Wer schnappt sich den Täter zuerst?«

11
DELIA

Sobald wir am Tatort fertig sind, schicke ich Vern Taney auf die Suche nach Connor Schmidt. Ich will Connor so lange im Revier haben, bis seine Aussage aufgenommen ist. Ich muss endlich eine stichfeste Verbindung zwischen ihm und Bradley finden. (Was für Namen! Wenn man Bradley und Connor hört, denkt man doch eher an zwei blonde Jungs in einer Sitcom aus den Siebzigern. Nicht an die beiden brutalen Psychopathen, als die ich sie kenne.)

Als Vern weg ist, mache ich mich auf in die Claymore Road in den Yards, Cindy Shermans letzter bekannter Adresse. Cindy ist Bradleys Ex-Frau, sie wurde von ihm krankenhausreif geschlagen. Sie ist auch das Opfer, das sich damals weigerte, auszusagen. Angeblich sind Cindy und ihr Ex sich seither aus dem Weg gegangen. Angeblich. Trotzdem kann sie uns vielleicht helfen und uns sagen, mit wem er sich rumgetrieben hat und wo. Bestimmt tauchen bald noch andere Namen auf, aber sie ist ein guter Anfang.

Es ist immer noch feucht, trotzdem lasse ich die Scheiben herunter. In letzter Zeit habe ich mich hauptsächlich mit Bürokram rumgeschlagen. Jetzt habe ich einen echten Fall und hoffe, am Ende einen Verdächtigen verhaften zu können. Wenn ich einem Täter Handschellen anlege, hat das was Endgültiges, auch wenn sich das als Illusion erweisen mag. Es fühlt sich an wie ein Erfolg.

Die meisten Baxterianer stellen sich die Yards als eine lange Straße vor, auf beiden Seiten von maroden Trailern und Teerpappenschuppen gesäumt. Elektroschrott in jedem Hof, rostige Autowracks, die geplündert wurden und halb im Schlamm versunken sind.

Als Polizistin weiß ich, dass in den Yards Armut herrscht, sie aber nicht der Sündenpfuhl sind, für den viele sie halten. Ja, es gibt Trailerparks ohne Trailer. Bloß eine Ansammlung verrosteter Wohnmobile, in denen Säufer und Junkies wohnen. Aber ich komme auch an Trailerparks mit gepflegten Doppelmobilheimen an gepflegten Wegen vorbei. Davor stehen Blumen und Hecken, von Menschen gepflanzt, die genauso süchtig nach Ehrbarkeit sind wie Junkies nach Meth. Diese Familien tun alles, um sich nach oben zu kämpfen, und ich bewundere sie dafür. Ihre Kinder sind allen Versuchungen ausgesetzt, die die Menschheit kennt. Und dann gibt es da noch die Dinge, zu denen sie gezwungen werden.

Cindys Zuhause fällt in die zweite Kategorie. Ein ordentlicher Einzeltrailer, umgeben von frisch gepflanzten Fleißigen Lieschen. Zwischen ihrem und dem Nachbartrailer ist sogar Rasen angelegt, zu dieser Jahreszeit noch saftig grün. Ein gepflasterter Weg führt zu einer kleinen Veranda.

Da es keine Klingel gibt, klopfe ich kräftig gegen die Fliegengittertür. Drinnen ist Bewegung zu hören, ein Mann ruft: »Komme schon, Liebling.« Mein unerwartetes Erscheinen führt zu einer Schreckreaktion wie aus einem Stummfilm. Der Mann hinter dem Fliegengitter ist mittleren Alters, hat einen hervorstehenden Spitzbauch und ein künstliches Bein, das in der Cargoshorts deutlich sichtbar ist.

»Lieutenant Mariola.« Ich halte ihm meine Dienstmarke hin. »Ich suche Cindy Sherman.«

»Ah, tja. Ich bin ihr Vater. George Sherman der Name. Cindy ist einkaufen gefahren. Ich habe gedacht, sie wäre zurück und bräuchte Hilfe mit den Tüten.« Er reibt sich die Bartstoppeln. »Geht es um Bradley?«

In dem Moment fährt Cindy vor und parkt ihren verbeulten Ford Pick-up vor dem Trailer. Sie steigt aus und mustert mich mit einem langen Blick. »Hab mit Ihnen gerechnet«, sagt sie schließlich.

Das Mädel ist einfach wunderschön. Erdbeerblondes Haar fällt auf ihre Schultern, Augen, die so blau wie selbstsicher sind, unverwüstliche Grübchen, selbst wenn sie nicht lächelt. Ein Unterschied wie Tag und Nacht im Vergleich zu unserer ersten und bisher einzigen Begegnung. In jener Nacht hatte die eine Hälfte ihres Gesichts die Farbe einer überreifen Pflaume, und eine Linie aus Wundnähten zog sich wie aufgereihte Ameisen von hinter dem Ohr bis zur Kante ihres Kinns. Bevor der Arzt sie zusammenflickte, hatte er ihr den halben Schädel kahlrasiert, was ihren Kopf noch schiefer wirken ließ.

Ich folge ihr durchs Wohnzimmer in eine pieksaubere Küche.

»Ist es wegen Bradley?« Sie stellt die Einkäufe auf der Arbeitsfläche ab. »Ich hoffe, Sie denken nicht, dass ich was zu tun hätte mit … mit seiner Ermordung.«

»Nein. Deswegen bin ich nicht hier.«

»Verarschen Sie mich nicht, Lieutenant. Ich bin kein Dummkopf, nicht mehr.« Sie wendet mir den Rücken zu. Ich setze mich, während sie die Lebensmittel verstaut.

»Cindy war gestern Nacht zu Hause«, sagt ihr Vater, der in der Tür steht. »Ich und ...«

»Ist gut, Dad. Ich mach das schon.« Cindy streicht mit dem Finger über die Narbe hinter dem Ohr, die Geste wirkt unbewusst, scheint Gewohnheit zu sein. Als sie spricht, sieht sie mir direkt in die Augen, nicht länger das naive Mädchen, das Bradley Grieg einst geheiratet hatte. »Ich habe gestern Abend auf dem Handy nach einem Rezept für Pulled Pork gesucht. Das muss gegen zehn gewesen sein. Davor habe ich eine Freundin angerufen, Lea-Ann Cowpers. Die Zeit weiß ich nicht genau, aber wir haben fast eine Stunde lang telefoniert. Lea-Ann heiratet bald, wir haben über den Saal gesprochen, den sie gerne mieten würde, sich aber nicht leisten kann.«

Die nicht identifizierte Frau im Video hat die Hütte 909 um

22:42 Uhr betreten. Cindys Alibi ist keins, aber dafür ist es noch zu früh. Im Moment brauche ich ihre Mithilfe. »Ich bin nicht gekommen, weil Sie verdächtigt werden. Ich brauche Hintergrundinfos. Bradleys Freunde und Geschäftspartner, wo er hingegangen ist, vielleicht eine aktuelle Freundin. Alles, was Sie mir über ihn erzählen können, hilft. Da draußen läuft ein Mörder rum. Der jederzeit wieder töten könnte.«

Der Blick aus Cindys blauen Augen bleibt skeptisch. Aber sie muss antworten und weiß es. »Hören Sie, nach dem Angriff … nachdem das damals passiert war, wollte ich kooperieren. Ich wollte den Scheißkerl für den Rest seines Lebens hinter Gittern sehen. Ich wollte Rache.«

»Da ist sie nicht allein«, sagt George. »Sobald mein Mädchen aus dem Krankenhaus war, hab ich mein Gewehr gereinigt. Ich wollte den Dreckskerl umbringen, aber dann ist Connor Schmidt aufgetaucht und …«

Ich ermuntere George, fortzufahren, aber Cindy spricht als Erste weiter. »Connor war so … mitfühlend, das ist der richtige Ausdruck. Es hat ihm so leidgetan, was passiert war. Er war sogar der Meinung, dass Bradley es verdient hätte, im Knast zu landen. Aber er brauchte Bradley – wofür, hat er nicht gesagt –, also sollte ich mich zurückziehen. Dann würde er garantieren, dass Bradley nie wieder in meine Nähe kommen würde. Nie wieder, Detective. Connor hat wörtlich gesagt: ›Wenn der Idiot je auch nur wieder ein Wort an dich richtet, leg ich ihn um. Eigenhändig.‹«

Cindy hält kurz inne, um Luft zu holen. »Allerdings galt das in beide Richtungen. Ich durfte Bradley nicht mehr nahekommen. Und ihn auch nicht anrufen. Wir waren fertig miteinander.«

»Und das hat gehalten?«, frage ich.

»Keine Ahnung, was Connor zu Bradley gesagt hat, aber es hat ihm Angst eingejagt. Ich habe seither nie wieder von ihm gehört oder ihn gesehen.«

Der Lügendetektor in meinem Kopf springt nicht an. Ich glaube, das Mädel sagt die Wahrheit. Wenn sie Rache wollte, hätte sie schon lange dafür gesorgt. »Aber Sie kennen Leute, die mit Bradley in Kontakt waren? Haben Sie gemeinsame Freunde?«

Ihre hübschen blauen Augen verengen sich leicht. Lügen oder die Wahrheit sagen? Am Ende entschließt sie sich, eine Frage zu beantworten, die ich nicht gestellt habe.

»Ich rede mit meinen Freunden nie über Bradley.«

»Ist klar, Cindy.«

»Hören Sie, ich will keinen Ärger, schon gar nicht mit den Schmidts. Ich will einfach nur in Ruhe mein Leben leben.«

»Cindy, Sie kooperieren nicht, Sie tauschen einfach nur Probleme mit Connor gegen Probleme mit mir. Ich verlange nicht die Welt. Mit wem hat Bradley sich getroffen? Hatte er eine Freundin? Was ist mit Feinden? Jemand, den Sie kennen? Irgendwelche Gerüchte?«

George wirft sich schützend vor sie. »Cindy hat kein Verbrechen begangen, Detective. Sie haben kein Recht ...«

»Kein Recht? Sagen Sie mal, George, wo waren Sie denn gestern Nacht?«

»Ich hab das Haus nicht verlassen!«

»Haben Sie telefoniert? Sind Sie online gewesen? Schließlich haben Sie mir gerade erzählt, dass Sie den Mistkerl umbringen wollten. Vielleicht haben Sie den richtigen Moment abgewartet. Vielleicht haben Sie gewartet, bis Bradley nicht mehr mit Ihnen gerechnet hat.«

Jetzt ist Cindy an der Reihe, und endlich hat sie kapiert. »Was wollen Sie wissen, Detective? Kommen wir zum Punkt.«

Ich kriege ein einigermaßen aufmunterndes Lächeln hin. »Bradleys Freunde und Feinde. Mit wem er sich getroffen hat und wo. Alles, was Sie über Ihren Ex-Mann wissen, jedes Gerücht, Straftaten, die er begangen haben könnte. Sehen Sie es aus meiner Sicht.

Entweder kooperieren Sie oder behindern die Ermittlung. Und in dem Fall muss ich mich fragen, warum. Wenn man bedenkt, was er Ihnen angetan hat.«

12
CONNOR

Ich verbringe den Großteil des Tages mit Violet Arabella. Sie arbeitet auf einem Rastplatz nördlich von Baxter und ist Koksjunkie. Als ich ihr ein Tütchen mit einem Gramm von dem guten Zeug vor die Nase halte, hüpft sie ins Auto, kuschelt sich an mich und sagt: »Los geht's.«

Ich selbst lasse die Finger von Koks. Abgesehen von einem Bier hier und da nehme ich weder Alkohol noch Drogen zu mir. Mein alter Herr geht mir deswegen auf die Eier, aber er geht mir auf die Eier wegen allem, was ich mache. In seiner Welt gehören Drinks mit den Jungs – aufs Haus, man muss nur das Barpersonal anständig einschüchtern – einfach dazu. Aber wie ich schon sagte, ich habe vor langer Zeit aufgehört, mich um das zu scheren, was Dad denkt. Unsere Beziehung, aus seiner Sicht? Nutzer – Ausgenutzter. Als wäre ich geboren worden, um ausgenutzt zu werden, ganz klar. Das ist mein Daseinszweck. Es gab keinen anderen Grund, mich auf die Welt zu bringen.

Im Lauf der Jahre habe ich viele Filme gesehen mit dominanten Vätern und Jammerlappen von Söhnen. Aber ich bin kein Jammerlappen. Ich bin eher der abwartende Typ, und Daddys Zeit ist bald gekommen. Ich arbeite bereits daran.

Violet gibt ihren Körper so großzügig her wie ich das Koks, und der Tag vergeht schnell. Wir sind in einem Motel, weit vom Skyview entfernt, und Violet quasselt wie ein Wasserfall. Ich schaue fern, verfolge die Pressekonferenz unseres Polizeichefs. Wohlüberlegt oder dumm, kann ich nicht sagen. Aber als Chief Black dem

Publikum mitteilt, dass vermutlich Raub das Motiv für den Mord an Bradley war, gießt er Öl ins Feuer. Das muss ihm doch klar sein, oder?

»Meine Mutter hat mich mit dreizehn rausgeworfen, als ich schwanger wurde«, erzählt mir Violet.

»Was ist aus dem Kind geworden?«

Violet zieht einen zusammengerollten Zwanziger über eine Linie aus weißem Pulver. »Ich bin ein paar Monate später verprügelt worden und hatte eine Dingsbums. Eine Fehldings.«

»Wie alt bist du jetzt?«

»Sechzehn.«

»Hast du draußen einen Zuhälter?«

»Ich wohne bei 'nem Typen.«

»Wie viele Nutten hat er am Laufen?«

Violets Blick senkt sich auf ihren nackten Schoß. »Drei.«

»Also bezahlst du ihn und mich bezahlst du auch? Wann hörst du auf, dich wie ein Vollidiot aufzuführen, Vi?«

»Jeder«, sagt sie, »braucht jemanden.«

»Sprich für dich selbst.«

Kurz vor sieben bin ich wieder in der Stadt. Ich weiß, dass die Cops irgendwann bei mir auftauchen werden, und will den Zeitpunkt so lange wie möglich hinausschieben. Ich bin auf dem Weg zu einem leer stehenden Einkaufszentrum am Baxter Boulevard, eins von vielen. Da bin ich mit Augie Barboza verabredet. Augie und seine Crew kümmern sich um die Arschlöcher, die sich von Dad Geld leihen, größtenteils abgehalfterte Spieler, die ihr Haus eingesetzt und verloren haben. Das können sie ihren Familien nicht sagen, und deswegen kommen sie zu mir, um sich Geld zu leihen. Kein Problem, solange pünktlich am Ende der Woche bezahlt wird. Wenn nicht, bekommen sie es mit Augie zu tun.

Auf uns wartet heute Abend ein Einsatz. Mein alter Herr hat den

Nagel auf den Kopf getroffen, als er sagte, jemand muss gewusst haben, dass Bradley Samstagabend im Skyview sein würde. Augie und ich werden mit diesem Jemand reden. Natürlich könnte ich mich auch allein darum kümmern, aber Augie … Augie hat den gewissen Look, das breite Kinn, die gebrochene Nase, mausetote Augen, gelbbraun wie Hundescheiße unterm Schuh. Ich habe nicht vergessen, dass mein alter Herr wollte, dass ich das allein erledige. Es ist mir nur egal.

In gewisser Hinsicht habe ich Glück. Der Cop stoppt mich ein paar Blocks vor dem Einkaufszentrum. Wenn er mich und Augie zusammen erwischt hätte, wäre es viel schlimmer. Größer als Augies Bizeps ist nur sein Maul.

Ich lasse das Fenster runter und lege die Hände aufs Lenkrad. Ich will Missverständnisse vermeiden. Dem Klischee nach erschießen Cops gerne Schwarze, aber die schwarzen Familien in dieser Stadt lassen sich fast an einer Hand abzählen. Also erschießen die Cops hier entweder Weiße oder gar keinen. Ich will zu Letzteren gehören und bin nicht gerade begeistert, als Vern Taney aus dem Zivil-Ford steigt. Auf der Highschool haben wir Football zusammen gespielt. Ich war damals Freshman und bin fast nie zum Einsatz gekommen. Taney war als Offensive Guard ein Superstar und kräftig genug, jeden einzuschüchtern, der sich ihm in den Weg stellte. Den Gerüchten nach ist seine Lässigkeit bloß Show.

Taney trägt Straßenkleidung, die Jacke ist offen und erlaubt einen Blick auf die Automatikwaffe unter seiner linken Achsel. Ich bin ebenfalls bewaffnet, meine Knarre ist genauso legal wie seine, aber ich will ja Missverständnisse vermeiden und lasse die Hände da, wo er sie sehen kann.

»Strecken Sie die Arme aus dem Fenster und öffnen Sie die Tür, Connor.« Die Betonung liegt auf meinem Namen.

»Ich habe eine Waffe dabei«, sage ich, während ich tue, was er sagt.

In dem Moment zieht Taney mit einer schnellen, geschmeidigen Bewegung seine eigene Waffe, doch seine Miene verändert sich nicht. Er sieht mich an wie irgendein Kriechtier, das er gern zertreten würde. Ich ermahne mich, keine Reaktion zu zeigen, kann aber nichts dagegen tun. Wenn dir jemand eine Waffe ins Gesicht hält, Cop oder nicht, passt man besser auf.

»Steigen Sie aus dem Wagen. Ich will Ihre Hände sehen.« Er wartet, bis ich ausgestiegen bin. »Jetzt drehen Sie sich um und legen Sie die Handflächen aufs Autodach.«

Taney steckt die Waffe ein und tastet mich rundherum gründlich ab. Er nimmt mir die Knarre, das Handy und die Brieftasche ab, und lässt dann mit hartem Griff seine Hände über meinen Körper streichen. Ich kenne das schon und reagiere nicht, nicht mal, als er mir Handschellen anlegt. An diesem Punkt sollte ich fragen, wofür er mich verhaftet, aber den Gefallen tue ich ihm nicht.

»Wir machen einen kleinen Ausflug«, sagt er. »Jemand will mit Ihnen reden.«

Ich kann nichts dafür, ich verliere die Nerven, was nicht mein Stil ist. »Ihre Kampflesbenchefin vielleicht?«

Er schlägt mir ins Gesicht, und ich fresse den Schmerz. Wir stehen vor einem Drugstore, der um diese Zeit geschlossen ist. Aber ich tippe darauf, dass die Überwachungskamera über der Ladentür funktioniert.

»Schlag mich noch mal, Arschloch«, sage ich. »Ich kann das Geld gebrauchen.«

13
DELIA

Das Arschloch kühlt seit zwei Stunden sein Mütchen im Verhörraum. Keine Anrufe, kein Ausflug zum Klo, nichts zu essen, nichts zu trinken. Wir sind hier nicht in New York oder San Francisco oder auch nur Des Moines. Außerdem lebt Bürgermeister Venn nach dem Motto: Was ich nicht weiß, macht mich nicht heiß. Und Chief Black ist genauso. Black will Ergebnisse, die Methoden sind ihm scheißegal. Findet den Mörder, und zwar schnell.

Will sagen: Niemand schaut mir über die Schulter.

Nachdem sich Cindy Sherman zum Reden entschlossen hatte, erwies sie sich als äußerst hilfsbereit. Sie gab mir eine Liste von Klubs, die Bradley regelmäßig aufgesucht hatte, als sie noch mit ihm zusammen war. Sie nannte auch die Namen mehrerer Frauen, mit denen er sie betrogen hatte und die sie als »Bradleys Nutten« bezeichnete. Aber das waren nicht nur gute Nachrichten. Die Liste umfasste acht Klubs, und anscheinend hat Bradley seine Eroberungen fallen gelassen, sobald er sie im Bett gehabt hatte. Trotzdem haben Vern und ich den ganzen Nachmittag lang jeden einzelnen Klub abgeklappert und Bradleys Foto herumgezeigt, ohne auf Gegenliebe zu stoßen. Niemand wollte ihn letzte Nacht gesehen haben, was mich nicht überrascht. Seine Verbindung zu den Schmidts ist wohlbekannt. Und wie man nicht schlecht von den Toten redet, so redet man auch nicht schlecht von denen, die einen töten könnten. Morgen werde ich ein paar der von Cindy genannten Frauen aufsuchen, bezweifle aber, dass gutes Zureden Erfolg haben wird. Dazu braucht es mehr, obwohl mir nicht klar ist, was genau.

Und noch etwas musste erledigt werden. Griegs Eltern hatten Baxter vor zehn Jahren verlassen und waren ins warme San Diego gezogen. Jemand musste sie ausfindig machen und ihnen die traurige Nachricht überbringen. Damit beauftragte ich Detective Meacham. Es dauerte den ganzen Nachmittag und erforderte mehrmaliges Nachhaken, aber schließlich schaffte der Dink es. Ich persönlich hasse diese Aufgabe. Wie die meisten Cops habe ich gelernt, meine Emotionen beiseitezuschieben, scheiß auf Empathie. Wer sich im Leid suhlt, steckt sich irgendwann die Knarre in den Mund.

»Von dem Wichser erfahren wir gar nichts.« Vern beißt in ein Roastbeef-Sandwich, sein Mittag- und Abendessen. »Der macht auf harten Kerl.«

»Seh ich aus, als würde ich ein Geständnis erwarten?« Ich stochere mit der Gabel in meinem Apfelkuchen herum. Ich müsste Hunger haben, spüre aber keinen. Ich muss nach Hause zu Danny. Er ist alt genug, um allein zu bleiben, und höchstwahrscheinlich schläft er inzwischen. Trotzdem mache ich mir immerzu Sorgen. Und habe ein schlechtes Gewissen.

»Was erwartest du dann?«

»Im besten Fall gibt er uns ein Alibi, das sich nicht bestätigt.«

»Glaubst du, er war's? Was ist mit der Frau?«

»Wenn wir sie finden, müssen wir sie festnehmen.« Wenn wir bloß einen richtigen Rechtsmediziner hätten anstatt Arshan Rishnavata. Der Coroner schätzt den Todeszeitpunkt auf irgendwann zwischen neun Uhr abends und zwei Uhr morgens. Ein echter Experte wäre viel genauer.

»Na los, Delia, was geht da in deinen Hirnwindungen vor sich?«

»Das Mündungsfeuer.«

Wenn man eine Waffe abfeuert, wird bei der Explosion des Schießpulvers ein Gas erzeugt, das heiß genug ist, um zu brennen. Das brennende Gas tritt durch den Lauf der Waffe aus, und wenn man zufällig hineinblickt, ist man mehrere Sekunden lang geblendet. Ich spreche aus Erfahrung. Vor nunmehr einem Jahr war ich an einer nächtlichen Drogenrazzia beteiligt, die schiefging. So richtig schief. »Ich werde mir das Video aus dem Skyview noch mal ansehen, aber ich habe kein Mündungsfeuer gesehen, während die Frau sich in der Hütte aufgehalten hat.«

Vern platzt nicht mit dem erstbesten Gedanken heraus. Das ist nicht seine Art. Als er seine Meinung schließlich äußert, bin ich nicht überrascht.

»Die Kameras im Skyview sind Schrott, Delia. Außerdem sind sie weit weg, und es hat geregnet, und die Vorhänge sind dick, und wir wissen, dass die Mündung in ein Kissen gedrückt wurde. Vielleicht war das Feuer zu schwach, um von den Überwachungskameras aufgenommen zu werden.«

»Genau so würde die Staatsanwaltschaft argumentieren, wenn wir die Frau finden und anklagen. Das muss aber nicht die Wahrheit sein.«

Als Vern und ich eintreten, schläft Connor tief und fest. Vern haut ihm auf den Schädel, er schreckt auf, und seine Hände ballen sich zu Fäusten. Sie öffnen sich schnell wieder, als er Vern über sich stehen sieht.

»Hey, Leute, wie geht's denn?«

»Nie besser.«

»Freut mich. Also, was kann ich für euch tun?«

Connor sitzt an einem kleinen Tisch vor einer fensterlosen Wand. Ich setze mich ihm gegenüber, stelle ein kleines digitales Aufnahmegerät auf den Tisch und schalte es an. Alle bereit. »Zuerst möchte ich mich für die lange Wartezeit entschuldigen. Ich war unterwegs zu Befragungen. Aber das ist keine Entschuldigung, und Sie wollen bestimmt schnell nach Hause. Also machen wir das Ganze so kurz und schmerzlos wie möglich. Beantworten Sie meine Fragen, dann sind Sie hier in einer Stunde wieder raus.« Ich halte für den Bruchteil einer Sekunde inne und sage dann: »Zunächst einmal, wie würden Sie Ihre Beziehung zu Bradley Grieg beschreiben?«

»Grieg?«

»Sparen Sie sich den Scheiß.«

Connor ist ein gut aussehender Bursche, blaue Augen, sinnlicher Mund. Er lehnt sich im Stuhl zurück und grinst, aber ich weiß, dass er mir gern sagen würde, ich soll mich ficken. Wenn er das tut, kann ich ihn bestrafen. Ich kann den Raum verlassen und ihn über Nacht schmoren lassen. Ein anderer Trottel in der gleichen Situation würde seinem Ärger vielleicht freien Lauf lassen. Nicht so Connor. Den Gefallen wird er uns nicht tun.

»Wir laufen uns hin und wieder über den Weg. In Bars oder Klubs.«

»In welchen Bars?«

»Keine Ahnung. Palacio, das Dew Drop, Randy's, Black Sheep, Underground. Und fragen Sie mich nicht nach Daten oder Zeiten. Ich geh drei- bis viermal die Woche aus.«

»Und Sie hatten keinen anderen Kontakt zu Grieg?«

»Wie gesagt, wir sind uns über den Weg gelaufen.«

»Aber auf der Highschool waren Sie befreundet?«

»Das ist lange her.«

»Sie haben sich auseinandergelebt, ist es so?«

»Ja, könnte man sagen.«

»Wann haben Sie Bradley zum letzten Mal gesehen?«

»Weiß ich nicht mehr genau. Vielleicht irgendwann letzte Woche.« Er schaut an die Decke, als stünde dort die Antwort geschrieben. Das ist so theatralisch, dass ich fast lachen muss. »Ja, letzte Woche. Donnerstag oder Freitag, glaub ich. Im Randy's. Brad geht gern ins Randy's. Er meint, die Frauen, die man da trifft, sind nicht so kompliziert. Die wissen, was sie wollen, und zwar keine lange Beziehung.«

Connor lacht über seinen Witz, bricht aber abrupt ab, als ich sage: »*Ging*, Connor. Nicht *geht*. Grieg ist tot. Für ihn gibt's keine Beziehungen mehr, weder lang noch kurz.« Ich lächle. »So. Sind Sie jemals im Skyview Motor Court gewesen?«

»Wo?«

»Im Skyview, Connor. Sind Sie mal dagewesen?«

»Ist Brad da … umgelegt worden?«

Vern meldet sich zum ersten Mal zu Wort. »Beantworte die Frage, Arschloch. Ja oder nein.«

»Nein.«

Ich bin dran. »Sie sind also gestern Abend nicht im Skyview gewesen?«

»Nö.«

»Dann sagen Sie mir, wo Sie gewesen sind.«

»Um welche Zeit?«

»Ab etwa acht.«

»Um acht war ich im Underground. Bin noch 'ne Stunde geblieben und dann nach Hause gegangen.«

»Und Sie waren die ganze Nacht zu Hause?«

»Ja.«

»Allein? Oder hatten Sie Gesellschaft?«

»Ich war allein.«

14
DELIA

Eine Stunde später haben wir Connors Aussage, und ich bin endlich zu Hause bei Danny, der sich irgendwie wachgehalten hat. Ich bin ganz zufrieden mit meinem Tag, vor allem mit Connors Befragung. Ich habe seine Lügen auf Band, über seine Beziehung zu Bradley und dass er angeblich nie im Skyview gewesen ist. Und sein Alibi ist wertlos. Nicht dass ich völlig von seiner Schuld überzeugt wäre. Oder dass die Frau auf dem Video unschuldig ist. Zu diesem Zeitpunkt halte ich mir alle Optionen offen. Auch die, dass zwischen Connor und der Frau irgendeine Verbindung besteht.

Danny sitzt neben mir auf der Couch und wartet darauf, dass ich mein Versprechen einlöse, den Fall mit ihm zu besprechen. Wir sind uns sehr nahe, Danny und ich, näher als je zuvor. Dank des Virus Covid-19.

Ihm auszuweichen, war von Anfang an utopisch. Als Ersthelferin ging ich in Wohnungen, in denen jedes einzelne Familienmitglied erkrankt war, jedes zweite sich die Lunge aus dem Hals hustete und keiner eine Maske trug. Also war klar, dass ich mich anstecken würde, und mein Sohn aller Wahrscheinlichkeit nach ebenfalls. Ich machte mir keine allzu großen Sorgen um Danny. Ich ging einfach davon aus, dass er die Krankheit schnell überstehen würde.

Wie sich herausstellte, scheren sich Viren nicht um Wahrscheinlichkeiten. Ich war nur drei oder vier Tage lang krank, mit leichten Symptomen. Anders mein Sohn. Sein Fieber stieg auf vierzig Grad und hielt die längste Nacht meines Lebens hindurch an. Er litt an Kopfschmerzen, schwitzte immer wieder die Bettwäsche nass und hatte Schüttelfrost, den alle im Haus verfügbaren Decken nicht vertreiben konnten. Sein harter, trockener Husten verfestigte sich schnell, und manchmal rief er nach mir, obwohl ich an seinem Bett saß und ihm die Hand hielt.

»Mom, Mom, Mom.«

Meiner Theorie nach, die die meisten Polizeikollegen teilen, reagieren Menschen auf Bedrohung auf drei verschiedene Arten: Kampf, Flucht oder Angst. Ich war eine Kämpferin, immer bereit, als Erste zuzuschlagen, vor allem als Kind, als Jungs und Mädchen noch etwa gleich groß waren. Das hier war anders. Diesmal packte mich eine unkontrollierbare Angst und hielt mich tagelang im Griff. Ich wagte es kaum, von Dannys Seite zu weichen, um aufs Klo zu gehen oder die Lebensmittel reinzuholen, die Vern und Lillian uns vor die Tür stellten. Und ich verstand endlich die Kraft der Liebe, eine Wahrheit, der ich mich mein Leben lang widersetzt hatte. Der Gedanke, Danny zu verlieren, war schlicht unerträglich, gleichzeitig fühlte ich mich völlig hilflos. Ja, ich versuchte, das Fieber mit kalten Wickeln und Paracetamol zu senken, und flößte ihm fast mit Gewalt Wasser ein, damit er nicht dehydrierte. Aber sein Fieber kam jeden Abend wieder, bis die Zeit alle Bedeutung verloren hatte und es nur noch die Gegenwart und meinen Sohn gab, der leidend im Bett lag.

Danny hat sich offensichtlich erholt, und es gibt keine Anzeichen von langfristigen Nachwirkungen, außer für unsere Beziehung. Unsere Nähe bleibt unausgesprochen. Es ist nicht nötig, sie in Worte zu fassen, denn sie steht außerhalb jeden Zweifels. Es passt kein Blatt zwischen uns.

Danny betrachtet neugierig die Fotos, die ich mit dem Handy am Tatort gemacht habe. Auch die Leiche ist zu sehen. Ja, mein Gewissen ist schlecht genug, um ihn zur Verschwiegenheit zu verpflichten. Andererseits schaut er mit seinen Freunden liebend gern Splatterfilme, in denen Menschen entweder von Messern oder

Todesstrahlen oder fleischfressenden Zombies zerfetzt werden. Ein bisschen Realität kann nicht schaden.

»War er ein schlechter Mensch?«, will Danny wissen.

»Ja, sehr.«

»Dann hat er bekommen, was er verdient?«

Das ist nicht flapsig gemeint. Er will wirklich verstehen, warum ich so einen Aufwand betreibe, obwohl die Welt ohne Bradley Grieg besser dran ist.

»In gewisser Weise ja«, gebe ich zu. »In gewisser Weise ist das gerecht, okay?«

»Ja.«

»Aber in diesem Land darf nicht einfach jeder für Gerechtigkeit sorgen. Es sei denn, man muss sich gegen eine unmittelbare Bedrohung verteidigen. Wenn man Gerechtigkeit will, muss man die Polizei holen und den Staat dafür sorgen lassen.«

»Das ist nicht fair.«

Ich habe gelernt, mich nicht auf Diskussionen einzulassen, wenn Danny im Fairness-Modus ist. Seiner Meinung nach ist er der Oberste Richter über das, was fair oder unfair ist. Wie heute Morgen, als Barry mich als Kampflesbe bezeichnet hat. Barry ins Gesicht zu schlagen war fair gewesen, geradezu notwendig.

»Fair oder nicht, bei diesem Mord ging es nicht um Gerechtigkeit. Wir sind ziemlich sicher, dass das Motiv Raub war.«

Danny denkt eine Minute lang nach und überrascht mich dann mit einer wirklich relevanten Frage: »War er tot?«

»Du meinst, bevor er erschossen wurde?«

»Ja.«

Vern und ich haben diese Möglichkeit besprochen. Angesichts des Drogenbestecks im Bad muss man auch eine Überdosis in Betracht ziehen. Wenn Grieg bereits tot war, als auf ihn geschossen wurde, ist die einzige Straftat das illegale Abfeuern einer Schusswaffe. Einen toten Mann kann man nicht ermorden.

Ich betrachte das Foto auf dem Couchtisch. Grieg liegt auf dem Bauch, die Beine sind ausgestreckt. Ein Arm ist über dem Kopf angewinkelt, der andere liegt seitlich am Körper, mit der Handfläche nach oben. Sein Gesicht ist durch das geschwärzte Kopfkissen und das Blut verborgen. Besser so, viel ist davon nicht mehr übrig.

»Unser Coroner führt morgen früh die Obduktion durch. Danach wissen wir es mit Sicherheit. Aber das ist eine ausgezeichnete Frage. Grieg war ein Junkie. Vielleicht hat er eine Überdosis gespritzt, bevor er erschossen wurde.«

Danny strahlt. Dieses Kind liebt es, gelobt zu werden. Und meistens – auch wenn ich zugegebenermaßen befangen bin –, hat er das Lob verdient. Ich lege den Arm um ihn und ziehe ihn an mich. Seit seiner Geburt sind wir dreimal umgezogen, jedes Mal musste er sich neue Freunde suchen und neue Bündnisse schmieden. Eine Kampflesbe zur Mutter zu haben hat das nicht leichter gemacht.

»Ich liebe dich, mein Kind«, sage ich.

Danny reagiert sofort. »Ich liebe dich auch, Mom.«

Eine Stunde später habe ich noch keine Ruhe gefunden, als Vern anruft. Auch er ist beschäftigt, aber tatsächlich noch mit dem Fall.

»Bingo, Delia. Bradley Grieg war gestern Abend im Randy's.«

»Woher weißt du das?«

»Tja, Connor hat mich drauf gebracht. Erinnerst du dich, er meinte, er hätte Bradley zuletzt im Randy's getroffen … und er sagte, Bradley ging da gern hin, weil die Frauen da so unkompliziert wären.«

»Komm schon, Vern, spuck's aus.«

»Ist nicht so schwierig, Delia. Als ich am Randy's aus dem Wagen gestiegen bin, hab ich Gras gerochen. Richtig stark. Also bin ich meiner Nase hinter das Gebäude gefolgt und hab einen Hilfskellner mit einem Joint aufgeschreckt. Der Junge hat's mit ›*no hablo inglés*‹ versucht, aber ich spreche einigermaßen gut Spanisch und konnte ihn zur Kooperation überreden. Entweder das, oder er würde in den Knast wandern und höchstwahrscheinlich abgeschoben werden. Ihm blieb also keine große Wahl, und er hat Grieg auf dem Foto sofort erkannt. Hat gesagt, Grieg kam mehrmals die Woche und war auch gestern Abend da.«

»Sonst noch was? Ist er zusammen mit einer Frau aufgebrochen?«

»Hat der Junge nicht mitgekriegt. Er glaubt, Grieg sei nach zehn gegangen, ist aber nicht sicher.«

»Hältst du ihn für ehrlich? Den Jungen, meine ich?«

»Hundertpro. Als ich ihn laufen ließ, war er so dankbar, dass ich dachte, er küsst mir den Arsch.« Vern hält einen Moment inne. »Soll ich reingehen? Da drinnen sind ein Dutzend Überwachungskameras. Ich könnte nach den Aufnahmen fragen.«

Das Angebot ist verlockend. Wir müssen den Fall voranbringen, könnten vielleicht heute Abend noch die Frau identifizieren. Aber solange ich eine Wahl habe, halte ich nichts von unnötigen Risiken. Was ist, wenn der Besitzer des Randy's Nein sagt? Was ist, wenn die Aufnahmen über Nacht verloren gehen oder versehentlich gelöscht werden? Besser auf Nummer sicher gehen.

»Mach dich unauffällig vom Acker, Vern. Morgen früh holen wir uns vom Staatsanwalt eine Beschlagnahmeanordnung für die Aufnahmen. Mit der tauchen wir dann auf, bevor der Laden öffnet.«

15
GIT

Es ist acht Uhr, vor einer Stunde bin ich bei Zack aufgebrochen. Jetzt sitze ich mit Mom im Wohnzimmer und frühstücke Rührei auf Toast. Charlie ist in ihrem Zimmer und schaut sich auf ihrem Tablet die Verfilmungen von *Wilbur und Charlotte* an, sowohl *Schweinchen Wilbur und seine Freunde* von 2006 als auch den Zeichentrickfilm *Zuckermanns Farm – Wilbur im Glück* von 1973. Das Buch hat sie bereits zur Hälfte gelesen.

Charlies Fähigkeiten dürfen über den Sommer nicht leiden. Zwar kommt sie erst in die dritte Klasse, liest aber auf dem Niveau der fünften. Und was noch besser ist, sie schlägt Worte, die sie nicht kennt, freiwillig in einem Online-Wörterbuch nach. Im Moment vergleicht sie das Buch mit den beiden Filmversionen. Das war nicht meine Idee, ich habe es nicht mal vorgeschlagen. Charlie ist auf eine Art neugierig, die mir in ihrem zarten Alter nie auch nur in den Sinn gekommen wäre. Ich war damals wohl zu beschäftigt damit, mich über Wasser zu halten.

In den meisten Nächten schläft Zack friedlich und ich kann ein Nickerchen machen. Aber gestern hat sich die Arthritis in seinen Knien bemerkbar gemacht und ihm den Schlaf geraubt. Ich habe den Großteil der Nacht an seinem Bett gesessen und ihm zugehört, während er von seiner ersten Frau erzählte, der einzigen Frau (laut Zack), die er je wirklich geliebt hat.

Die Müdigkeit zerrt an mir, aber erst will ich noch ein bisschen Zeit mit Charlie verbringen. Nach dem Frühstück gehe ich zu ihr ins Zimmer. Bis dahin muss ich Mom ertragen.

»Katie Lowe ist gestern Abend vorbeigekommen«, berichtet sie. »Erinnerst du dich an Katie?«

»Klar.« Noch so eine Schabracke.

»Tja, sie hat gesagt, dass Bradley von einer Frau erschossen wurde.«

»Woher weiß sie das?«

»Ihre Cousine, Ellie Norton? Die den Dispatcher bei der Polizei datet? Austin Flint? Jedenfalls, Austin hat's Ellie erzählt, und Ellie hat's Katie erzählt. Der Mörder war definitv eine Frau.«

»Tja, das beweist alles.« Ich streue eine Prise Pfeffer und Salz auf mein Rührei. »Austin hat's Ellie erzählt, und Ellie hat's Katie erzählt.«

Mom sieht einen Moment lang verwirrt drein. Sie liest keine Zeitungen und schaut die Lokalnachrichten nur wegen des Wetterberichts. Die Gerüchteküche versorgt sie mit allen Informationen, die sie im Leben braucht. Expertenmeinungen verstören sie nur.

»Ist ja keine Überraschung.« Sie ignoriert meinen Sarkasmus. »Dieser Bradley Grieg war schon immer ein Hurensohn. Wie sein Daddy vor ihm, Big Jim. Dessen Frau hat mehr Nächte allein im Bett verbracht als mit ihm. Was Big Jim anging – und das gilt auch für seinen Sohn –, hatten die Frauen in seinem Leben nicht mehr Bedeutung als diese Sexpuppen.«

Zum Glück ist Charlies Tür zu. Das Mädel hat große Ohren, und ich habe es satt, Moms Schandmaul entschuldigen zu müssen. Die Frau plappert alles raus, was ihr in den Sinn kommt, und wenn ich ihr den Mund verbiete, beschimpft sie mich als hochnäsig. Aber diesmal hat sie den Nagel auf den Kopf getroffen. Ich war für Bradley Grieg nicht mehr als eine Sexpuppe. Wenn ich die Augen schließe, sehe ich die Zwanziger zu Boden flattern. Und höre seine Stimme, die Verachtung, so dickflüssig wie Kotze: »Verpiss dich.«

»Mag mir gar nicht ausmalen«, wiederholt Mom sich selbst, »was Connor Schmidt machen wird, wenn er die Trulla findet, die seinen

Kumpel abgeknallt hat. Aber wahrscheinlich ist das bloß ein Klaps auf den Arsch im Vergleich zu dem, was sein Daddy plant. Ich hab Carl Schmidt in meiner Jugend gekannt, der war schon damals ein lupenreiner Sadist.«

Mom plappert weiter, aber ich stelle auf Durchzug. Heute Abend habe ich Schicht im Resurrection. Das bedeutet, ich habe dreißig Patienten zu versorgen, die meisten in schlechtem Gesundheitszustand. Das ist immer noch harmlos in Vergleich zu dem, womit ich vor einem Jahr fertig werden musste, als das Virus Baxter überrollte. Ich hätte es kommen sehen müssen. Nein, ich habe es kommen sehen. Schließlich arbeite ich in einem Pflegeheim in einer Stadt, die wirtschaftlich von einer Fleischfabrik abhängt. Gleichzeitig erschien die Gefahr irgendwie irreal, solange das Virus sich noch ins Landesinnere voranfraß. Zuerst waren die Küsten dran, Kalifornien und Washington im Westen, New York, Massachusetts, New Jersey und Virginia im Osten, Florida, Louisiana und Texas im Süden. Hier, mitten im Reich des Bösen, glaubten wir irgendwie, die Pandemie würde uns verschonen. Dann wurden Hunderte von Arbeitern bei Baxter Packing positiv getestet. Meine Patienten begannen zu sterben. Und kurz darauf steckte ich mich an.

Ende April erkrankte Harold McCarthy. Harry war zweiundneunzig und konnte nicht mehr laufen, aber war sonst ein relativ fröhlicher Mensch, der seine sieben Sinne beisammen hatte. Wenn ich die wundgelegene Stelle an seinem unteren Rücken versorgte, die einfach nicht heilen wollte, las er mir immer Briefe von seinem Enkel vor. Eines Morgens wachte er mit Fieber auf, meistens das erste Anzeichen einer Infektion, und starb achtundvierzig Stunden später im Krankenhaus. Das war, bevor das Virus das Baxter Medical Center überrollte.

Weder Personal noch Bewohner des Resurrection trauerten um Harry. Uns blieb keine Zeit dazu. Innerhalb weniger Tage erkrankten dreißig der zweiundfünfzig Patienten im Heim. Anfangs riefen wir den freiwilligen Krankentransport von Baxter um Hilfe. Unsere Patienten wurden ins Krankenhaus gebracht und behandelt, auch beatmet. Erst gingen die Beatmungsgeräte aus, dann wurden so viele Rettungssanitäter krank, dass keine Transporte mehr möglich waren, dann begannen meine Patienten, in ihren Betten zu sterben.

Zwei Wochen nach Harolds Tod bekamen sowohl Charlie als auch ich Fieber und Schüttelfrost. Mom dagegen nicht, trotz all ihrer Risikofaktoren. Ich weiß nicht, ob sie zu den vielen zählte, die asymptomatisch blieben, oder ob das Virus sie verschonte. Ich weiß aber, dass ihre Gesundheit für unseren kleinen Haushalt ein Glücksfall war.

Charlies leichtes Fieber hielt nur zwei Tage an, und sie zeigte keine anderen Symptome, keinen Husten, keine Gliederschmerzen, keinen Schüttelfrost. Ich war krank genug für uns beide. Zwei Wochen lang stieg meine Temperatur jeden Abend auf neununddreißig Grad an und fiel selbst morgens nicht unter achtunddreißig. Mir tat alles weh, von der Nase bis zu den Zehenspitzen, und die Sauerstoffsättigung meines Bluts sackte von den normalen hundert auf dreiundneunzig Prozent ab. Manchmal schwitzte, manchmal fror ich; wenn ich den Kopf senkte, packten mich Hustenkrämpfe, und bei jedem Atemzug brannte mein Brustkorb. Ich schaffte es kaum, aus dem Bett zu steigen.

Mein Zimmer wurde mein kleines Gefängnis, das ich nur verließ, um ins Bad zu gehen, was mich so anstrengte, dass ich danach völlig erledigt war. Ich bekam Mahlzeiten vor die Tür gestellt, musste mich aber zum Essen zwingen und brachte kaum mehr als ein paar Löffel herunter. Charlie war damals sieben und hatte natürlich Angst. Ich versuchte, sie zu beruhigen, indem ich mich auf eine Seite der Zimmertür setzte, während sie auf der anderen saß und mir eine Geschichte vorlas, wie ich es sonst abends vor dem Einschlafen tat. Manchmal fiel ich ins Delirium.

Mein Delirium, zumindest die Phasen, an die ich mich erinnern kann, nahm traumähnliche Züge an. Ich war Krankenschwester, es war meine Aufgabe, meine Patienten zu heilen, aber ich konnte nicht zu ihnen gelangen. Ich versuchte es. Immer wieder versuchte ich es und stieß jedes Mal auf neue Hindernisse. Ein Auto, das nicht ansprang, eine gesperrte Straße, ein Cop, der mir einen Strafzettel gab. Dann war ich wieder in meinem Zimmer, also da, wo ich aufgebrochen war.

Gegen Ende der zweiten Woche hatte ich eine besonders schlimme Nacht. Meine Patienten starben, und es war meine Schuld. Sie brauchten meine Pflege, aber ich konnte das Zimmer nicht verlassen. Natürlich hätte ich die Tür öffnen und hinausgehen können, sie war nicht abgeschlossen. Aber dieser Gedanke kam mir nicht in den Sinn. Nein. Ich weinte, ich stöhnte, ich schrie an gegen die Ungerechtigkeit, aber ich versuchte nie zu gehen.

Mit so vielen Kissen im Rücken, dass ich aufrecht saß, übermannte mich schließlich der Schlaf. Wie immer ging das Fieber gegen Morgen zurück. Bei Anbruch der Dämmerung wachte ich auf und war so geschwächt, dass es mehrere Minuten dauerte, bis ich begriff, dass sich meine Tochter in der Nacht zu mir ins Zimmer geschlichen hatte. Sie lag neben mir im Bett, ein Arm ausgestreckt, ihr Kopf in meinem Schoß. Ich hätte reagieren sollen, hätte sie wachrütteln sollen, hätte sie mit strengen Worten aus dem Zimmer schicken sollen. Aber das tat ich nicht, viele Minuten lang, mein Bedürfnis nach ihrer Nähe war zu stark. Dann ging die Tür auf, und Mom kam ins Zimmer. Sie schimpfte nicht. Im Gegenteil, die harte Linie ihres Munds wurde weicher, und ich sah Mitgefühl in ihrem Blick. Trotzdem hob sie Charlie hoch, trug sie immer noch schlafend aus dem Zimmer und überließ mich meinen Tränen.

Nach acht langen, schweren Wochen kehrte ich ins Resurrection zurück. Zu den Lebenden und den Toten, zu leeren Betten und zu Patienten, die sich nicht angesteckt hatten. Die Lebenden begrüßten mich mit Umarmungen und Tränen. Ich trauerte um die Verstorbenen. Dann machte ich mich an die Arbeit.

Mein Bett ruft, trotzdem esse ich mein Rührei auf, stelle das Geschirr in die Spüle und gehe zu Charlie ins Zimmer. Sie wird den größten Teil des Tages draußen mit den Nachbarskindern spielen, aber morgens verbringe ich immer ein paar Minuten mit ihr. Abends essen wir zusammen, bevor ich zur Arbeit gehe.

An diesem Morgen bleibe ich kurz in der Tür stehen. Charlie sitzt auf ihrem kleinen blauen Stuhl und ist in ihr Tablet versunken. Sie erscheint mir besonders klein. Besonders klein und besonders verletzlich. Ich bin alles, was sie hat, alles, das zwischen ihr und den Yards steht – oder, schlimmer, dem Heim. Und ich könnte jeden Moment abgeholt werden, eben noch da, dann ein Klopfen an der Tür, Polizei, aufmachen.

Denn je mehr ich über Bradley Grieg erfahre, desto wahrscheinlicher scheint es, dass die Cops herausfinden werden, wo er kurz vor seiner Ermordung gewesen ist. Sie werden sich die Aufnahmen der Sicherheitskameras aus dem Randy's holen, und da sitze dann ich dick geschminkt mit meinem breitkrempigen Hut. Mein einziger Trost? Dass niemand im Randy's meinen Namen kennt und ich meine Kreditkarte nicht benutzt habe. Außerdem bin ich kein Stammgast und habe keine der anderen Gäste in der Bar erkannt.

Genug des nutzlosen Spekulierens. Charlie sitzt vor mir, jetzt und hier, und ich kann meinen Ausflug nicht ungeschehen machen. Ich betrachte die lila Wände, die goldenen Vorhänge und die pinke Bettwäsche. Ich hatte Charlie erst erlaubt, sich die Einrichtung auszusuchen, und ihr dann einen Vortrag über passende Farbkombinationen gehalten. Aber sie blieb standhaft und bekam ihren Willen, sogar den Glitzerfäden in den Vorhängen habe ich zugestimmt.

Charlie schaut auf. »Hi, Mom.«

»Hi, Liebling. Kommst du mit dem Buch voran?«

»Ich finde es so traurig.«

Schuldgefühle überfluten mich, wie immer, wenn meine Tochter unglücklich ist. Schließlich war ich es, die das Buch ausgesucht hat.

»Warum?«

»Ich wollte nicht, dass Charlotte stirbt, Mommy. Ich verstehe nicht, warum sie sterben musste. Wenn ich das Buch geschrieben hätte, hätte sie weitergelebt.«

»Aber hat Wilbur nicht Charlottes Kinder gerettet?«

Charlie lässt sich nicht ablenken. »Aber Charlotte ist auch mein Name, Mommy.«

Ich streiche ihr über die Wange. Meine Tochter fragt mich, ob sie sterben wird. Nach meinem eigenen Kampf mit Covid-19 ist das ein Thema, das ich lieber vermeide, vor allem, weil ich keine guten Antworten habe. Die Möglichkeit, dass ich hätte sterben können, ist an Charlie nicht spurlos vorbeigegangen, da bin ich sicher. Ich unterdrücke ihre Angst, indem ich sie in meine Arme nehme und ganz fest halte.

16
CONNOR

Als mich die Lieutenant-Fotze aus dem Revier schmeißt, ist es nach zehn. Ich fahre direkt nach Hause, ein Zwei-Zimmer-Cottage auf dem Grundstück meines Vaters. Ich hätte auch zu Augie Barboza fahren können, aber Augie hat zwei Kinder und eine Frau, deren Zunge fast so scharf ist wie die von dieser Mariola.

Zu Hause rufe ich Augie vom Festnetz aus an. Er meldet sich nach ein paar Sekunden, im Hintergrund höre ich Donna pausenlos quasseln.

»Die haben mich abgefangen«, sage ich, »deswegen konnte ich nicht zum Treffen kommen.« Für lange Erklärungen bin ich zu erledigt. »Ich komme morgen früh vorbei. Sagen wir, sieben.«

Das Gute an Augie, er diskutiert nicht. »Alles klar, Boss.«

Ich bin früh auf den Beinen, sechs Uhr, mit Mom in der Küche. Wenn der Dreckskerl noch schläft, frühstücken wir so oft wie möglich gemeinsam. Heute trägt Mom einen Frotteemorgenmantel über ihrem Schlafanzug. Er ist nagelneu und flauschig und lässt sie noch winziger und verletzlicher wirken.

Der Duft von Bacon und Moms selbst gebackenen Brötchen im Ofen erfüllt die Küche. Ich atme tief ein, mir fällt ein, dass ich gestern Abend nichts mehr gegessen habe. Mein kleines Cottage hat keine Küche, und als ich endlich entlassen wurde, war in Baxter schon alles dicht. Ich hätte zu einem der Rastplätze an der Interstate fahren können, da bekommt man rund um die Uhr was, war aber zu müde gewesen. Jetzt mache ich es wett.

Ich küsse meine Mutter auf die Stirn und setze mich. Während ich mir die Serviette auf den Schoß lege (worauf Mom besteht), eilt sie zum Ofen, zieht ein kleines Backblech heraus und stellt es auf einen Untersetzer. Ein halbes Dutzend Brötchen liegt dampfend auf dem Blech. Mom backt die Brötchen selber, wie sie auch Pasta selber macht, ihr ganzer Stolz.

Ich steche meine Gabel in ein Brötchen und hebe es auf meinen Teller, gefolgt von einem zweiten. Die Butter, die ich dick draufstreiche, schmilzt sofort, und mir läuft das Wasser im Munde zusammen. Die Brötchen sind zum Essen noch zu heiß, ich trinke erst einen Schluck eiskalten Orangensaft, bevor ich vorsichtig daran knabbere.

»Unglaublich«, sage ich, mehr zu mir selbst als zu meiner Mutter.

Während ich frühstücke, reden wir nicht viel. Ich zeige meine Wertschätzung, indem ich alles aufesse, was Mom mir vorsetzt, den Bacon, die Eier, die klein gewürfelten Kartoffeln, mit Zwiebeln und Knoblauch gebraten. Und ich zeige sie, indem ich meinen Teller in die Spüle stelle. Mom soll wissen, dass sie jemandem etwas bedeutet, auch wenn es nur ein Drogen vertickendes Arschloch wie ich ist.

Bevor ich gehe, nimmt mich Mom noch in den Arm. »Pass auf dich auf, Connor. Mach keine Dummheiten. Dein Vater ist sehr verärgert.« Sie zögert kurz und schaut sich um. »Ich glaube, er hält dich für verantwortlich für … das, was passiert ist.«

Als ich mich umdrehe, kommen mir plötzlich Violet Arabellas Worte über ihren Zuhälter in den Sinn: »Jeder braucht jemanden.«

Wie sich rausstellt, hatte die Nutte recht.

Kurz vor neun biegen Augie und ich auf den Parkplatz des Skyview ab. Vor keiner der Hütten sind Autos zu sehen, vor einer steht Richard Gaitskills Elektrowagen. Außerdem ist in einer anderen Hütte am Ende des Geländes ein Putztrupp bei der Arbeit, alles Mexikaner, die sich weigern, Englisch zu sprechen. Richard brüstet sich damit, ihnen sechs Dollar die Stunde zu zahlen. Das ist mehr als einen Dollar unter dem Mindestlohn.

»Ein Anruf«, lautet Richards Argument, »und sie sitzen im Flieger nach Mexiko.«

Für mich und Augie ist das gut, weil die Arbeiter mit Sicherheit den Mund halten werden, egal was hier passiert. Vielleicht machen sie auch mit, sollten wir Richard eine ordentliche Abreibung verpassen müssen.

Als Augie und ich die Hütte betreten, steht Rich gerade in dem kleinen Badezimmer über das Waschbecken gebeugt, in der Hand einen Universalschraubenschlüssel. Rich ist ein großes Baby. Er könnte mit so einem Schraubenschlüssel einigen Schaden anrichten, aber das ist nicht seine Art. Als er uns im Spiegel bemerkt, dreht er sich um.

»Hey«, sagt er.

»Komm da raus, ich will mit dir reden.« Ich sage nicht, dass er den Schraubenschlüssel weglegen soll. Es ist nicht nötig. Er legt ihn ins Waschbecken, wischt sich die Hände an einem Handtuch ab, kommt auf mich zu und bleibt etwa eineinhalb Meter vor mir stehen. Er hat Angst, und das aus gutem Grund. Wir beide haben einen Deal. Er kauft mir einen kleinen Teil der Drogen, die gerade im Angebot sind, zu zehn Prozent über meinen Kosten ab. Im Gegenzug hält er mir und Brad die übrigen Gäste – es sind nicht viele – vom Leib. Und sagt Bescheid, wenn die Bullen vorbeikommen oder eine Überwachung ansetzen, was allerdings bis gestern noch nie der Fall war.

»Rede mit mir, Rich.«

»Was soll ich sagen? Die Cops schwirren wegen Bradley wie die Fliegen hier rum.«

»Welche Cops?«

»Diese Tusse hat das Sagen. Mari-irgendwas. Vern Taney war auch dabei.«

»Und?«

»Sie wollten wissen, wann Bradley angekommen ist, ob er irgendwohin gegangen ist. Ich habe ihnen gezeigt, wann er eingecheckt hat, das stand eh im Buch. Aber ob er sein Zimmer verlassen hat, wüsste ich nicht, hab ich gesagt.«

»Sonst nichts?«

»Nichts. Ich hab mich blöd gestellt. Hab gesagt, Bradley wäre bloß ein Durchreisender gewesen, der ein Bett für die Nacht brauchte.«

Augie kann ziemlich gut Gedanken lesen, ein kurzer Blick in seine Richtung und er tritt vor und boxt Rich mit der Faust in die Rippen.

»Was willst du mir da erzählen, Rich? Dass die Cops sich nicht das Video aus der Überwachungskamera angeguckt hätten? Wie?« Ich werde grundsätzlich nicht wütend, nicht in meinem Kopf, aber ich kann gut so tun. Ich trete vor und stoße Rich einen Finger ins Gesicht. Er sackt auf ein Knie runter und macht keinerlei Anstalten, wieder aufzustehen. »Verarsch mich nicht, Mann. Ich bin nicht in Stimmung.«

»Okay. Du könntest ja auch einfach fragen, Connor. Klar haben die das Video gesehen. Darauf war zu sehen, dass Bradley irgendwohin gefahren ist. Um kurz nach neun. Gegen halb elf kam er mit einer Frau zurück. Die fuhr ihren eigenen Wagen …«

»Hast du nicht gerade gesagt, du wüsstest nicht, ob er sein Zimmer verlassen hat?«

»Damit hab ich gemeint, was ich den Cops am Anfang gesagt habe.«

Richs Antworten kommen zu schnell. »Wie hat die ausgesehen? Die Tusse?«

»War kaum zu erkennen. Sie war zu weit weg. Man konnte nicht mal sehen, was für einen Wagen sie fuhr.« Er zögert. »Aber sie hat auf jeden Fall einen Hut aufgehabt. So ein Ding mit breiter Krempe, die die Augen verdeckt.«

»Haben die Cops das gesagt? Dass sie nicht zu identifizieren war?«

»Die Cops haben gar nichts gesagt. Die haben bloß geguckt.«

»Und das ist alles? Die haben eine Frau gesehen, sonst nichts?«

»Nicht ganz. Kurz darauf fing es an zu regnen. Und dann konnte man weder Bradleys Wagen noch die Hütte noch sonst irgendwas erkennen.«

»Bis wann?«

»Die ganze Nacht lang.«

Ich denke kurz nach. Die Bullen denken wahrscheinlich, die Tusse hat Bradley getötet. Sie haben sogar ein Motiv, Raub, wie sie der Welt ja bereits verkündet haben. Oder zumindest ganz Baxter. Außerdem, wenn es geregnet hat, wie Rich sagt, und man nichts erkennen kann, dann müssen die Bullen es der Tusse anhängen. Sie ist die Einzige, die infrage kommt.

Natürlich müssen sie sie erst finden. Aber vielleicht ist das nicht so schwer. Vielleicht stellt sich raus, dass es eine von Bradleys Freundinnen war. Davon hatte er genug, und die meisten würden für einen Fix alles tun. Für achtzehntausend würden sie ihre eigenen Kinder umbringen.

»Dann schauen wir uns das Video mal an, Rich.«

Ich bin nicht leicht zu überraschen, aber diesmal kriegt Rich es hin, als er zurückweicht und sagt: »Die Cops haben es mitgenommen.«

»Was?«

»Die Cops haben es mitgenommen. Das Video. Es war auf einem USB-Stick.«

»Hatten die einen Beschluss?« Ich warte die Antwort nicht ab. So schnell können sie keinen Beschluss gehabt haben. »Die Cops haben das Video nicht mitgenommen, Rich. Sie hatten kein Recht, es an sich zu nehmen. Nein, du hast es ihnen gegeben. Und warum tust du so was?« Wieder warte ich die Antwort nicht ab. Ich sehe Augie an und sage: »Tu ihm weh.«

Er hört erst auf, als Rich zusammengekrümmt auf dem Boden liegt und seine Flanken umklammert. Das ist verständlich. Wir haben sein Gesicht intakt gelassen, aber er wird ein paar Tage lang Blut pissen. Die gebrochenen Rippen tun vermutlich auch weh. Rich wehrt sich nicht – dafür ist er zu clever –, aber ich finde, er weiß zu viel über meine Geschäfte. Für einen Typen, der im Grunde nicht kriminell ist. Er weiß zu viel, und vielleicht muss ich da was machen.

»Was hast du sonst noch gesagt, Rich? Hast du meinen Namen erwähnt?«

»Nein. Ich schwör's, Connor.«

Er lügt, das ist völlig offensichtlich. Die Bullen wissen, dass ich und Bradley Kumpels waren. Das hat mir Mariola gestern Abend klargemacht. »Und was hast du ihnen noch gesagt? Was wollten sie sonst noch?«

Plötzlich lebt Rich auf. Ihm scheint eine Eingebung gekommen zu sein.

»Beim Einchecken meinte Bradley, er würde vielleicht eine Weile weg sein, und ich soll die Hütte im Blick behalten. Ich hab gefragt, wo er hinwill, er meinte, ins Randy's. Um eine Frau aufzureißen. Er meinte, er war die letzten Tage viel unterwegs und bräuchte mal Abwechslung.«

Ich habe weitere Fragen, bekomme aber keine Antworten. Nicht heute. Das liegt daran, dass Richs Mom mit einer abgesägten 12-Kaliber in den Händen durch die Tür kommt. Ich habe nicht gerade Angst, rühre mich aber auch nicht. Nein, ich schaue in Felice Gaitskills babyblaue Augen und denke, dass sie nur wegen meines alten Herrn nicht abdrückt, um ihren kleinen Jungen zu beschützen. Soweit ich gehört habe, kommt Felice von ganz unten. Sie versteht Konsequenzen.

Felice tritt beiseite, als ich mit Augie im Schlepptau an ihr vorbei aus der Hütte gehe. Weder er noch ich sagen ein Wort, bis wir im Auto sind und davonfahren. Augie sitzt am Steuer.

»Also, was jetzt, Boss?«

»Wir werden Rich und seiner Mom einen weiteren Besuch abstatten, Augie, aber zuerst müssen wir die Frau finden, die mich bestohlen hat.«

»Randy's?«

»Das macht erst um sechs auf. Bis vier ist da keiner. Hm, ich weiß nicht. Vielleicht sollte ich dich absetzen und im Black Sheep abhängen. Du kannst mich heute Nachmittag abholen.«

Mein Handy klingelt, bevor Augie antworten kann. Das Prepaid. Die Nummer ist unterdrückt, und ich gehe dran, bevor es ein zweites Mal klingelt.

»Hey, C, Waylon hier.«

»Was brauchst du, Waylon?«

»Paar Pfund.«

Von was, brauche ich nicht zu fragen. Waylon und seine Crew dealen auf dem Land mit Ice. Und das schon so lange, dass sie sich im Knast die Klinke in die Hand geben. »Du musst mit fünfundzwanzig rechnen«, sage ich. »Hast du so viel? Letztes Mal hast du mich zwei Tage lang hingehalten. Das geht nicht, Waylon. Du weißt, wie ich arbeite.«

»Verstanden, Connor. Ich schwör's bei meiner Mutter.«

Waylons Mom ist seit dreißig Jahren auf Crystal Meth. Sie hat keinen Zahn mehr im Mund.

»Gib mir ein paar Stunden, Waylon. Ich melde mich heute Nachmittag.«

17
DELIA

Ich starte mit einem Anruf bei meiner Mutter in den Tag. Mom war der Fels, an dem meine Kindheit verankert war, und wann immer mir das Leben zu viel wurde, habe ich bei ihr Trost gesucht. Meinen Daddy habe ich auch geliebt, aber er hat in einer Fabrik gearbeitet, die Fenster herstellte, und Überstunden gemacht, wann immer es ging. Zu Hause hat er dann meistens vor sich hin vegetiert außer am Sonntagmorgen, wenn wir in die Kirche gingen. Mom arbeitete ebenfalls, als Buchhalterin in der Bücherei von Centralia. Als ich klein war, hat sie mich oft mitgenommen, vielleicht hoffte sie, ich würde mich fürs Lesen interessieren. Stattdessen bekam sie einen Cop. Enttäuscht? Falls ja, hat sie sich nie beschwert.

»Hallo, Kleines, wie fühlst du dich?«

»Gut, Mom.«

»Und mein Enkel?«

»Dein angebeteter Enkel hat am Sonntag die Fassung verloren und einem anderen Jungen eins aufs Maul gegeben. Weil der mich Kampflesbe genannt hatte.«

Wir reden etwa zehn Minuten über dies und jenes, bis das Gespräch schließlich auf den Mord an Bradley Grieg kommt. Mom liest jeden Morgen die Online-Ausgabe des *Baxter Bugle*, der Mord hat sie neugierig gemacht. Man könnte es Sensationslust nennen. In mancher Hinsicht ist sie schlimmer als Danny.

»Anfangs wollte ich glauben, dass die Frau, die mit dem Hut, die einzige Tatverdächtige ist«, berichte ich. »Kinderspiel. Ich finde sie, Fall gelöst.«

»Aber das funktioniert nicht?«

»Nein.«

»Und was willst du machen, wenn du die Frau festnehmen musst?«

»Keine Ahnung.«

Wir plaudern noch eine Viertelstunde lang, bis Danny in die Küche kommt und ich plötzlich überflüssig bin.

»Ist das Oma?«

»Ist das mein Enkel?«

Während Oma und Enkel reden, krame ich im Kühlschrank. Baxter liegt gut vierhundert Meilen von Centralia entfernt, nah genug für Besuche zu Thanksgiving und Weihnachten und eine Woche im Sommer, wenn ich Urlaub habe. Der steht Mitte August an, in anderthalb Monaten.

Mein Arbeitstag beginnt mit Bradley Griegs Obduktion, die am Baxter Medical Center durchgeführt wird, einem zweitklassigen Krankenhaus, auf das ich hoffentlich nie angewiesen sein werde. Bradleys Bauchhöhle, aus der alle Organe entfernt wurden, hat die Textur von altem Leder.

»Als Todesursache gebe ich Schussverletzung an«, sagt Rishnavata, während er sägt.

»Und eine Überdosis kann es nicht gewesen sein?«

»Wenn sein Herz nicht geschlagen hätte, wäre da weniger Blut. Und die Menge sagt mir im Übrigen auch, dass er nach dem Schuss noch ein paar Minuten lang gelebt hat.«

»Ist das möglich?«

Arshan überrascht mich. »Ein kleinkalibriges Projektil, sagen wir, ein .22er, löst sich beim Eintreten in den Schädel in seine Einzelteile auf, kleine Bleisplitter fliegen in alle Richtungen. Ein größeres Kaliber, zum Beispiel 9mm, bohrt eine gerade Bahn, mit unvorhersehbaren Folgen. Die hängen davon ab, welche Areale des Hirns betroffen sind. Man kann noch eine Weile leben oder sogar überleben. In diesem Fall habe ich Blut in den Nasengängen und der Luftröhre gefunden, Blut, das er eingeatmet haben muss.«

Die Pathologie ist in einem Kellerraum des Baxter Medical untergebracht. Er wird nur selten benutzt und riecht nur sehr leicht nach Verwesung und Antiseptikum. Grieg liegt auf dem Rücken auf einem Stahltisch. Die Totenstarre hat seinen Körper schon verlassen, und der Körper wirkt unnatürlich flach. Jede Kurve, sein unterer Rücken, seine Gesäßhälften, sogar sein Hals, alles ist platt. Das in seinem Bauch klaffende Loch lässt ihn hohl erscheinen, leer, unwirklich.

Bis zur Obduktion hatte ich den lebenden Bradley Grieg im Kopf, der es nicht besser verdient hatte. Zumindest Dannys Meinung nach. Jetzt nicht mehr. Bradley Grieg ist nicht mehr. Man kann ihm keine Vorwürfe mehr machen.

Als ich endlich ins Freie trete, wartet Vern in seinem Ford auf mich. Die Scheibenwischer arbeiten. »Hast du Arshan eine Einschätzung aus den Rippen geleiert?« Er legt den Gang ein und fährt los. Wir sind auf dem Weg zurück ins Revier. Chief Black will ein Update.

»Ja, aber der Idiot hat es schlimmer gemacht. Was kaum zu glauben ist.«

Verns Frage gilt dem Todeszeitpunkt, ursprünglich zwischen neun und zwei angegeben.

»Wieso?«

»Jetzt liegt er zwischen elf und drei.«

Vern ist zu cool, um seinen Ärger rauszulassen, aber mit Sicherheit genauso frustriert wie ich. Griegs Begleiterin hat die Hütte um 23:15 Uhr verlassen. Das liegt knapp an der unteren Grenze des Zeitraums. In den Händen eines Strafverteidigers, sogar eines miesen, ist das Gold. In den Augen einer Geschworenenjury? Wenn wir keine forensischen Beweise liefern können?

Chief Black kapiert die Lage zehn Minuten später sofort. »Und unser geliebter Coroner könnte seine Meinung nicht noch mal ändern, Delia?«

»Nein, Chief. Er hat den geschätzten Todeszeitpunkt in den Obduktionsbericht geschrieben. Das steht da jetzt schwarz auf weiß. Was bedeutet, dass der Frau für den Mord nur fünfzehn Minuten blieben.«

»Und die folgenden über drei Stunden«, fasst Black zusammen, »jemand anderem.«

»Es gibt auch gute Neuigkeiten«, verkündet Vern. »Die Kugel, die wir aus der Matratze gezogen haben, ist nur leicht geplättet. Wenn wir die Mordwaffe finden, lässt sich das gut vergleichen. Und wir haben den Nachtklub gefunden, den Bradley aufgesucht hatte. Randy's. Da die Frau ihm zurück ins Hotel gefolgt ist, haben sie sich wahrscheinlich dort getroffen.«

»Sind Sie schon dort gewesen?«, fragt Black.

»Noch nicht, Chief«, antworte ich. »Wir wollen gerade zum Gericht. Ich will einen Beschluss für die Aufnahmen der Überwachungskameras im Klub. Um sicherzugehen, dass die Daten nicht plötzlich verschwinden, bevor sie übergeben werden können.«

»Was ist mit Bradleys Drogenbesteck? Ist da DNS dran?«

»Ich habe heute Morgen das staatliche Labor angerufen. Macht euch keine großen Hoffnungen, lautete die Auskunft in etwa.«

Chief Black nickt mir zu. Ich habe ihm für den Fall, dass er noch eine Pressekonferenz abhalten muss, einen Sündenbock geliefert. Alles auf den Staat schieben. »Dann machen wir mal weiter.« Er klopft mit dem Zeigefinger auf den Tisch. »Gute Arbeit, Lieutenant. Hervorragend.«

Wir sind noch auf dem Revier, als Vern meine Gedanken ausspricht. Was die Polizeiarbeit angeht, scheint er mich manchmal zu lesen wie ein Buch.

»Wir müssen die Szene nachstellen«, sagt er. »Erst dann bist du glücklich.«

Die Voraussetzungen könnten besser nicht sein. Der Nieselregen, der heute früh eingesetzt hat, wird die ganze Nacht hindurch anhalten. Wir brauchen nur noch einen Sack Reis und ein Kissen. Meine Dienstwaffe ist eine 9mm. Die muss ich bloß durch das Kissen hindurch in die Reistüte abfeuern, während Vern im Büro die Aufnahme der Sicherheitskamera überwacht. Aber meine Gedanken gehen in die Richtung, dass meine Interessen am besten gewahrt wären, wenn ich die ganze Sache ruhen ließe. Denn Vern hat recht.

»Die Kameras im Skyview sind totaler Mist«, hat er gesagt. »Und sie sind weit weg, und es hat geregnet, und wir wissen, dass die Mündung in einem Kissen steckte.«

18
DELIA

Den Großteil des Tages verbringen Vern und ich damit, die Frauen auf Cindy Shermans Liste zu befragen. Im Fachjargon heißt das heutzutage »Person von besonderem Interesse«. Aber für mich, und vermutlich auch für Vern, sind es Verdächtige. Jede könnte die Frau sein, die Griegs Hütte um 22:42 Uhr betreten und um 23:15 Uhr wieder verlassen hat.

Die Damen erzählen alle die gleiche Geschichte. Ihre Liebschaften mit Bradley Grieg waren kurz genug, um noch als One-Night-Stand zu gelten, und sie haben ihn seit Monaten nicht mehr gesehen. Und obwohl sie in den gleichen Kreisen verkehren, wissen sie rein gar nichts über sein aktuelles Liebesleben, über Freundinnen und Geliebte. Sie wissen nichts über seine Verbindung zu Carl und Connor Schmidt. Tut ihnen sehr leid.

Wenn das Video aus dem Randy's nichts hergibt, stöbern wir die Lügnerinnen auf und verwenden ihre Lügen gegen sie. Aber das kommt später. Einstweilen will ich die Aussagen in den Akten haben.

Um halb vier sind wir mit der letzten fertig, Candy Gowen. Sie bricht in Gelächter aus, als ich Griegs Namen nenne.

»Er hat so getan, als wären wir nicht gut genug für ihn, aber das war reine Fassade«, erzählt sie. »Das Arschloch war eine Niete im Bett. Hat sofort abgespritzt. Ich bin ihm danach wochenlang aus dem Weg gegangen.«

Unser Timing ist perfekt. Als wir das Randy's betreten, decken die Hilfskellner gerade die Tische ein. Die Kellnerinnen, alles Frauen, sind um den Koch versammelt. Zwei Barmänner rollen ein Aluminiumfass durch den Raum. Der einzige Türsteher lehnt sich an die Küchentür.

Als Vern und ich reinkommen, machen alle weiter nach Plan, sie schauen nicht mal auf. Alle außer dem Boss, Mason Cheat.

Der Nachname Cheat passt zu Mason, der mit Mitte zwanzig wegen Kreditkartenbetrug mehrere Jahre im Knast saß. Heutzutage wird allgemein angenommen, dass er einen Batzen seines illegalen Gewinns irgendwo verstecken konnte. Genug, um damit eine Bar zu eröffnen. Seine Behauptung, ein stiller Teilhaber hätte das Kapital bereitgestellt, glaubt kein Mensch. Aber jetzt, da seine Weste wieder reiner ist, hat sich Mason zum Informanten gewandelt und im letzten Jahr zweimal Drogendealer verpfiffen, die in seinem Klub Geschäfte machen wollten. Mason Cheat ist ein kleiner Mann mit breiten Schultern, dunkelbraunen Glubschaugen, einem breiten Mund, der meistens offen steht, und fliehendem Kinn. Für mich hat er immer etwas Flehendes an sich. Aber Tatsache ist, dass sich niemand mit Mason Cheat anlegt, nicht mal Carl Schmidt. Zumindest wird das gemunkelt, und ich habe noch nichts gesehen, das dagegensprechen würde. Nach seiner Knasterfahrung meidet Mason alles, das seine Freiheit gefährden würde.

Sein Blick fixiert mich, als ich auf ihn zugehe. Ich kann die Fragen fast sehen, die ihm durch den Kopf geistern. Dann blinzelt er zweimal, und ich weiß, dass er die Antwort gefunden hat. Ich muss meine Zeit nicht mit Erklärungen vergeuden.

Mason nickt meinem Partner zu, der zurückgrüßt. »Wie geht's, Vern?« Dann an mich gewandt: »Sind Sie wegen Bradley hier?«

»Ganz genau, Mason.«

»Er war Samstag hier.« Mason trägt ein braunes Sportjackett über einem weißen Hemd. Er streicht mit den Fingern über das Revers, als wolle er eine Rüstung zurechtrücken. »Ich wollte Sie anrufen, Ehrenwort. Bin einfach noch nicht dazu gekommen.«

Ich zweifle die Behauptung nicht an. Es ist unnötig. »Waren Sie am Samstag hier, Mason? Haben Sie mit ihm gesprochen?«

»Ich war im Büro. Hab ihn nicht gesehen.«

»Woher wissen Sie dann, dass er da war?«

Masons Mund ist breit, und sein Lächeln reicht fast bis zu den Ohren. Ich habe ihn erwischt, aber er nimmt es mir nicht übel.

»Eine der Kellnerinnen, Maureen, hat ihn bedient. Sie hat's mir gesagt, als der Mord bekannt wurde.«

»Und wer ist Maureen?«

Mason zeigt auf die Kellnerinnen, die immer noch den Koch mit der weißen Schürze umringen. Sie tragen tief ausgeschnittene schwarze T-Shirts, eng genug, um als zweite Haut durchzugehen. Quer über die Brüste ist ein Wort aufgedruckt: Randy. Nicht Randy's. Nur Randy.

»Welche?«

»Die Blonde.«

Ich ziehe den Gerichtsbeschluss aus der Tasche und überreiche ihn. Masons Hand zuckt kurz zurück, nimmt das Dokument dann aber.

»Was ist das?«

»Ein Gerichtsbeschluss, Mason. Der die Beschlagnahme sämtlicher Aufnahmen Ihrer Überwachungskameras zwischen 21:15 und 22:45 Uhr am Samstagabend anordnet. Jedes einzelne Bild, Mason. Wenn Sie irgendwas zurückhalten, krieg ich Sie wegen Behinderung polizeilicher Ermittlungen dran. Lassen Sie's lieber nicht drauf ankommen.«

Mason lehnt sich auf dem Stuhl zurück und zuckt die Achseln. Ich verstehe ihn so, dass wir Connor zuvorgekommen sind.

»Null problemo, Lieutenant. Das Einzige ist, dass ich nicht neunzig Minuten rausschneiden kann. Wir sind inzwischen digital, und die Daten sind tageweise aufgeteilt und werden auf USB-Sticks gespeichert, für jede Kamera einen. Ich kann Ihnen alles vom 24. Juni geben und helfe gerne. Mir gefällt der Gedanke, dass Bradleys Killer frei rumläuft, genauso wenig wie Ihnen.«

Ich wische seine Bemerkung beiseite. »Wie viele Kameras, Mason? Zeigen Sie Vern, wo die einzelnen Kameras angebracht sind und welchen Bereich des Klubs sie abdecken. Bitte.«

Mason gibt keine Widerworte, ist aber nicht bereit, den Handlanger für irgendeinen Cop zu spielen. Er dreht sich um und winkt dem Türsteher zu, der sofort strammsteht. Gibt's gleich Randale? Er ist jedenfalls aufgepumpt und zu allem bereit. Mit geballten Fäusten geht er auf Vern zu, der größeren Bedrohung, wird aber von der Stimme seines Herrn ausgebremst.

»Das ist Detective Taney«, sagt Mason. »Er wird unser Überwachungssystem überprüfen und die USB-Sticks von Samstag mitnehmen. Sieh zu, dass er alles bekommt. Verstanden, Mark? Wir kooperieren.«

»Alles klar, Boss.«

»Sie hätten auch einfach danach fragen können«, sagt Mason zu mir, als Vern und Mark weg sind.

»Tut mir leid, Vertrauen fällt mir schwer.«

»Das sehe ich ein, aber ich hoffe doch, Sie verdächtigen nicht mich oder irgendwen hier im Klub ...« Als ich nicht antworte, fährt er fort: »Ich weiß Bescheid über Bradley und was er mit Connor Schmidt treibt. Ich schwör's bei meiner Mutter, Lieutenant, in meinem Klub haben die keine Geschäfte gemacht. Nachher kommen noch zwei weitere Türsteher. Sie werden gut bezahlt.«

Mason ist übereifrig, ganz sicher verschweigt er irgendwas. Ich nehme es hin wie den Mist, den mir Bradleys Ex-Freundinnen aufgetischt haben. Vielleicht gehe ich dem später nach. Einstweilen möchte ich ein paar Worte mit Maureen wechseln, während mein Partner die Videoaufnahmen einsammelt.

Die Kellnerinnen machen sich aus dem Staub, als ich mich ihnen nähere. Ihre Bewegungen sind synchronisiert, wie ein Wasserballett auf festem Boden. Ich zeige pflichtschuldig meine Dienstmarke vor. Als hätten sie mich nicht auf den ersten Blick als Cop abgecheckt.

»Maureen? Kann ich Sie kurz sprechen?«

Maureen wirft ihrem Boss einen raschen Blick zu, sagt dann: »Klar, warum nicht.«

Ich gehe mit ihr ans Ende der Bar und lasse ihr ein bisschen Zeit. Ich bin Polizistin und befrage sie, aber ich bin nicht gefährlich. Maureen ist Mitte zwanzig, hat blitzende grüne Augen und das erotischste Lächeln, das ich je gesehen habe.

»Wenn ich es richtig verstehe, haben Sie am Samstagabend Bradley Grieg bedient. Stimmt das?«

»Ja.«

»Kennen Sie ihn?«

»Er kommt ein paarmal die Woche. Setzt sich meistens an einen Tisch vor der Bar. Da hat er auch Samstag gesessen.«

»Wann kam er hier an?«

Jetzt wird Maureen redselig und plaudert ohne Punkt und Komma. Sie sagt, Bradley sei gegen halb zehn gekommen und etwa eine Stunde später wieder gegangen. Er bestellte zwei Drinks, Maker's Mark on the rocks, aber nichts zu essen. Und, nein, sie hat ihn mit niemandem sprechen sehen. Was ungewöhnlich war, weil Bradley sich sonst an jede Frau im Klub rangeschmissen habe, angefangen bei den jüngsten.

Als sie schließlich zum Ende kommt, muss ich mich entscheiden. Ich bin versucht, sie zu fragen, ob sie sich an einen bestimmten Gast an jenem Abend erinnert, eine Frau mit Hut. Aber wie? Einfach geradeheraus?

Allerdings weiß ich nicht, ob die Frau nicht vielleicht Stammgast ist, und will nicht, dass sie gewarnt wird. »In Ordnung«, sage ich schließlich, »und danke, dass Sie sich die Zeit genommen haben.«

Ich wende mich zum Gehen, aber Maureen legt ihre Hand auf meinen Arm und hält mich fest. Ich schaue die Hand an, sie lässt sie liegen, die Berührung ihrer Fingerspitzen ist federleicht.

»Mir ist noch was eingefallen«, sagt sie. »Wegen Bradley.«

»Was denn?«

»Bradley hatte so eine Tasche dabei. Wie eine Sporttasche, aber zu teuer für Sport.«

»Beschreiben Sie die Tasche.« Als sie die Hand wegnimmt, verspüre ich Enttäuschung.

»Ich glaube, sie war aus Schlangenleder ... Warten Sie kurz.«

Sie zieht einen Block und einen Stift aus der Tasche der Minischürze, die von ihrer Taille bis in den Schritt ihrer Yogahose reicht. Sie kritzelt eine Minute lang herum, reißt die Seite ab und gibt sie mir. Maureen hat ein ganz passables Bild einer Sporttasche gezeichnet, aber etwas anderes fesselt meinen Blick. Nämlich die Telefonnummer ganz unten auf der Seite.

»Wenn ich noch irgendwie helfen kann, rufen Sie mich an«, sagt sie.

19
CONNOR

Ich kann nicht glauben, was Cully mir da erzählt, so sachlich, dass ich ihm in die Fresse schlagen möchte. Verdammter Scheißdreck. Cully ist Türsteher im Randy's. Als wir dort ankommen, versperrt er uns den Weg. Füllt den Türrahmen regelrecht aus. Der Typ ist ein Hüne.

»Die Cops sind drinnen«, informiert er mich.

»Machst du Witze?«

»Schön wär's, Connor.« Er verlagert sein Gewicht von einem Fuß auf den anderen. »Als ich vor zwanzig Minuten zur Arbeit gekommen bin, hab ich die Tür aufgemacht und sie mit Mason gesehen. Diese Lieutenant und Vern Taney. Hab sofort den Rückzug angetreten. Ich hab ewig keinen Unterhalt mehr bezahlt, angeblich läuft ein Haftbefehl gegen mich. Zumindest behauptet das meine Ex.«

Ich sehe Augie an. Augie sieht mich an. Ich würde gern auf irgendwen einschlagen, was Augie sofort erkennt. Er schüttelt den Kopf. Dies ist weder der richtige Ort noch der geeignete Zeitpunkt dafür, und Cully ist nicht derjenige, den ich verprügeln müsste.

»Richard Gaitskill, Boss«, sagt Augie. »Einzige Möglichkeit.«

Ja, Richard Gaitskill. Bradley hat Rich erzählt, wo er Samstagabend hinwollte, und der Wichser hat es den Bullen erzählt. Er oder seine Mutter. Ich schlage Frauen nur ungern, aber in diesem Fall mache ich vielleicht eine Ausnahme.

Augie wendet sich an Cully. »Weißt du, was die da drinnen machen?«

»Als ich die Tür aufgemacht hab, hat die Frau Mason gerade irgendwelche Papiere in die Hand gedrückt. Keine Ahnung, was das war, aber Mason hat nicht glücklich ausgesehen.«

Das reicht Augie. Er legt mir seine Pranke auf die Schulter und sagt: »Wir sollten verschwinden, Boss. Bevor die Fotze uns hier draußen sieht. Ich mein, sie hat dich ja schon einmal mitgenommen.«

Gutes Argument, aber ich starre weiterhin Randy's lackierte Doppeltür an.

»Komm schon, Boss«, drängt Augie. »Ich hab eine Spur von Rink Meghan. Kümmern wir uns darum.«

Rink Meghan ist eine Vollniete, die uns zweieinhalbtausend schuldet. Keine Riesensumme, aber nachdem er sechs Monate lang regelmäßig bezahlt hatte, ist er vor drei Wochen plötzlich verschwunden. Gerüchten nach hängt er neuerdings auf Dope fest und gibt jeden Cent dafür aus.

Ich schüttle Augies Antwort ab. »Wie hast du ihn gefunden?« Endlich jemand, den ich verprügeln kann. »Egal. Wo ist er?«

Ich fürchte, Augie wird Portland oder San Diego sagen, aber so schlau ist Rink nicht.

»Auf der Westseite, bei seiner Tante.«

Als wir halten, steht Rink vor der Garage seiner Tante in der Baker Street. Ich rechne damit, dass er die Beine in die Hand nimmt. Tut er aber nicht, nur seine Miene wird düster. Rink ist für dieses Leben nicht gemacht. Er ist nur etwa eins siebzig groß und bringt keine siebzig Kilo auf die Waage. Neben Augie sieht er aus wie eine Mücke.

»Hey, Leute«, sagt er. »Ich hab was. Für das Darlehen.«

Augie stellt sich so dicht vor ihn, dass er fast auf Rinks Zehen steht. »Etwas? Kein Bargeld?«

»Nein, aber was Gutes. Ich schwör's. Kommt rein, ich zeig's euch.«

Er will das Garagentor hochziehen, wird aber von Augie unsanft beiseitegestoßen. »Ist da irgendwer drinnen?«, will Augie wissen.

»Nee, das ist das Haus von meiner Tante. Sie ist bei der Arbeit.«

Augie schubst mir Rink zu und öffnet selbst das Tor. Dahinter steht ein verbeulter Crown Vic, völlig eingestaubt. Der Wagen hat seit Jahren keine Straße mehr gesehen.

»Mach den Kofferraum auf. Mach schon.« Rink klingt fröhlich, und ich weiß, dass wir darin etwas einigermaßen Wertvolles finden werden. Ich weiß auch, dass er sich selbst einredet, damit wäre er einer fetten Tracht Prügel entronnen. Das wird sich zeigen.

Im Kofferraum befinden sich zwei Dinge. Eine Pumpgun mit geätztem Lauf und eine Holzkiste.

Rink zeigt auf die Kiste. »Sieh nach.«

Augie wirft mir einen Blick zu und öffnet dann den Deckel. Ein vollständiges Besteckset. Nur die Griffe sind sichtbar, aber die glänzen, als hätten sie nur darauf gewartet, im Licht endlich alles geben zu können. Augie zieht ein Messer heraus, betrachtet es einen Moment lang und reicht es an mich weiter. Ich drehe es hin und her, bis ich am Griff einige eingestanzte Symbole finde. Ein laufender Löwe und eine Krone, gute Zeichen, außerdem ist das Messer für Billigkram zu schwer.

»Und was soll ich damit machen, Rink?«

»Komm schon, das ist antikes britisches Besteck. So ein Set kriegt man nicht unter sechstausend.«

Das stimmt wahrscheinlich, zugegeben. Aber das heißt nicht, dass ich es verkaufen kann. Das Set ist graviert. Höchstwahrscheinlich steht es schon in jedem Pfandhaus von hier bis Chicago auf der Liste gestohlener Güter. Was also bringt es mir? Den Schmelzwert? Oder was immer ich von einem Hehler wie Frankie Lapaglia kriegen kann, was auch nicht viel mehr sein wird?

»Nimm das Silber und die Pumpgun«, sage ich Augie. »Leg sie in den Kofferraum.«

In Rinks Augen spiegelt sich die Wahrheit, die ihm dämmert. Tschüs, Dopegeld. Immerhin besser als Prügel. Es beginnt zu nieseln, wie schon den ganzen Tag. Augie öffnet den Kofferraum meines Lexus und legt Waffe und Silber hinein. Als er ihn zumacht, klingelt mein Handy.

Mein Vater.

»Tu, was nötig ist«, sage ich zu Augie.

Ich lasse es zu Ende klingeln, setze mich dann auf den Rücksitz und drücke auf Rückruf. Wo ist das Geld? Das will er wissen, das ist alles, was ihn interessiert. Zwei Tage sind rum, und ihm fehlen immer noch achtzehntausend. Was zum Teufel ist los mit mir? Warum kriege ich nichts hin?

Und was soll ich ihm sagen? Dass die Cops schneller waren als ich? Mir die Daten aus dem Skyview vor der Nase weggeschnappt haben? Vor mir im Randy's aufgetaucht sind? Und wenn ich noch mehr Pech habe, auch die Schlampe finden, die sein Geld geklaut hat?

Das – die Wahrheit – ist nicht das, was er hören will. »Hast du mit unserem Mann gesprochen?«, verlangt er zu wissen.

»Ja. Der weiß nur, dass sie nach einer Frau suchen. Mariola und Taney.«

»Wie dicht sind sie dran?«

»Er hat keinen blassen Schimmer, Pop. Die haben ihn auf Einbrüche in Oakland Gardens angesetzt.«

Als ich auflege, setzt sich Augie hinters Steuer. »Reicht das?«, fragt er. Rink liegt am Boden, aus einer Wunde über dem Auge fließt Blut. Ich denke, die nächste Rate kommt pünktlich.

»Ja, Augie, das reicht. Fahren wir.«

»Wohin?«

»Zur Hölle und zurück.«

20
GIT

Den ganzen Tag schon war es düster, jetzt setzt Regen ein. Ich rufe Charlie: Zeit zu gehen. Sie spielt mit ihren Parkfreunden, die sie nur trifft, wenn ich mit ihr in den Baxter Park gehe. Wir sind am schicken Ende der Stadt, mein kleines Mädchen und ich, oder was in Baxter als schick gilt. Charlie und ihre Freunde sind für Arroganz zu jung, werden sie aber noch lernen. Die anderen Mütter im Park haben sich auf Bänken rechts und links von mir angesammelt und würdigen mich keines Blickes. Ich dagegen schaue mich ständig in alle Richtungen um, als könnte jeden Moment Connor Schmidt mit einer Pistole in der Hand auftauchen. Ich habe gestern in einem Lokalblatt sein Foto gesehen, er wurde mit Bradley Grieg in Verbindung gebracht. Bis auf den Mund ist an ihm nichts Auffälliges. Seine Mundwinkel sind nach unten gezogen, und ich spüre berechnende Rücksichtslosigkeit. Dieser Mann kennt keine Grenzen. Und er ist nicht dumm. Er handelt nicht impulsiv. Heißt das, er ist manipulierbar? Ich möchte es nicht herausfinden müssen.

»Ich komme, Mommy.«

Trotz der Wirtschaftsflaute ist der Spielplatz im Baxter Park üppig ausgestattet worden. Es gibt Wippen, Rutschen, Schaukeln, Hangelgerüste, sogar eine Kletterkuppel aus Aluminiumröhren. Der Boden ist nicht wie in allen anderen Parks von Baxter geteert, sondern mit Gummi ausgelegt worden, falls eins der lieben Kleinen aus der Kuppel plumpst.

Charlie winkt ihren Freunden zu und setzt sich in den Kindersitz, aus dem sie bald herauszuwachsen hofft. Ich dagegen habe fest vor, sie anzuschnallen, bis sie achtzig ist.

Auf dem Heimweg halte ich auf ein Eis bei Dairy Queen am Baxter Boulevard. Ich weiß natürlich, dass die einzig gesunden Ernährungsoptionen für Kinder irgendwo zwischen einer Stange Sellerie mit zuckerfreier Erdnussbutter und einer in Naturjoghurt gestippten Karotte liegen, aber Charlie und ich verbringen so wenig Zeit miteinander, dass ich nicht widerstehen kann. Charlie knabbert an der Eistüte und zeigt ihre Dankbarkeit mit einem glücklichen Grinsen. Das reicht mir völlig.

»Charlie, was würdest du sagen, wenn wir aus Baxter wegziehen würden?«

Wir sitzen im Auto, ich vorne, Charlie in ihrem Kindersitz, der Gurt ist lose. Jetzt grinst sie nicht, sondern sieht mich aus schmalen Augen an. Was hat Mommy vor?

»Wohin würden wir denn gehen, Mommy?«

Dem Jammertonfall – der bewirkt, dass ich ihr alles geben möchte, was sie will – folgt normalerweise ein Lächeln. Diesmal nicht. Am späten Vormittag hat mich Madison Klein vom Short Hills Medical Center angerufen. Madison hat mich geweckt, aber ich habe mich schnell zusammengerissen, als sie fragte, ob ich morgen früh für ein Bewerbungsgespräch bereitstehen könnte.

»Wir würden nach New Jersey ziehen, der Ort heißt Short Hills«, sage ich zu Charlie.

»Wo ist das? Werde ich da Freunde haben? Kommt Oma mit?«

Ich verschlinge den letzten Eisrest und wische mir die Finger an der Papierserviette ab. »Ich zeig dir mal, wo New Jersey liegt. In Ordnung?«

Keine Antwort erforderlich. Ich setze mich zu meiner Tochter auf die Rückbank. Charlie besitzt ein eigenes Tablet, einer der Vorteile, wenn Mommy zweiundsiebzig Stunden die Woche arbeitet. Es liegt neben ihr auf dem Sitz, ich schalte es an, suche ein freies WLAN-Netz auf dem Parkplatz und habe schnell den Stadtplan von Baxter vor mir.

»Okay, Kleines, das hier ist Baxter. Da sind wir.«

»Das weiß ich, Mommy.«

Charlie liebt ihr Tablet, und sie liebt Karten. Mehrmals die Woche sucht sie unser Haus und die Häuser ihrer Freundinnen heraus.

»Und jetzt zoom raus. Ein bisschen mehr, noch ein bisschen. Stopp.« Ich zeige auf eine Stelle. Wir haben fast das ganze Land vor uns. »Da ist New Jersey. Versuch mal, es ranzuholen.«

Charlie streicht mit den Fingern, bis New Jersey den Bildschirm füllt.

»Und da liegt Short Hills.«

Wieder zaubern Charlies Finger, und bald schweben wir eine Wohnstraße entlang, hüpfen von einem Haus zum nächsten. Die Gebäude sind groß, die Rasenflächen makellos gemäht, die Hecken geschnitten. Sommerblumen leuchten auf gejäteten Beeten.

»Werden wir da wohnen, Mommy?«

Ich lüge meine Tochter für gewöhnlich nicht an, aber ich bin auch nicht immer ganz offen. Jetzt lächle ich bloß und steige aus dem Wagen. Vielleicht wird sie eines Tages in so einer Gegend wohnen, aber im Augenblick kann ihre Mutter bloß auf eine Wohnung über einer Doppelgarage hoffen.

Mein Schlafzimmer ist heute Nachmittag mein Zufluchtsort vor Mom, die pausenlos über Carl Schmidt quatscht und was er »der Schlampe, die ihn ausgenommen hat« antun wird. Bradley Grieg ist abgemeldet, zumindest spielt er keine große Rolle mehr. Zukünftiges Blutvergießen ist offensichtlich interessanter als vergangenes Blutvergießen.

Wenn es nur meine Mutter wäre, würde ich meine Panikattacken vermutlich in den Griff kriegen können. Die Vorstellung, die Cops könnten an die Tür klopfen, ist auch schon stressig genug. Aber inzwischen beherrschen die Schmidts, Vater und Sohn, die Gerüchteküche von ganz Baxter und alle Gespräche meiner Mutter. Schon dreimal hat sie den neuesten Tratsch zum Besten gegeben. Anscheinend versprechen die Schmidts demjenigen, der den Namen der Frau nennen kann, die Bradley ermordet und das Geld gestohlen hat, eine hohe Belohnung. Was dazu führt, dass sich alle Junkies in Baxter bei ihnen melden und ihre Schwestern, Mütter, Nichten, Tanten und Töchter verkaufen.

Wie nennt man das? Kontraproduktiv?

Trotzdem muss ich die Gefahr ernst nehmen. Bis gestern wusste ich nicht, wer Carl Schmidt ist. Jetzt muss ich davon auszugehen, dass Carl und Connor an Teilen meines Körpers ein Exempel für andere statuieren werden. Wenn sie mich finden.

Charlie spielt draußen, Mom ist in der Küche, als ich unter einem Schuhhaufen und unbenutzten Bügeln auf dem Boden meines Kleiderschranks eine kleine Metallkiste hervorziehe. Sie ist mit einem Zahlenschloss gesichert, ich gebe den Code ein, öffne das Schloss und klappe den Deckel auf. Darunter liegt in ein Baumwolltuch eingewickelt eine Pistole. Nicht die, die ich bei meinem Ex-Mann benutzt habe, sondern eine kleinere, eine CZ 83, .32, hergestellt für die Browning Arms Company in der Tschechischen Republik. Die Waffe ist alles andere als neu, aber der Preis war okay, und ihre Verlässlichkeit hat sich bei einem Besuch auf dem Schießstand erwiesen.

Um mir die kleinkalibrige Waffe zu besorgen, reichte eine Fahrt zu Baxter Guns & Ammo. Ich ging rein, machte einen Tauglichkeitsschnelltest und kam mit der Pistole in der Handtasche wieder raus. Was Seans 9mm angeht, die habe ich ihm über einen gemeinsamen Freund zurückgegeben. Ich wusste nicht, wem sie vor Sean gehört hatte oder wofür sie benutzt worden war.

Die CZ 83 ist ein bisschen schwerer als die meisten .32er, aber immer noch leichter als Seans Glock. Ich habe das Modell wegen des Doppelmagazins ausgewählt. Die meisten .32er enthalten bloß sechs Patronen, diese hier zwölf.

Zwar bin ich nicht Annie Oakley, habe aber auch keine Angst vor Schusswaffen. Und ich verstehe was davon. Meine .32er ist nicht stark genug, um einen Mann aufzuhalten, der mir auf Teufel komm raus wehtun will, jedenfalls nicht mit einem einzigen Schuss. Aber zwölf Kugeln halten jeden auf, und die CZ 83 schießt so schnell, wie ich den Abzug drücken kann. Mit minimalem Rückstoß.

Wie gesagt, ich bin kein Opfertyp. Was nicht bedeutet, dass ich keine Angst hätte oder Drohungen nicht ernst nähme. Die Schmidts werden von zu vielen Menschen als zu brutal beschrieben, als dass ich die Gefahr kleinreden könnte. Aber wenn ich untergehen muss, werde ich nicht untergehen, ohne jemanden mit in den Abgrund zu reißen.

Die letzten fünfzehn Minuten bevor ich mich auf den Weg ins Resurrection machen muss, würde ich gern in Ruhe verbringen. Was mir nicht vergönnt ist. Mom kommt mit einem Glas klarer sprudelnder Flüssigkeit in Charlies Zimmer. Sie beschwert sich nicht, als ich meine Nase ins Glas stecke, um sicherzugehen, dass es keinen Alkohol enthält. Sie ist mehr als einmal rückfällig geworden.

»Charlie sagt, du verlässt die Stadt.«

Charlie schaut nicht von ihrem Tablet auf, aber ihr Hals färbt sich rot. Das Mädchen ist eine Klatschbase, aber schließlich ist sie erst acht, und ich hatte sie nicht um Geheimhaltung gebeten.

»Im Osten hat sich ein Jobangebot ergeben, Mom. Ich denke darüber nach.«

Die Frage, ob sie mit von der Partie ist, brennt Mom mit Sicherheit auf der Zunge, aber weitere Erklärungen kriegt sie erst mal nicht. Ich bin noch unentschlossen. Einerseits würde ich meine Vergangenheit gern hinter mir lassen, vor allem die Erinnerungen an meine Kindheit. Andererseits glaube ich kaum, dass Kinderbetreuung in New Jersey billiger ist.

Mom hat anderes im Kopf und lässt das Thema fallen. »Hab eben mit Katie telefoniert. Rat mal, was sie gesagt hat, Git.«

»Dass sie den Bürgermeister heiratet?«

»Das ist nicht witzig, und Bürgermeister Venn ist schon verheiratet. Seit fast dreißig Jahren.« Mom nippt an ihrem Getränk, und ein vertrautes Grinsen überzieht ihr Gesicht. »Nee, Katie hat erzählt, dass die Cops heute Nachmittag im Randy's waren. Haben Mason Cheat Druck gemacht. Angeblich hat Mason kooperiert.«

21
CONNOR

Als Augie und ich auf den Parkplatz fahren, ist der Klub schon geöffnet, der Parkplatz allerdings noch fast leer. Cully steht an der Tür und richtet sich bei unserem Anblick auf.

»Die Cops sind weg, Connor.«

»Weißt du, weswegen sie hier waren?«

»Ham nach Bradley gefragt. Weil er Samstag im Klub war.« Cully kratzt an einer kleinen Delle über seinem linken Auge. Andenken eines Billardstocks. Ich erinnere mich, wie es passiert ist, und dass der Trottel, der den Stock geschwungen hat, ein paar Wochen später verschwunden war. Zwei Erklärungen machten die Runde. Dass er in aller Eile die Stadt verlassen hatte. Dass er es nie über die Stadtgrenze geschafft hatte.

»Ist Mason drinnen?«, will ich wissen.

»Soweit ich weiß.«

»Ist er gut drauf?«

»Keine Ahnung, Connor. Das weiß man bei Mason nie.«

Ich mag das Randy's nicht, auch wenn ich recht viel Zeit dort verbringe. Meistens geschäftlich. Kontaktpflege. Ich muss sichtbar sein. Was gibt's? Was brauchste? Wenn man sich rarmacht, vergessen die Leute einen.

Aber der Klub ist mir zu glatt, in meinen Augen überkandidelt. Der passende Ort für untreue Ehemänner und -frauen, die sich für total kultiviert halten, obwohl sie bloß darauf aus sind, flachgelegt zu werden.

Shiloh, der Barmann, ist dabei, die Regale aufzufüllen. Er schaut auf, winkt und sagt: »Im Büro.«

Mason Cheats Büro ist so gemütlich wie der Klub kühl und schick. Ein Holztisch mit passenden Aktenschränken, ein abgewetzter Drehstuhl, eine noch ausgesessenere Ledercouch. Ein Fenster fehlt, und trotz des eifrig surrenden Deckenventilators stinkt es nach Zigarettenrauch.

Mein Vater und Mason Cheat sind etwa im gleichen Alter. Sie kennen sich seit ihrer Jugend und haben angeblich hin und wieder zusammengearbeitet, bevor Mason in den Bau musste. Soweit ich weiß, sind sie inzwischen keine Partner mehr. Aber sie respektieren einander, was bedeutet, dass ich nicht den harten Kerl spielen kann.

»'n Abend, Connor.« Er nickt mir zu, dann Augie. »Wär besser, wenn wir unter uns wären. Nicht böse sein, Augie.«

Augie wartet auf mein Schulterzucken und verlässt den Raum. Schon komisch, wenn ich Augie sagen würde, er soll Mason erschießen, würde er auch das tun. Der Mann mag seine Arbeit.

Als sich die Tür hinter Augie geschlossen hat, lässt Mason sich erst mal Zeit. Er steckt sich eine Zigarette an, pustet den Rauch an die Decke, schnippt das Streichholz in den Aschenbecher. Der besteht aus blauem Glas und sieht mit seinen nach innen gerollten Kanten eher wie eine Bonbonschale aus. Ich bin hier der Bittsteller und schweige zunächst.

»Dein alter Herr hat mich angerufen«, sagt Mason schließlich. »Hat mich um einen Gefallen gebeten. Meinte, du würdest mir sagen, was los ist.«

»Da gibt's nicht viel zu sagen. Bradley hatte was bei sich, das mir und meinem Vater gehört. Das ist weg, und wir wollen es wiederhaben.«

»Was hat das mit mir zu tun?«

»Bradley ist eine Stunde, nachdem er hier war, umgelegt worden. Und er ist von hier direkt zum Skyview gefahren. Mit einer Frau, Mason. Hat er die hier aufgerissen? Du hast doch überall Kameras. Drinnen und wahrscheinlich auch draußen …«

»Da hake ich gleich mal ein, Connor. Auf dem Parkplatz haben wir keine Kameras. Und drinnen? Die sind dafür da, einen Überfall zu verhindern, bevor er passiert. Aber wer in welches Auto steigt, geht uns nichts an. Wir respektieren die Privatsphäre unserer Gäste.«

»Und damit kommen wir zu dem Gefallen.« Ich glaube kaum, dass Mason happy ist, aber ich habe keine Lust, mich mit ihm zu streiten. Ja oder nein, hilf mir, oder lass es bleiben. »Ich muss sehen, was die Kameras hier drinnen aufgenommen haben. Und ich muss mit allen sprechen, die sich erinnern können, dass Bradley hier war.«

Mason klopft die Zigarette am Aschenbecher ab. »Es gibt zu jeder Kamera einen USB-Stick«, sagt er, »und die haben die Cops mitgenommen. Mariola hatte einen Wisch dabei. Wenn ich mich geweigert hätte, hätte sie Verstärkung gerufen und sich die Aufnahmen einfach geholt.«

»Und was willst du mir damit sagen? Dass du nichts hast?«

»Nein. Die USB-Sticks sind der Back-up für unseren Hauptcomputer. Ich habe jede Sekunde auf Band, die euer Junge hier im Klub verbracht hat. Aber ich habe auch ein Problem. Wenn jemand, sagen wir, Mariola, erfährt, dass ich euch geholfen habe? Es würde ihr nicht gefallen, Connor, dass ich einem stadtbekannten Kriminellen helfe. Ich brauche die Genehmigung zum Alkoholausschank, und was ihr nicht gefällt, das kann sie ändern.«

Mason will, dass ich denke, er würde mir das Video nicht zeigen, aber ich bin nicht dumm. Wenn er Nein sagen wollte, hätte er das schon meinem Vater gegenüber getan. Mason hat einen Punkt im Leben erreicht, an dem er nur noch seine Ruhe will. Das kann ich verstehen. Ich könnte auch ein bisschen Ruhe brauchen.

»Du hast was gut bei mir, Mason. Bei mir persönlich. Und ich habe absolut nicht vor, das Ganze an die große Glocke zu hängen. Die Schlampe, die mich und meinen Vater beklaut hat? Wenn ich sie mir vorknöpfe, dann ganz privat.«

Ich sitze wieder in einem engen Raum, diesmal in Masons Überwachungskammer, und schaue auf einen Bildschirm. Augie sitzt rechts neben mir, ich habe darauf bestanden, und Cully steht hinter uns. Mason ist nicht dabei. Er will nichts damit zu tun haben.

Alle drei starren wir auf eine Frau, die auf einem Barhocker sitzt. Sie trägt ein grünes Minikleid, das nur ein paar Zentimeter unter ihrem Schoß endet. Es sind Pailletten darauf aufgenäht, die das rote Licht des Neonschilds an der Wand hinter ihr auffangen und in alle Richtungen werfen. Bis auf einen Haufen Armreifen sind ihre Arme nackt, am Ringfinger glänzt ein Ehering.

»Heilige Scheiße«, sagt Augie. »Das muss sie sein. Guck dir den Scheißhut an.«

Ich glaube, der Hut ist weiß, aber er bekommt so viel von dem roten Licht ab, dass ich nicht sicher bin. Ich glaube auch, dass die Schlampe schön ist, aber auch da bin ich mir nicht sicher. Der Hut sieht aus, als sei er aus steifer Spitze gemacht. Die breite Krempe wölbt sich vorne nach unten, und die Frau sitzt fast durchgehend mit gesenktem Kopf da. Ich erhasche nur kurze Blicke auf ihr Gesicht, sehe grünen Lidschatten, eine dunkle Linie neben dem Auge, glänzenden Lippenstift auf vollen Lippen. Shiloh serviert ihr irgendein Getränk in einem Martini-Glas, sein Blick bleibt ab und zu an den weit ausgeschnittenen Armlöchern ihres Kleids hängen. Ehrlich gesagt, wenn ich ihr an dem Abend über den Weg gelaufen wäre, wäre ich total auf sie abgefahren. Wie die beiden Typen, die sie im Lauf des Videos abblitzen lässt. Ich merke, dass ich auf einen Blick unter ihren Rock hoffe.

Vergeblich. Das Video stammt von Kamera vier, die links von der Frau hoch oben an der Wand hängt und auf ihren Hut und die Schultern gerichtet ist. Es gibt noch Kamera fünf. Die ist genau über der Bar angebracht und zeigt Bradley Grieg an einem Tisch sitzen. Die Schlangenledertasche steht neben ihm auf dem Tisch. Ich hatte ihm befohlen, sie nicht aus den Augen zu lassen, komme, was wolle. Bradley sitzt der Frau an der Bar gegenüber. Sie befindet sich direkt in seinem Blickfeld, und ich werde das Gefühl nicht los, dass sie für ihn eine Show abzieht, noch während sie die anderen Typen wegschickt. Und ich wünsche mir immer noch – und Augie auch, wie ich weiß –, dass wir an seiner Stelle gewesen wären.

Um Punkt halb elf steht Bradley auf und verlässt den Klub. Die Frau spricht kurz mit Shiloh und folgt ihm dann. Sie ist beim Rausgehen genauso anmutig und sexy wie vor einer Dreiviertelstunde beim Reinkommen. Aber immer bleibt ihr Gesicht verborgen.

»Ich muss mit Shiloh reden«, sage ich zu Cully. »Es sei denn, du kannst mir sagen, wer das ist.«

Man muss Cully zugutehalten, dass er nicht so tut, als hätte er keine Ahnung, wovon ich rede. Er murmelt: »Hab sie nie zuvor gesehen.« Ein paar Minuten später kommt Shiloh in die Kammer.

Er nickt mir und Augie zu. »Was gibt's, Leute?«

»'n Abend, Shiloh.« Meine Stimme verrät nichts von meinem Frust. »Kennst du diese Frau?« Ich habe das Video an der Stelle angehalten, an der Bradley gerade aufgestanden und gegangen ist. Die Frau hat sich Shiloh zugewandt und spricht offensichtlich mit ihm.

»Kennen? Nee. Aber ich erinnere mich an sie. Das ist die Frau, die Samstagabend mit Bradley gegangen ist.«

»Zur selben Zeit? Oder mit ihm zusammen?«

»Zur selben Zeit, Connor. Das weiß ich, weil sie mich noch gefragt hat, ob er okay wäre. Also, ob er gefährlich wäre oder so. Ich hab gesagt …« Shiloh sucht nach den richtigen Worten. »Ich hab gesagt, er ist Stammgast und hat im Klub noch nie Ärger gemacht. Das reichte ihr, und sie ist ihm gefolgt.«

»Hast du sie vor Samstag schon mal gesehen?«

»Einmal, vor etwa einem Monat. Und vielleicht auch schon mal davor, ich bin nicht sicher. Eine echte Schönheit. Die Klamotten, das Make-up? Ich steh auf Frauen, die wissen, was sie wollen. Echt, wenn sie Bradley nicht nachgegangen wäre, wäre ich gern für ihn eingesprungen.«

»Sehr gut.« Und jetzt zur Frage aller Fragen. Ich drücke alles, die Daumen, die Zehen, sogar meine Augen. »Hat sie mit einer Kreditkarte bezahlt?«

»Tut mir leid, Connor. Sie hat einen Zwanziger auf die Theke gelegt.« Er kratzt sich am Kopf und lächelt. »Die Tussen, die hier mit Ehering herkommen? Die zahlen immer bar.«

Ich verlasse das Randy's schließlich mit etwas halbwegs Brauchbarem für all die Mühe. Ein ausgedruckter Screenshot der Frau. Sie ist im Profil zu sehen, die Stirn und die Augen werden größtenteils von dem Hut verdeckt, aber besser als nichts.

Augie folgt mir. Er ist schweigsam, steckt sich eine Zigarette an und zieht den Rauch in die Lungen. »Irgendwie hab ich das Gefühl, sie zu kennen«, sagt er.

»Wen?«

»Die Frau, die Bradley umgelegt hat. Mir fällt kein Name ein, aber ich werd das Gefühl nicht los, dass ich sie irgendwie kenne. Von früher, weißt du?«

»Und was heißt von früher, Augie?«

»Da, wo ich aufgewachsen bin. In den Yards.«

Ich nicke anerkennend. Das ist ein Anfang. Aber erst mal muss ich mich um was anderes kümmern.

»Weißt du was, Augie? Lass uns mal ein Wörtchen mit Richard Gaitskill und seiner geliebten Mom reden. Ich könnte ein bisschen Bewegung gebrauchen.«

22
DELIA

Die Alarmglocken in meinem Kopf hören nicht auf zu schrillen. Tu es nicht, tu es nicht, tu es nicht. Ich tue es trotzdem. Ich kann nicht anders. Inzwischen haben Vern und ich uns das Video aus dem Randy's angesehen. Wir haben die Frau mit dem Hut eingekreist, gesehen, wie sie zwei Männer abblitzen lässt und wie sie Bradley nach draußen folgt. Was uns fehlt, ist ihr Gesicht. Letzten Endes haben wir uns eine Reihe von Standbildern rausgesucht, auf denen Teile ihres Mundes, das Kinn und ein halbes Auge zu sehen sind.

Als wir damit fertig sind, hat der Chief schon Feierabend gemacht. Wir legen ihm die Fotos auf den Schreibtisch und loggen uns aus. Jetzt sind wir nicht mehr im Dienst. Und auf uns gestellt.

Fünfzehn Minuten später gehen wir auf den Empfangstisch des Skyview zu. Richard und Felice stehen dahinter und blättern durch einen Stapel Rechnungen, wahrscheinlich um zu entscheiden, welche sofort bezahlt werden müssen, welche erst später. Sie gleichen ihren Bedarf mit ihrem Konto ab.

Als ich ihnen erkläre, was wir vorhaben, reagieren sie skeptisch. Felice weist darauf hin, dass wir keine Vollmacht für unser kleines Experiment haben. Keinen Gerichtsbeschluss, nicht mal eine Anweisung von Chief Black. Wir handeln aus eigenem Antrieb und planen, ein Kissen und einen Sack Reis zu erschießen. Beides haben wir mitgebracht.

Ich habe Vern vorhin noch angeboten, sich rauszuhalten, aber er wollte nichts davon hören. »Scheiße noch mal, Delia«, sagte er. »Ich will es doch auch wissen. Aber als Beweis ist das nutzlos, das weißt du.«

Das lässt sich nicht leugnen. Die Bedingungen sind nicht exakt gleich. Nahe dran, denn es nieselt, aber auch nahe dran hat vor Gericht nur Bestand, wenn das Experiment in Anwesenheit eines forensischen Experten durchgeführt wurde. Und selbst dann kann der Richter es ablehnen.

»Wir haben Gäste«, sagt Felice.

Vern nutzt diesen Moment, um einzuschreiten, wie üblich in vernünftigem Ton. »Na ja, Felice, ihr habt genau eine Hütte vermietet, und zwar am anderen Ende des Geländes. Die Gäste werden nicht mal was merken.«

»Was, wenn sie den Schuss hören? Nach dem, was Samstag hier passiert ist, drehen die doch durch.«

»Habt ihr Samstag einen Schuss gehört? Schließlich habt ihr beide beteuert, nichts gehört zu haben. Und da ich euch kenne, glaube ich, dass ihr die Wahrheit sagt.«

»Haben wir, aber ...«

Vern wischt ihren Einwand beiseite. »Hört zu, es dauert bloß ein paar Minuten. Dann könnt ihr da weitermachen, wo ihr gerade aufgehört habt.«

Felice gefällt die Sache nicht, aber ich habe das Gefühl, ihr gefällt sowieso nicht viel. Richard wirkt gleichgültig. Er weiß, dass wir erst wieder gehen, wenn wir unseren Willen haben. Er überreicht uns den Zimmerschlüssel. Und geht mit Vern zum Computer des Skyview.

Mit einem Zehn-Kilo-Sack Reis unter dem einen und einem Kissen unter dem anderen Arm begebe ich mich zu Hütte 909. Ich sage mir selbst, dass dies der einzige Weg ist. Beharre darauf. Ich muss es tun. Ich muss es wissen.

Die Hütte ist professionell gereinigt worden. Jeder Tropfen Blut, jeder Klumpen Hirn, jedes Stück Knochen ist verschwunden. Nur der Geruch hängt noch in der Luft. Die Klimaanlage ist aus, die

Luftfeuchtigkeit liegt bei hundert Prozent. Der metallische Geruch von Blut lässt sich nicht verdrängen.

Auf dem Bett liegt eine neue Matratze. Es besteht die Chance, dass ich sie durchlöchern werde. Aber sehr wahrscheinlich ist es nicht. Ich zähle darauf, dass der Reissack die eine Kugel, die ich abfeuern werde, auffangen wird. Wie in dem YouTube-Video, das Vern und ich uns angeschaut haben, bevor wir losgefahren sind.

Das Bett steht an derselben Stelle wie am Sonntagmorgen. Die Vorhänge sind zwar zugezogen, oben klafft jedoch ein kleiner Spalt. War das auch Samstagnacht der Fall? Die Vorhänge werden mittels Gardinenschiebern zugezogen. Ich öffne und schließe sie. Kein Unterschied. Ich versuche es noch einmal, diesmal mit Schwung. Der Spalt bleibt.

Ich lege den Reissack auf das Kissen des Hotelbetts, das mitgebrachte Kissen oben auf den Sack und ziehe meine Glock. Ich lasse mir keine Zeit, um mich umzuentscheiden, sondern drücke die Mündung der Glock ins Kissen und drücke ab.

Der Blitz ist hell genug, um mich einige Sekunden lang zu blenden, erst danach sehe ich die kleinen Flammen um das Eintrittsloch im Kissenbezug herum. Ich ersticke sie mit der Bettdecke und überprüfe den Reissack. Die Kugel ist darin stecken geblieben. Die Matratze ist unbeschädigt.

Eins zu null für YouTube.

Hoffentlich hat die Überwachungskamera über dem Büro das Mündungsfeuer nicht aufgezeichnet. Das würde mir das Leben sehr erleichtern. Aber wer sagt schon, dass das Leben leicht ist? Als ich zum Büro zurückkehre, wartet Vern schon auf mich, und ich brauche die Frage gar nicht zu stellen. Die Antwort steht ihm ins Gesicht geschrieben. Ich lese sie in seinem sanften Lächeln und seinem entschuldigenden Nicken. Wortlos marschiere ich an ihm vorbei in das kleine Zimmer mit dem Computer.

»Lass laufen.«

Der Blitz ist schwach, aber eindeutig zu sehen. Nicht nur in dem Spalt zwischen den Vorhängen, auch die Gardinen selber leuchten auf.

»Sie hat ihn nicht erschossen.«

Das kommt nicht von Vern oder mir. Richard Gaitskill ist der Erste, der die offensichtliche Wahrheit ausspricht, die mein Hirn nicht verarbeiten will. Ich bin zerknirscht und halte das Experiment im Nachhinein für eine bescheuerte Idee. Weil ich nur raten konnte, wie tief die Mündung ins Kissen gedrückt werden musste. Vielleicht hat die Frau viel härter zugedrückt. Und vielleicht waren Nebel und Nieselregen am Samstag viel stärker. Das würde schon reichen. Der Blitz in Hütte 909 ist nur schwach zu sehen.

»Können Sie das rauskopieren?«, frage ich.

Richard macht eine Bewegung in Richtung Computer, hält jäh inne, atmet scharf ein und legt seine rechte Hand auf seine Rippen. Vern stellt die naheliegende Frage: »Tut dir was weh, Richard?«

»Bin hingefallen.«

»Ach?« Vern nimmt es ihm nicht ab. »Die Schmidts, stimmt's? Connor?«

Richard begibt sich zu dem Schreibtisch mit dem einzigen Computer des Hotels. Er holt einen USB-Stick aus der mittleren Schublade, schließt ihn an und spricht erst wieder, als seine Finger über die Tastatur huschen.

»Was haben Sie vor, Lieutenant? Wollen Sie, dass wir sterben? Nehmen Sie den Scheiß hier mit und verschwinden Sie, bevor uns jemand zusammen sieht. Jemand, der nichts davon wissen darf.«

Ich habe Mitgefühl. Natürlich will ich nicht, dass ihm was passiert. Der Mann hat genug durchgemacht. Aber wir gehen erst, als ich den USB-Stick in einen beschrifteten Beweismittelbeutel gesteckt habe.

»Wollen Sie mir noch irgendwas sagen, Richard?«, frage ich. »Über Ihre Beziehung zur Connor Schmidt und Bradley Grieg?«

»Als da wäre?«
»Wer sonst noch einen Schlüssel zu Hütte 909 hatte?«
»Niemand, Lieutenant. Ich schwör's.«

23
CONNOR

»Verdammte Scheiße, ist das zu glauben?«

Augie spricht zuerst. Wir parken am östlichen Ende des Skyview Motor Court, seit wir vor etwa fünfzehn Minuten hier angekommen sind und Mariolas schwarzen Toyota bemerkt haben, der vor dem Empfang steht. Die Schlampe ist gerade aus dem Büro gekommen und geht in Richtung Hütte 909 am anderen Ende des Motelgeländes.

»Siehst du, was sie da bei sich hat?«, fragt Augie. »Meine Augen sind nicht so gut.«

»Sieht aus wie ein Kissen unter dem einen und ein Sack unter dem anderen Arm.«

»Was hat das zu bedeuten, Connor?«

Ich bin nicht sauer. Zumindest nicht stinksauer. Ich weiß, dass die Gaitskills mich gefickt haben. Und wer Connor Schmidt fickt, der fickt Carl Schmidt. Keine Chance, dass ich das durchgehen lasse. Vor allem unter diesen Umständen.

Mariola hat es nicht eilig – als wüsste sie, dass ich sie beobachte, als würde sie mir klarmachen wollen, dass sie nicht den leichten Weg gehen wird. Sie soll die Frau mit dem Hut gefälligst finden, verhaften und einbuchten. Aber ich ahne, dass Mariola nicht die Frau will. Sie will mich.

Und ganz sicher weiß ich, dass Mariola jeden Trottel ausquetschen wird, der ihr in die Finger kommt, vor allem die Junkies. Was wisst ihr über Connor Schmidt? Was wisst ihr über Carl Schmidt? Warum macht ihr nicht einmal in eurem verpfuschten Leben was Vernünftiges? Liefert die Schmidts ans Messer und zieht die Dukommst-aus-dem-Gefängnis-frei-Karte? Oder vielleicht wollt ihr lieber in einer Knastzelle auf Entzug gehen als in einer Klinik?

Woher ich das weiß? Von unserem Mann. Also Detective Meacham. Nicht dass Mariola den Idioten auch nur in die Nähe der Junkies lassen würde, die sie ausquetscht. Aber sie kann nicht verheimlichen, dass die Junkies auf dem Revier sind und von ihr befragt werden.

Was Drogen angeht, lasse ich mich nur mit wenigen Menschen ein. Die Strafen sind zu lang, und die meisten Junkies verraten einen sofort. Nein, ich befolge eine eiserne Regel. Wenn du erwischt wirst, gebe ich dir nicht die Chance, mich reinzulegen. Ich mache ab sofort keine Geschäfte mehr mit dir.

Und wenn du hartnäckig bleibst? Wenn du nicht lockerlässt? In dem Fall endest du als Dünger auf irgendeinem Maisfeld. Knast gehört nicht zu meinen Lebenszielen.

Mariola marschiert mit vollen Armen über den Parkplatz und schaut stur geradeaus. Als hätte sie einen Plan und würde an nichts anderes denken. Um die Tür aufzuschließen, muss sie ihre Last absetzen, aber noch immer zögert sie nicht. Inzwischen ist sie so weit entfernt, dass ich nur noch ihren Umriss erkenne. Und vielleicht würde ich sie gar nicht bemerken, wenn ich sie nicht beobachtet hätte.

Ich frage mich immer noch, was zum Teufel sie in der Hütte treibt, als hinter dem Fenster ein Blitz aufleuchtet. Nicht hell, aber erkennbar.

»Was war das denn?«, fragt Augie.

Ich sage das Erste, das mir in den Sinn kommt. Das Einzige. »Ein Blitzlicht.«

»Okay. Aber was hatte sie mit dem Kissen vor?«

»Keine Ahnung. Irgendein Polizeischeiß.«

Mein Gehirn rattert schon weiter. Was immer Mariola vorhat, ich kann nichts dagegen tun. Momentan habe ich andere Probleme.

Beispielsweise, dass ich immer noch den Schlüssel zu Hütte 909 habe, den Richard mir gegeben hat. Und dass ich Richard mit Qualitätsstoff quasi zum Selbstkostenpreis versorge. Und dass ich in dieser Hütte mit zu vielen Leuten zu viele Geschäfte gemacht habe. Und dass Richard und seine Mommy sich viel zu gut mit einer Polizistin verstehen, die mich aus ganzer Seele hasst. Wenn Mariola mir den Mord an Bradley irgendwie anhängen kann, wird sie nicht zögern.

»Und was jetzt, Boss?«

»Ich bring dich nach Hause, Augie. Für heute reicht's. Morgen früh habe ich geschäftlich zu tun, aber du gehst mit dem Foto rüber in die Yards und zeigst es rum. Auf nette Art, Augie. Bleib höflich. Lass alle wissen, dass wir uns für jeden Tipp, der die Frau identifiziert, erkenntlich zeigen. Ich fahre jetzt nach Hause. Die letzten Tage waren anstrengend.«

24
GIT

Es ist zwei Uhr morgens, endlich herrscht Ruhe. Ich versuche, mich auf mein Vorstellungsgespräch mit den Recruitern vom Short Hills Medical Center vorzubereiten. Das wird in acht Stunden stattfinden, um zehn, und bis jetzt bin ich weder körperlich noch mental fit dafür. Der Abend war völlig chaotisch, und meine Speicher sind leer wie zerplatzte Ballons. Das vor mir liegende Buch könnte genauso gut in ägyptischen Hieroglyphen geschrieben sein.

Nach Schichtbeginn haben mich erst mal die üblichen Routinedinge und Minikrisen auf Trab gehalten. Damit war ich bis zehn Uhr beschäftigt, dann kamen unsere Patienten langsam zur Ruhe. Praktisch alle Bewohner hier nehmen irgendwelche Schlaftabletten, ich habe sie rasch verteilt, um eine hoffentlich ruhige Nacht zu haben. Es sollte nicht sein.

Im Resurrection leben mehrere Patienten (elf, um genau zu sein), die eigentlich in eine psychiatrische Einrichtung gehören. Und ich rede hier nicht von Demenz, die ist sowieso immer dabei. Diese elf Patienten leiden an diagnostizierten Psychosen. Und sie sind nur deshalb in einem Pflegeheim untergebracht, weil das Management des Resurrection so die Betten füllen wollte, nachdem das Virus dreißig Bewohner getötet hatte. Denn sonst hätten wir schließen müssen. Die Betten mussten belegt werden, und diese Patienten standen zur Verfügung.

Die Anweisung der Verwaltung war unmissverständlich. Werd damit fertig oder such dir einen anderen Job. Werd beispielsweise mit Josie Brown fertig, die mindestens einen Selbstmordversuch im Monat unternimmt, obwohl sie von der Hüfte abwärts gelähmt ist.

Und mit Frank Granger, der vom ersten Aufwachen bis zum Einschlafen mit seinen eingebildeten Freunden (Franks Ausdruck) redet. Aber diese Patienten stellen keine Bedrohung für das Personal dar, im Gegensatz zu Lester Powell, bei dem Schizophrenie mit paranoiden Wahnvorstellungen diagnostiziert wurde.

Lester muss Unmengen an Phenobarbital schlucken und hockt meistens nur auf seinem Stuhl. Doch selbst dann sitzt er mit dem Rücken zur Wand und lässt die Pfleger nicht aus den Augen, als würde er nur auf den nächsten Anfall warten. Der unausweichlich kommt.

Lester hat alle paar Wochen einen Schub, trotz Phenobarbital, trotz regelmäßig verabreichter antipsychotischer Medikamente, die ihn ebenfalls sedieren. Seine Dämonen lassen sich immer nur zeitweise bändigen, dann brechen sie wieder hervor.

Das Gute daran ist, dass es normalerweise langsam anfängt, er bellt wie ein Hund, krabbelt auf allen vieren, schlägt mit seiner Riesenfaust auf den Fliesenboden. Was ihn umtreibt, ist ganz offensichtlich Angst, aber na und? Angst, Hass, Verwirrung, egal, unter dem Strich ist der Mann gefährlich. Er hat bereits Mitpatienten verletzt, und es gibt keinen Grund anzunehmen, dass er mich nicht auch verletzen würde.

Um seine Ausbrüche unter Kontrolle zu halten, gibt es einen Plan, die Lester-Strategie. Eine Riesendosis eines Medikaments namens Lorazepam, genug, um selbst einen Hünen wie Lester aus dem Verkehr zu ziehen. Allerdings klingt das viel einfacher, als es ist. Lorazepam muss direkt in den Muskel injiziert werden, und das bedeutet, dass man sich einem gewaltbereiten Psychotiker auf Armeslänge nähern muss.

Die Alternative – die Cops rufen und sie das machen lassen – ist keine. Wenn er erst mal angefangen hat, steigert sich Lesters Wut sehr schnell, und die Cops würden hierher mindestens zehn Minuten brauchen. Und auch nur, wenn die wenigen, die nachts auf

Streife sind, nicht anderweitig zu tun haben. Außerdem wird das Lorazepam schon im Voraus vorbereitet, aber so aufbewahrt, dass kein Patient drankommt. Die Spritze liegt in einem verschlossenen Schrank in der ebenfalls verschlossenen Medikamentenkammer. Ich trage beide Schlüssel an einer Kette um den Hals, aber die Kammer befindet sich am Ende eines langen Flurs auf der anderen Seite der Einrichtung, und ich bin nicht das schnellste Mädel auf dem Planeten.

Wie gesagt, normalerweise sind wir vorgewarnt. Nicht so heute Abend. Ich war gerade dabei, Mrs. Knowles' Verband auf der großen wund gelegenen Stelle an ihrem unteren Rücken zu wechseln. Es war kurz nach neun, und ich habe mich beeilt, weil ich mir vor meinem Interview morgen noch einmal die Beatmungsregeln anschauen wollte. In dem Moment hörte ich jemanden durch den Gang rennen und sehr schnell näherkommen. Eine Sekunde später erschien der einzige andere anwesende Angestellte in der Abteilung in der Tür, ein Mitarbeiter vom Hol- und Bringdienst namens Cesar.

»Kommen Sie, Schwester. Lester dreht durch.«

Anstatt sofort die Lorazepam-Spritze zu holen, beschloss ich, erst mal die Lage einzuschätzen. Das stellte sich als großer Fehler heraus, denn Lester war bereits völlig durchgedreht. Er stand in seinem Zimmer vor einem kaputten Fenster und hielt eine zwanzig Zentimeter lange Glasscherbe in der Hand. Blut lief aus beiden Händen und tropfte auf den Boden. Bei meinem Anblick grunzte er unverständlich. Dann lächelte er.

»Hallo, Schwester ...«

Er brachte den Satz nicht zu Ende. Endlich wachgerüttelt zerrte ich Cesar aus dem Zimmer und knallte die Tür zu.

»Sehen Sie zu, dass er da drinnen bleibt.«

Ich zögerte nicht, rannte schneller als je zuvor in meinem Leben den Flur herunter und pulte mir gleichzeitig die Kette mit den

Schlüsseln vom Hals. Ich konnte Lesters Absichten nicht einschätzen, versuchte es auch gar nicht, denn zumindest sein eigenes Leben stand auf dem Spiel, selbst wenn er nicht vorhatte, andere zu verletzen. Der Blutfluss aus seinen Händen musste gestoppt werden, und zwar schnell. Zu seinen Füßen hatte sich bereits eine Lache gebildet.

Als ich die Kammer erreichte, wirkte das Schlüsselloch an dem abgeschlossenen Schrank mit der aufgezogenen Lorazepam-Spritze irrwitzig klein. Ich muss gute zehn Sekunden herumgefummelt haben, bis ich den Schlüssel endlich reinbekam, bis das Schloss aufsprang, bis ich die Spritze in der Hand hatte, bis ich wieder den Gang entlang zurück zu Cesar rannte, ein Zwerg von einem Mann, der sich mit dem Rücken und aller Kraft gegen die Tür stemmte.

»Weg da, Cesar«, rief ich. »Lassen Sie ihn raus.«

Cesar machte einen Schritt nach links, sein Blick flackerte zwischen mir und der Tür hin und her, blieb aber an der Tür hängen, als sie aufflog und Lester herausstürmte. Als er mich zum zweiten Mal erblickte, wirkten seine dunklen Augen verwirrt, als sei ihm nicht ganz klar, wie er in diese Situation geraten war, wieso ihm eine Glasscherbe die Handfläche zerschnitt und ihm das Blut über den Arm rann und auf den Boden tropfte.

»Schwester …«

Psychiatrische Pflegekräfte sind speziell für psychotische Krisen ausgebildet. Ich nicht. Ich musste selbst herausfinden, wie ich nah genug an Lester herankommen konnte, um das Lorazepam zu spritzen, ohne mir dabei die Kehle durchschneiden zu lassen.

»Was ist passiert, Lester?«

»Sie waren wieder da, Schwester, alle zusammen.«

»Und du musstest dich schützen?«

»Ja, ja. Ich wusste, was passiert, wenn ich mich ergebe. Das konnte ich nicht zulassen.«

»Das war schlau, Lester, dass du dich gewehrt hast. Aber jetzt sind sie weg, ja?«

Er sah sich um, sein Blick heftete sich eine Sekunde lang an Cesar, dann nickte er. »Ja, ich hab sie vertrieben.«

»Sehr gut. Du hast getan, was nötig war. Aber du bist verwundet, siehst du? Du musst dich verarzten lassen, Soldat.« Ich hielt die Spritze hoch. »Ich versorge dich jetzt.«

»Ich wollte das nicht, aber die sind diesmal richtig nah rangekommen.«

»Aber jetzt sind sie weg, und du brauchst deine Medikamente. Kann ich sie dir geben?«

»Okay, Schwester. Tut mir leid.«

»Dann leg die Glasscherbe weg, Lester. Du könntest mich aus Versehen damit schneiden.«

Lester nickte einmal, dann noch einmal und legte die Scherbe weg. In seiner Hand klaffte eine tiefe Wunde. Er öffnete den Mund, aber ich wartete nicht länger, trat dicht an ihn heran und stieß ihm die Spritze in den Oberschenkel. Fünf Sekunden später war er bewusstlos.

Trotz des Adrenalins und obwohl mein Herzschlag dem eines Kanarienvogels beim Anblick der Hauskatze entsprach, behielt ich die Ruhe. Ich musste die Blutung stoppen, und das schnell.

»Ruf 911, Cesar. Ruf einen Krankenwagen.«

Ich rannte los, um das Blutdruckmessgerät zu holen, das am Griff des Medikamentenwagens baumelte. Die Manschette war nutzlos, die würde ich niemals straff genug ziehen können, ohne dass der Klettverschluss nachgab. Aber der Gummischlauch, der zum Messgerät führte, ließ sich verwenden. Ich riss ihn ab, band ihn um Lesters Arm und zog ihn mit aller Kraft fest.

In seiner Bewusstlosigkeit reagierte er nicht auf diese sicherlich schmerzhafte Behandlung. Das Blut tröpfelte schließlich nur noch. Erst dann schaute ich auf und sah, dass überall auf dem Flur Patienten standen, die plötzlich in Applaus ausbrachen.

25
DELIA

Ich fahre Vern zu seinem Auto zurück, das immer noch am Revier steht. Morgen früh sind wir mit Chief Black und jemandem aus dem Büro von Bürgermeister Venn verabredet. Was sagen wir über unser nächtliches Experiment? Sollen wir es überhaupt erwähnen? Bevor ich morgen wieder zur Arbeit fahre, werde ich noch das Video vom Mordabend mit dem von heute Nacht vergleichen. Ich bin mir relativ sicher, was dabei rauskommen wird. Eigentlich sogar sehr sicher. Aber genauso sicher bin ich, wie die Reaktion des Chiefs auf diese Nachricht aussehen wird. Vern bringt es beim Aussteigen auf den Punkt.

»Wir sind am Arsch«, sagt er. »Hoffentlich bist du zufrieden.«

Eigentlich will ich nach Hause, aber drei Blocks weiter fahre ich an den Straßenrand. Ein paar Sekunden später halte ich das Handy in der rechten und Maureens Nummer in der linken Hand. Ich bin schon seit einer Woche spitz. Soll ich sie anrufen? Dass sie mir ihre Nummer gegeben hat, war totsicher als Anmache gedacht. Kein Zweifel. Aber ich kenne sie nicht. Und weiß nicht, ob sie vor ihren Kolleginnen oder, schlimmer, Mason Cheat damit angeben wird.

Keine Woche nach meinem Dienstantritt in Baxter begann ich, mich an Polizeirevieren in allen großen Städten von Illinois zu bewerben. Diese Angst ist einer der guten Gründe dafür. Von einem Ende von Baxter zum anderen braucht man keine zwanzig Minuten. Die meisten Familien leben hier seit Generationen, und Gerüchte verbreiten sich in Lichtgeschwindigkeit. Das eine Mal, als ich mich auf eine Affäre eingelassen hatte, zwei Jahre ist es her, wurde ich in Chief Blacks Büro gerufen. Die Leute redeten, Leute mit Einfluss, und man legte mir nahe, diskreter zu sein.

»Delia, Sie sind die beste Polizistin, die in den letzten Jahren hier gearbeitet hat«, sagte der Chief. »Aber über mir ziehen noch andere die Fäden. Aus meiner Sicht ist es am besten, über jeden Verdacht erhaben zu sein.«

Die Affäre verlief im Sand, bevor die Fädenhalter dem Chief die Hand führen mussten, und seitdem sehne ich den Tag herbei, an dem ich mein privates von meinem beruflichen Leben trennen kann. Er ist noch nicht gekommen. Ich zerknülle Maureens Zettel und, brave Bürgerin, die ich bin, stopfe ihn in meine Tasche mit der Absicht, ihn zu Hause im Papiermüll zu entsorgen.

Schon vor der nächsten Ampel bin ich in Gedanken bei Danny und der Frage, was ich uns zum Essen machen kann. Wie sich herausstellt, bleibt es Wunschdenken. Als mein Handy klingelt und ich die Stimme unseres Dispatchers höre, weiß ich, dass es eine lange Nacht wird. Aber mir bleibt keine Wahl, Leichen sind nun mal Leichen.

»Ich glaube, sie hat es nicht kommen sehen«, sagt Vern zu mir.

Wir stehen vor Felice Gaitskill, die am Empfang des Hotels hinter dem Tresen in einem gepolsterten Drehstuhl sitzt. Sie trägt eine weiße Bluse, und die parallelen Einschusslöcher in ihrer Brust erinnern mich an die Augen eines Monsters in einem billigen Horrorfilm.

»Zuerst sind wahrscheinlich die Schüsse in den Brustkorb erfolgt.« Vern lehnt sich gegen die Wand. Er scheint sich in seiner Haut immer wohlzufühlen, selbst jetzt noch. »Vermutlich, als der Täter durch die Tür kam.«

Felice Gaitskills Leiche weist noch eine dritte Verletzung auf. Eine weitere Kugel, die sie sofort getötet hat. Ein Loch mitten in der Stirn. Eine kleine, saubere Wunde, verursacht von dem Projektil, das am Hinterkopf wieder ausgetreten ist.

»Sieh dir den Stuhl an«, fährt Vern fort. »Die Kugeln aus der

Brust stecken im Polster. Ich hab sie nicht rausgepult, aber ich glaube, sie sehen noch ziemlich gut aus. Und guck dir das an.«

Vern führt mich zu einer Tür, die hinter Felice ins Büro führt, und zeigt auf eine Kugel, deren Spitze im Holz steckt, der Rest ist unversehrt. Er braucht nichts zu erklären. Alle drei Projektile lassen sich mit der Kugel vergleichen, die Bradley Grieg getötet hat. Ich glaube, ich sollte mich freuen, aber ich werde das Gefühl nicht los, dass mich jemand austricksen will.

»Irgendwelche Patronenhülsen?«

»Leider nicht, Delia.«

Vern öffnet die Tür zu dem Büro, in dem wir uns das Video angesehen haben. Der Monitor liegt zerbrochen auf dem Boden, der Computer ist weg, damit auch die auf der Festplatte gespeicherten Videos. Auf dem Schreibtisch liegt ein Gewehr, der Schaft in Richtung Empfang gerichtet. Felice hat es nie dorthin geschafft. So, wie sie dasitzt, gehe ich davon aus, dass der Täter abgedrückt hat, sobald er durch die Tür kam.

Oder die Täterin?

Ich schließe kurz die Augen und stelle mir vor, dass eine Frau Felice erschossen hat. Das Partygirl mit dem Hut, dem raffinierten Make-up und dem Paillettenkleid. Es passt nicht.

»Die beiden haben mit Ärger gerechnet, Vern.« Ich zeige auf das Gewehr. »Sie haben Vorsichtsmaßnahmen getroffen.«

»Hat ihnen wenig genützt.«

»Ja, hat ihnen wenig genützt. Wer hat die Polizei alarmiert?«

»Ein anonymer Anruf bei der 911.«

»Männlich oder weiblich?«

»Männlich.«

Die untere Schublade eines Aktenschranks ist aufgezogen, die Akten sind nach vorne gezogen. Dahinter sehe ich ein kleines Glas mit einem glänzenden weißen Pulver.

»Was haben wir da, Vern?«

»Meth, vermutlich, etwa dreißig Gramm.«

»War die Schublade auf, als du angekommen bist?«

»Nein. Ich habe sie geöffnet. Das Meth war hinter den Akten versteckt, aber leicht zu erreichen.«

»Meinst du, sie haben gedealt?«

»Bei dieser Menge, auf jeden Fall.« Vern schließt die Schublade. »Da ist noch mehr. In den Wohnräumen oben.«

Ein kleines Wohnzimmer, eine noch kleinere Küche und zwei kleine Schlafzimmer. Soweit ich erkennen kann, gibt es in der ganzen Wohnung keinen einzigen neuen Gegenstand, vom Geschirr in der Küche über den ausgetretenen Teppich bis hin zu den abgenutzten Nachttischen neben Richards Bett. Alles sieht aus, als wäre es dritter Hand in einem Sozialkaufhaus erstanden worden. Das nennt man Motiv. Vern zeigt mir eine braune Einkaufstasche in Richards schmalem Kleiderschrank. Im Schein seiner kleinen LED-Taschenlampe ist das Geld darin deutlich zu erkennen.

»Hast du nachgezählt?«

»Ja. Dann hab ich's wieder reingetan. Da hat es ursprünglich gelegen.«

»Wie viel?«

»Siebzehntausenddreihundert. In Zwanzigern und Fünfzigern.«

Soll man die naheliegendste Erklärung nehmen? Irgendwann in der Mordnacht hat einer der Gaitskills, vermutlich Richard, das Büro durch die Hintertür verlassen, wo keine Überwachungskameras hängen. Er hat Bradley im Drogenschlaf vorgefunden und beschlossen, das Geld zu stehlen. Hat er Bradley auch getötet? Vor allem, würde er Bradley am Leben lassen und das Risiko eingehen, zur Rechenschaft gezogen zu werden? Ja, schon, wenn er gerade vor dem Computer saß und mitbekam, wie Bradley die Frau in Hütte 909 mitbrachte. Dann konnte er jemand anderem die Schuld in die Schuhe schieben.

Vern führt mich ans geöffnete Fenster in Richards Schlafzimmer. Richard liegt fünf Meter weiter unten auf dem Boden.

»Wahrscheinlich«, erklärt Vern, »hat er die Schüsse auf Felice gehört und gewusst, dass er der Nächste ist. Das Fenster war der einzige Fluchtweg.«

Richard muss hart auf den Betonboden aufgeprallt sein. Hart genug, um sich ein Bein zu brechen, das in einem unnatürlichen Winkel vom Körper absteht. Trotzdem hat er es geschafft, auf einen Zaun hinter dem Haus zuzukriechen. Und hatte ihn fast erreicht, als der Täter ihn einholte. Haben sie miteinander gesprochen? Richard liegt auf dem Rücken, also muss er sich zum Täter umgedreht haben. Die Einschusswunde auf seiner Stirn sieht aus wie die bei seiner Mutter.

»Weiß der Staat Bescheid, Vern?«

»Ja, aber die KT ist erst in ein paar Stunden hier. Ich habe auch Rishnavata angerufen. Er kommt in etwa einer Stunde, die Leichen sollen bis dahin nicht bewegt werden.«

»Was ist mit dem Chief?«

»Ist auf dem Weg.«

»Scheiße.«

»Tja, ja, da ist noch was, das du sehen musst.«

Vern führt mich nach unten, durch die Hintertür hinaus und zu Richards Leiche. Er zeigt auf etwas, aber die Geste ist überflüssig. Richard trägt Boxershorts und ein T-Shirt. Die Nadeleinstiche in seinem linken Arm sind deutlich sichtbar.

»Richard geht also raus, um sich wegzuballern. Damit die Kameras ihn nicht sehen, nimmt er die Hintertür. In Hütte 909 findet er Bradley, der völlig dicht ist ...« Hier halte ich inne. »Weißt du was, Vern, ich bin ziemlich sicher, dass Richard Bradleys Geld gestohlen hat. Geld, das den Schmidts gehört. Aber ich kann mir nicht vorstellen, dass Richard Bradley erschossen hat. Diebstahl? Die Gaitskills haben von der Hand in den Mund gelebt, also ja. Aber dass er das Kissen nimmt, es auf Bradleys Kopf presst und abdrückt? Das ist zu kaltblütig für Richard. Viel zu kaltblütig.«

Der Nieselregen hat aufgehört, aber die Luft ist getränkt mit Feuchtigkeit, die sich auf mein Gesicht legt. Uniformierte Polizisten, die Ersthelfer, stehen an beiden Einfahrten des Parkplatzes, die mit gelbem Flatterband abgesperrt sind. Wenn der Mörder auf den Parkplatz gefahren ist, dann finden wir wahrscheinlich Reifenspuren. Allerdings glaube ich eigentlich nicht, dass der Täter so blöd war, das Risiko der Entdeckung einzugehen. Schließlich hatte er einen Plan. Wahrscheinlicher ist, dass er zu Fuß über den schmalen Pfad hinter den Hütten gekommen und dann zum Empfang geschlichen ist.

Der Cop, der an der Baxter-Boulevard-Einfahrt positioniert ist, ruft etwas und winkt uns zu sich. Jenseits des Flatterbands erkenne ich hinter den angeschalteten Scheibenwischern eines SUV Chief Blacks Hängewangen.

»Wenigstens ist er nicht auf den Parkplatz gefahren«, merkt Vern an.

Wie sich herausstellt, hat Chief Black das nur deswegen nicht getan, weil Streifenpolizist Jerome Meeks ihn daran hinderte.

Meeks hat nur seinen Job gemacht, ist aber nicht glücklich. »Sie haben gesagt, ich soll niemanden auf den Parkplatz lassen. Egal wen. Aber ich glaube, der Chief ist echt sauer.« Er schaut seine Füße an. »Ich bin gerade Vater geworden, Lieutenant, und ich brauche diesen Job. Schließlich haben wir Wirtschaftskrise.«

Die Lippen des Chief sind so fest zusammengepresst, dass sie nicht mehr zu sehen sind. Aber ich glaube nicht, dass er auf Meeks sauer ist. Sondern weil er beim Aufwachen noch geglaubt hat, der Mord an Bradley Griegs wäre so gut wie aufgeklärt. Findet die Frau im Video und nehmt sie fest. Jetzt muss er drei Morde aufklären, und die Frau ist immer noch nicht identifiziert. Zu allem Überfluss finden im November Bürgermeisterwahlen statt. Neuer Bürgermeister, neuer Polizeichef.

»Reden Sie, Delia.«

»Zwei Tote, Chief. Hingerichtet.«

»Die Gaitskills?«

»Mutter und Sohn. Außerdem haben wir wahrscheinlich etwa dreißig Gramm Meth im Aktenschrank gefunden. Das und etwas über siebzehntausend Dollar in einer Papiertüte.«

»Ziemlich viel, was da einfach so rumliegt.«

»Nicht, wenn einer der beiden es Bradley gestohlen hat.«

Die Augen des Chief schließen sich einen Moment lang. Als sie sich wieder öffnen, ahne ich, was für ein unerbittlicher Detective er früher gewesen sein muss. »Das Methamphetamin, Vern. Haben Sie einen Feldtest gemacht?«

»Nein, aber ...«

Black wischt Verns Erwiderung beiseite. »Haben Sie das, was Sie für Methamphetamin halten, zusammen mit dem Geld gefunden?«

»Das Meth war unten, im Büro.« Ich will nicht, dass Vern alles abbekommt, und übernehme. »Das Geld war oben im Schrank.«

»Und was genau nehmen Sie an?«

»Dass Richard es Bradley abgenommen hat. Aber das ist bloß eine Theorie. Richard hat im linken Arm Einstichstellen. Kein Hardcore-Junkie, Chief. Eher Wochenendkonsument. Vielleicht hat er einfach spät abends, als seine Mutter schon schlief, einen Spaziergang rüber zu Hütte 909 gemacht und Bradley schlafend auf dem Bett gefunden. Und dann liegt da in der Schlangenledertasche das Geld und Richard kann nicht widerstehen.«

»Und bringt Bradley um?«

»Möglich. Aber das ist nicht mein einziger Gedankengang. Die Schmidts behaupten, Bradleys Mörder hat Geld mitgenommen, das ihnen gehört. Inzwischen hat einer der Schmidts, vermutlich Connor, die Videoaufnahmen im Randy's gesehen. Also auch die Frau mit Hut, die Bradley nach draußen gefolgt ist. Überlegen Sie mal, wie die in all das verwickelt ist. Wenn sie das Geld nicht gestohlen hat, kann sie es auch nicht zurückzahlen, und wenn Connor sie findet …«

Der Chief schlägt mit der Hand aufs Lenkrad und stellt versehentlich die Scheibenwischer ab. Eine gute Minute lang sieht er zu, wie die Scheiben beschlagen, dann sagt er: »Was ist mit der Frau? Was haben Sie?«

Ich ziehe Kopien der Fotos hervor, die ich auf seinen Schreibtisch gelegt hatte. Er schiebt sich die Lesebrille auf die Nase und beäugt die Frau. »Ist das das Beste, was Sie haben?«

»Leider ja.«

»Aber sie war dreißig Minuten lang in der Bar.«

»Stimmt, trotzdem war es Glück, dass wir überhaupt so viel haben. Sie hielt fast immer den Kopf gesenkt, und der Hut verdeckte ihr Gesichts. Außerdem sind alle Kameras an der Decke angebracht. Wenn nur eine auf Kopfhöhe hinge, hätten wir sie.«

»Okay, Delia, jetzt mal Klartext. Wir haben keine Ahnung, wie lange das Geld da schon im Schrank gelegen hat, vielleicht Wochen oder sogar Monate. Sie haben keine Beweise, dass es Bradley gehört hat, auch keine dafür, dass es was mit dem Methamphetamin aus dem Büro zu tun hat. Wenn es denn Methamphetamin ist. Vor allem haben Sie in der Wohnung nicht die Tatwaffe gefunden.«

»Stimmt.«

»Bleiben wir also an der Frau dran. Die lebt wenigstens noch. Später, oder wenn wir in einer Sackgasse landen, können wir es Gaitskill anhängen. Einstweilen behalten Sie Ihre Theorie für sich.«

An diesem Punkt bin ich sauer genug, um mit dem Mündungsblitzexperiment rauszuplatzen, das Vern und ich vor ein paar Stunden durchgeführt haben. Chief Black ist nicht erfreut.

»Und wozu sollte das gut sein? Nein, warten Sie, Delia, lassen Sie Ihren Partner antworten. Wozu sollte das gut sein, Vern?«

»Wir sind Ermittler, wir ermitteln.«

Chief Black öffnet den Mund, aber es kommt nichts heraus. Er klappt ihn wieder zu und starrt einen Moment lang die nasse Windschutzscheibe an.

»Wieso glauben Sie, die Bedingungen wären identisch gewesen?«

Die Frage gilt ganz offensichtlich mir, und ich antworte wahrheitsgemäß: »Das kann ich nicht mit Sicherheit wissen.«

»Und Sie können nicht mit Sicherheit wissen, was in der Nacht, in der Grieg ermordet wurde, in der Hütte vor sich gegangen ist. Es gibt kein Video, nicht mal ein schlechtes.«

»Das ist richtig.«

Noch eine Pause, diesmal kürzer. »Haben Sie einen Bericht geschrieben, Delia? Ist das in den Akten?«

»Noch nicht.«

»Dann lassen Sie es.« Black beugt sich vor, um die Scheibenwischer wieder anzuschalten. Der Moment für sein Schlusswort. »Eins verstehe ich nicht. Diese Sache mit dem Geld und Ihr kleines Experiment mit dem Mündungsblitz, das hilft der Verteidigung, egal wen wir anklagen.«

»Chief, ich glaube nicht, dass sie es war.«

»Egal. Wir müssen auf jeden Fall mit ihr sprechen.« Er legt die Hand auf den Schaltknüppel. Zeit zu fahren. »Und was das Geld angeht, lassen Sie es, wo es ist, verstanden? Das gesamte Gelände ist ein Tatort. Sperren Sie ihn ab. Niemand darf ins Büro oder die Wohnung oder in die Hütten. Später, wenn wir wissen, wo wir stehen, führen wir eine ordentliche Durchsuchung durch und entdecken das Geld. Bis dahin kein Wort zu niemandem. Klar?«

»Ja, Chief, ich hab verstanden.«

»Was ist mit Ihnen, Vern?«

»Verstanden, Boss.«

»Gut. Unsere Besprechung morgen früh ist abgesagt. Ich werde stattdessen eine Pressekonferenz abhalten, und Sie werden dabei sein. Gibt's damit Probleme?«

»Zwei Dinge, Chief. Erstens ist Danny allein, und ich muss nach Hause. Zweitens fährt er um neun Uhr los ins Ferienlager. Dann sehen wir uns einen ganzen Monat lang nicht, und für ihn ist es das erste Mal. Ich muss da sein, wenn er losfährt.«

»Dann um zehn. Pünktlich. Und Sie auch, Vern.«

26
DELIA

Danny schaufelt Bananenpancakes in sich rein und betrachtet dabei die Fotos der Frau mit Hut. Die Pancakes sind dick und überbraten. Ohne den Himbeersirup wären sie sicher so zäh wie Pappe. Danny scheint das nichts auszumachen. Er sitzt so dicht neben mir, dass er mich berührt, und ich gehe davon aus, dass er genauso aufgeregt ist wie ich. Es ist unsere erste Trennung. Aber er wird klarkommen. Sein bester Freund, Verns Sohn Mike, fährt ebenfalls ins Ferienlager, und der Organisator hat versprochen, sie in dasselbe Team zu stecken.

»Sie sieht nicht aus wie eine Mörderin«, sagt Danny. Er ist ganz aufgedreht über die neuen Morde.

»Wieso nicht?«

»Weil sie …« Er schaut hoch zur Decke. Wie immer, wenn er nach Antworten sucht. »Sie ist zu hübsch.«

»Hübscher als ich?«

»Ach, Mom. Du bist ganz anders.«

Danny ist clever genug, um zu wissen, dass seine Mutter ihn aufzieht. Clever genug, das Gespräch zu beenden. Ich sehe ihm ein paar Minuten lang beim Essen zu.

»Hat sie die Besitzer gesehen, als sie da war?«, fragt er schließlich. »Die vom Motel?«

»Felice und Richard Gaitskill. Ich habe beide befragt. Sie haben versichert, die Frau nie gesehen zu haben. Erinnerst du dich, sie konnten sie nicht identifizieren, und die Aufnahmen zeigen nicht, dass sie an den Empfang gekommen ist.«

»Glaubst du, die haben gelogen?«

»Nein.«

»Aber jemand hat sie ermordet?«

»Ja.«

»Na ja, wenn die Frau den anderen getötet hat …«

»Bradley Grieg.«

»Ja, den. Wenn sie Bradley wegen des Geldes ermordet hat und ihn gerade erst kennengelernt hatte, warum sollte sie denen was tun, den …?«

»Gaitskills?« Ich habe ihm nichts von dem Geld gesagt, das wir im Schrank gefunden haben. Das behalten wir für uns, Vern und ich, wie der Chief angeordnet hat. Aber ich kann mir nicht vorstellen, dass die Frau mit Hut Bradley erst getötet und dann das Geld liegengelassen hat.

»Warum sollte die Frau zurückkommen und die beiden töten, wenn die sie nie gesehen haben?«

Darauf gibt es keine gute Antwort. Wenn die Frau aus irgendeinem Grund beschlossen hätte, die Gaitskills müssten sterben, hätte sie das direkt nach dem Mord an Bradley erledigt. Und nicht zwei Tage lang gewartet.

Diese Schlussfolgerung wurde bestärkt, als um sieben eine mexikanische Familie – zwei Schwestern, eine Tante und ein Neffe – am Motel auftauchte, wenige Minuten, nachdem ich dorthin zurückgekehrt war. Ich hatte keine Wahl und musste sie vor vollendete Tatsachen stellen. Am Skyview würde es für sie kein Gehalt mehr geben.

Sie reagierten nicht, nahmen die Nachricht einfach hin. Und sie reagierten auch nicht, als ich sie bat, einen Blick auf Connor Schmidts Foto zu werfen. Zwar waren sie zunächst zögerlich, aber als die ältere Schwester ihn identifizierte, pflichteten die anderen ihr bei.

Connor Schmidt war Stammgast im Skyview. Er wohnte immer in Hütte 909. Hatte einen eigenen Schlüssel und bekam regelmäßig Besuch.

Inzwischen ist auf dem schmalen Pfad ein Schuhabdruck gefunden worden. Sehr deutlich, sehr frisch und zu groß, um von einer Frau zu stammen. Ich habe selbst zugesehen, als die Kriminaltechniker eine Mischung aus Dentalgips und Wasser in den Abdruck gossen. Und gewartet, bis der Gips hart war und herausgenommen werden konnte. Es steht so viel auf dem Spiel, dass ich nichts dem Zufall überlassen wollte.

Danny sitzt neben mir und fummelt an seinem Gurt herum. Wir sind auf dem Weg zur Roosevelt Highschool und sehen schon die aufgereihten gelben Busse, die die Kinder ins Ferienlager bringen werden. Danny wird sekündlich nervöser.

»Glaubst du, sie hat's getan?«, fragt er zum zweiten Mal.

»Habe ich die Frage nicht schon beantwortet, Danny?«

»Ja, aber … aber wenn du nicht glaubst, dass sie es war, verhaftest du sie dann trotzdem?«

Auf diese Frage bleibe ich die Antwort lieber schuldig und antworte daher auf eine andere. »Ich erkläre dir mal, wie das läuft. Ermittler sammeln Beweise und reichen sie an ihre Vorgesetzten weiter, in diesem Fall Chief Black. Es ist seine Aufgabe, eine Entscheidung zu treffen, nicht meine. Wenn er eine Verhaftung anordnet, muss ich sie durchführen. Ich bin Arbeiterin, nicht Boss.«

Was ich nicht sage: Es sein denn, ich kündige.

Plötzlich frage ich mich, wen ich überzeugen will. Und werde die Frage nicht los, als ich Danny zum Registrierungstisch bringe. Nachdem der Betreuer ihn abgehakt hat, bekomme ich eine unerwartete Umarmung von meinem Sohn, dann rennt er los. Als ich mich wieder ins Auto setze und losfahre, spukt mir die Frage immer noch durch den Kopf. Aber dann denke ich an die Arbeit, die vor uns liegt.

Und ich vermisse ihn jetzt schon.

Der Chief hat vor, Eindruck zu machen. Bürgermeister Venn ebenso. Als ich ankomme, stehen sie auf einer niedrigen Tribüne, darauf ist das beste Rednerpult der Stadt aufgestellt worden. Es ist aus Walnussholz und so auf Hochglanz poliert, dass es die Sonnenstrahlen reflektiert und die vorn stehenden Journalisten blendet. Auch eine Staffelei wurde aufgestellt, ein graues Tuch bedeckt etwas Rechteckiges, Flaches. Ich weiß, was sich darunter befindet, und mir wird schwer ums Herz. Und ich hatte recht, als ich meinem Sohn sagte, dass ich nur Arbeiterin bin. Noch dazu eine schlecht bezahlte.

Ich umrunde die Tribüne, merke aber, dass ich kaum die beiden Stufen hochkomme. Vern sieht nicht besser aus. Als ich mich hinter der Tribüne zu ihm geselle, zuckt er die Achseln. Wir beide sind vielleicht ein Paar, ich eins siebenundsechzig, er eins dreiundneunzig. Neben Vern sehe ich aus wie ein Kind.

Bürgermeister Venn ist zuerst an der Reihe. Er übernimmt das Was-bisher-passiert-ist. Mord eins, Samstagabend im Skyview Motor Court, ein Gast. Mord zwei und drei letzte Nacht ebenfalls im Skyview, diesmal die Besitzer. Alle erschossen, alle hingerichtet, jeweils mit einer Kugel durch den Kopf. So etwas darf in einer kriminalitätsarmen Stadt wie Baxter nicht hingenommen werden. Der oder die Täter werden den gerechten Zorn der Bürgerschaft erfahren. Irgendwann.

Chief Black, in voller Uniform, löst den Bürgermeister am Rednerpult ab. Kerzengerade aufgerichtet, Brust herausgestreckt, den Kopf hoch erhoben. Da sein Bauch so viel größer ist als sein Brustkorb, hat das was Komisches. Der dicke Hintern macht es nicht besser.

Es wird heute keine Überraschungen geben, aber ich muss ein Mindestmaß an Interesse zur Schau stellen, während Chief Black unsere heroischen Ermittlungsbemühungen beschreibt. Man könnte fast meinen, er redet vom D-Day. Ich glaube kaum, dass die

Reporter ihm das abkaufen. Aber sie sind nachsichtig und recht geduldig. Die Show muss weitergehen.

Schließlich ist es Zeit für Chief Blacks große Enthüllung, und die Journalisten richten sich auf ihren Stühlen auf. Ein Dutzend Kamerablitze zucken, als er das Tuch wegzieht und das Bild der Frau mit dem weißen Hut enthüllt. Zumindest von der unteren Hälfte ihres Gesichts.

»Ich möchte betonen, dass sie nicht tatverdächtig ist und kein Haftbefehl vorliegt. Sie ist eine Person von Interesse, und wir bitten jeden, der sie kennt, sich bei uns zu melden.«

27
GIT

Wenige Minuten vor meinem Vorstellungsgespräch sitze ich an unserem Esstisch und hoffe auf einen plötzlichen Energieschub. Pech. Meine Gedanken scheinen völlig ungeordnet durch meine verhedderten Hirnwindungen zu kriechen. Das nennt sich wohl passiver Widerstand, oder auch passiv-aggressiver. Mein Kopf verlangt nach Ruhe und will nichts anderes hören. Aber für eine Verschiebung des Interviews ist es zu spät.

Aus dem Blauen heraus fällt mir ein, wie Oma Jo einst erzählt hat, dass ihr Vater und Bruder nach einem tödlichen Mineneinbruch wieder unter Tage mussten.

»Hatten keine Wahl«, sagte sie. »Es hieß graben oder sterben.« Dann lachte sie. »Oder eher graben *und* sterben.«

Nicht mein Leben steht auf dem Spiel, bloß meine berufliche Zukunft. Ich habe auf dem Computer Zoom installiert, seit Sean vor etwa einem Jahr beschloss, seine Vaterrolle ernst nehmen zu wollen. Der Impuls hielt ungefähr vier Wochen lang an, in denen er dreimal mit seiner Tochter sprach. Dann war Schluss.

Wenigstens kann ich dadurch mit Zoom umgehen. Pünktlich um zehn Uhr logge ich mich ein und schaue einen Augenblick später in drei weibliche Gesichter. Zuerst stellt sich Madison Klein vor. Sie ist mittleren Alters, ihr rotes Haar passt zu ihrem strahlenden professionellen Lächeln. Dann ist da noch Allison Fromm. Mindestens Anfang sechzig, die Pflegeleiterin des Medical Center. Ihr Lächeln ist schmaler als Madisons, aber ich entdecke keine Abneigung darin. Eher ein *Mal abwarten.*

Die dritte Frau ist ein gutes Stück jünger, fast noch ein Mädchen, und ich vermute, ihre Rolle ist es, mich zu beruhigen. Ihr Name lautet Valentina Cepeda, sie stellt nach der Vorstellungsrunde die erste Frage. »*Hola*, Bridget, wie geht es Ihnen heute Morgen?«

Ich sollte Begeisterung aufbringen, kann aber die Energie nicht zusammenkratzen. Aber ich darf das hier nicht versauen. Denn inzwischen kann ich an nichts anderes mehr denken, als Baxter so schnell wie möglich zu verlassen. Und auch das Resurrection-Pflegeheim. Wenn in einem Krankenhaus ein Patient durchdreht, ist sofort Verstärkung da, sogar Sicherheitspersonal, das dafür bezahlt wird, mit gewalttätigen Patienten umzugehen. Ich hätte gestern Nacht ernsthaft verletzt oder sogar getötet werden können, und ich weiß, dass Lester irgendwann wieder durchdrehen wird.

»Es geht mir gut.«

Madison bemerkt mein Zögern. »Ist alles in Ordnung, Bridget?«

»Ich bin ein bisschen müde.«

»Haben Sie gestern Nacht gearbeitet?«

»Ja, im Pflegeheim.«

»Schlimme Nacht?«

»Grauenhaft, Madison. Absolut grauenhaft.«

»Ist jemand verstorben?« Das kommt von Allison, der Pflegeleiterin. »Haben Sie jemanden verloren?«

»Ja, so in etwa. Fast wäre jemand gestorben.«

»Jemand, der Ihnen nahesteht?«

»Ja, ziemlich nah.« Und ich beginne zu erzählen, angefangen mit Lesters Biografie. Dramatisch sind jedoch nur die Worte. Mein Tonfall bleibt frei von Emotionen. Nur die Fakten, Ma'am.

»Lester bekommt viermal am Tag jeweils einhundert Milligramm Phenobarbital, zusammen mit fünfzehn Milligramm Olanzapin. Das reicht, um ihn die meiste Zeit über ruhigzustellen. Aber alle paar Wochen …«

Valentinas Mund steht schon offen, bevor ich von den blutenden Händen, dem Sprint durch den Flur, der Lorazepam-Spritze und der Konfrontation mit einem Psychotiker, der mir mit der Glasscherbe in seiner Hand jederzeit hätte die Kehle durchschneiden können, berichtet habe.

Madison reagiert ähnlich wie Valentina. Ihre Kinnlade klappt so weit nach unten, dass ich ihre Mandeln sehen kann. Aber Allison Fromm nickt bloß, und mir ist klar, dass sie weiß, wovon ich rede. Sie erinnert mich an einen Resurrection-Patienten, der vor einem Jahr an Corona gestorben ist. Teddy Wright hatte den Großteil seines Erwachsenenlebens bei der Armee gedient, bis er mit fünfzig einen massiven Schlaganfall erlitt. Er war an Kämpfen in beiden Irak-Kriegen, in Afghanistan und in Syrien beteiligt gewesen. Diesen Mann brachte nichts aus der Fassung, nicht mal Lester im Wahn.

»Als ich Cesar befahl, die Tür zu öffnen, schlug mein Herz so laut, dass ich dachte, es springt mir aus der Brust. Aber ich hatte Glück. Lester hatte den Anfall schon fast überwunden und ließ sich beruhigen, ich konnte also mit ihm sprechen und ihn überreden, die Glasscherbe fallen zu lassen. Dann habe ich ihm das Lorazepam in den Schenkel gespritzt, bevor er reagieren konnte. Ein paar Sekunden später war er bewusstlos, hat aber immer noch geblutet. Ich hab den Gummischlauch von einem Blutdruckmessgerät abgerissen und als Stauschlauch benutzt. Als die Notfallsanitäter eintrafen, war Lesters Blutdruck auf achtzig zu vierzig gesunken.«

Madison kann nicht länger an sich halten. Sie hebt beide Hände und unterbricht. »Was ist mit der Krankenpflegerin? Haben Sie nicht gesagt, Sie arbeiten unter Aufsicht einer examinierten Krankenpflegerin?«

»Sie meinen Lena Proctor? Die hat das Ganze verschlafen.«

Madison und Valentina wirken verstört, aber Allison lacht, bis ihr Tränen aus den Augenwinkeln rinnen. »Lassen Sie sich das eine Lehre sein, Valentina«, sagt sie. »Im Moment arbeiten Sie in einem Krankenhaus, wo immer Hilfe zur Hand ist. Später im Leben werden Sie mit hoher Wahrscheinlichkeit Situationen erleben, in denen Sie sich auf sich selbst verlassen müssen.« Sie dreht den Kopf leicht, um in die Kamera zu blicken. »Bitte kommen Sie zu uns, Bridget. Wir stecken Sie in unsere Psycho-Station. Da haben Sie es dann jede Nacht mit Psychotikern zu tun.«

Jetzt lachen wir beide.

Als ich das Haus verlasse, treffe ich draußen Mom. Sie steht an meinen Wagen gelehnt und pafft vor sich hin, ihr Blick ist so scharf, dass er einen Diamanten schneiden würde. Da Feinsinn eine ihr gänzlich fremde Eigenschaft ist, rechne ich mit Klartext und werde nicht enttäuscht.

»Hast du ihn umgebracht, Git?«

»Wieso denkst du das?«

»Wieso? Muss ich dich daran erinnern, dass du versucht hast, deinen Mann abzuknallen? Weißt du noch? Und du hast Sean nur knapp verfehlt, Mädel. Ein paar Zentimeter weiter links, und er läge unter der Erde.«

»Das war was anderes. Ich habe mich verteidigt. Die angeknackste Rippe, erinnerst *du* dich? Das blaue Auge? Ich musste mich wehren, Mom. Der Scheißkerl hat versucht, mich zu versklaven.«

Mom hat Frauen, die sich nichts gefallen lassen, schon immer bewundert und lächelt jetzt. »Hab ich das richtig verstanden? Du hast Bradley nicht umgebracht, aber die Cops denken, du warst es.«

»Ich habe die Pressekonferenz gesehen, Mom. Die haben keine Ahnung, wer ich bin. Sie wollen bloß mit mir reden.«

»Und warum rufst du dann nicht einfach an und sagst ihnen, wer und wo du bist?«

Eine plausible Frage, auf die ich keine Antwort parat habe, und ich versuche auch nicht, mir eine auszudenken. »Ich habe Bradley Grieg nicht getötet, Mom. Weder ihn noch irgendwen anders.«

»Aber du warst im Skyview, wo ihn jemand anders umgebracht hat?«

Als ich die Autotür öffne, kann ich die Zwanziger fast sehen, die auf den Boden flattern. Ich nehme es wahr und bin froh, dass er tot ist. Hoffentlich hat es wehgetan. »Ja«, sage ich zu meiner Mutter, »ich war da.«

Elf Uhr abends, Zack und ich schauen Nachrichten. Oder vielmehr, Zack schaut Nachrichten. Ich sehe Zack zu.

»Irgendwie hab ich das Gefühl, ich kenne sie«, sagt er. »Das Problem ist, sie erinnert mich an jede zweite Frau.«

»Warum glaubst du wollen die Cops sie finden? Der Chief hat nichts gesagt.«

»Soweit ich gehört habe, denken die, dass sie ihn ermordet haben könnte. Aber für mich wirkt sie nicht wie eine Mörderin. Sieht eher so aus, als wollte sie flachgelegt werden.« Zack holt Luft. »Wie heißen diese Dinger? Pheromone? Hab das Gefühl, ich kann sie geradezu riechen.«

»Vielleicht war es ein Unfall.« Ich weiß, dass ich meine große Klappe halten sollte, aber ich schaffe es nicht. Ich muss es wissen. »Die Cops sagen, Grieg wurde ausgeraubt. Vielleicht hat es als One-Night-Stand angefangen …«

Mehr brauche ich nicht zu sagen. Zack versteht, schüttelt aber den Kopf. »Leidenschaft ist gut und schön, Git, aber einen Menschen umzubringen, ist kein Kinderspiel, dafür muss man gemacht sein. Man muss Erfahrung haben. Diebstahl? Okay. Aber ein Mord ist was anderes. Soweit ich gehört habe, hat man Grieg eine Kugel in den Hinterkopf geschossen, als er bewusstlos war. Ich kann mir nicht vorstellen, dass das Mädel da den Abzug gedrückt und zugesehen hat, wie sein Hirn ins Kissen geblasen wurde.«

Der Druck in meinem eigenen Hirn wird zu groß. Ich muss es jemandem sagen. Ich kann es nicht länger für mich behalten. »Zack, das bin ich.«

»Was?«

»Die Frau auf dem Foto, das bin ich.« Ich suche nach den besten Worten, kann mich aber nur wiederholen. »Das bin ich.«

Zack will etwas sagen, hält sich aber zurück. Sein Blick wird weich. Aus Bedauern? Mitgefühl? Ich kann nicht mehr an mich halten. Ich muss reden.

»Hör mir zu, Zack. Ich arbeite zweiundsiebzig Stunden die Woche, und wenn ich nach Hause komme, kümmere ich mich um Charlie. An meinem einzigen freien Tag versuche ich, alles nachzuholen, einkaufen, putzen, kochen, irgendwas Schönes mit Charlie zu unternehmen, und wenn es nur ein Kinobesuch ist. Das ist mein Leben, ich habe es mir so ausgesucht. Aber ab und zu, nicht mal jeden Monat, eher jeden zweiten, muss ich mal raus. Auch wegen dem Sex, aber nicht nur. Vor allem will ich die Blicke eines Mannes auf mir spüren, sein Verlangen spüren. Wenn es andersherum wäre und ein Mann ...«

»Git, hör auf einen alten Knacker mit Erfahrung. Du bist mehr als begehrenswert. Du bist eine großartige Frau und hättest schon lange einen festen Kerl finden sollen. Ich kann nicht ...«

»Attraktion ist nicht das Problem. Mein Problem ist, dass ich mir immer die falschen Männer aussuche. Mein ganzes Leben lang, vom ersten Freund bis zum letzten. Siehe Bradley.« Plötzlich sprudelt alles aus mir heraus. Die Bar, Bradley am Tisch, die Fahrt ins Motel, auf der ich so geil war, dass ich kaum stillsitzen konnte, ich, über die Kommode gebeugt, die laufende Dusche, die Zwanziger, die er mir gleichgültig zugeworfen hat. Dann Bradley, der bewusstlos auf dem Bett liegt, und die Schlangenledertasche.

»Ich hätte nicht nachsehen sollen. Ich habe es nicht gewollt, ich wollte nach Hause zu Charlie und meinem realen Leben, aber ich konnte nicht widerstehen. Darin lag eine Pistole auf einem Haufen Geld.« Ich sehe Zack an. »Sehr viel Geld, Zack. Genug, um mein Leben zu verändern, meins und Charlies.«

»Und hast du es genommen?«

»Nein, Zack, habe ich nicht. Vielleicht hätte ich es tun sollen, es denkt ja sowieso jeder, ich hätte es getan. Und klar wollte ich. Aber es gehörte mir nicht, und ich … ist vielleicht blöd, aber ich hab nun mal diesen Spleen, mein eigenes Geld verdienen zu wollen. Nur so hat man sein Leben im Griff.«

»Wer hat es dann genommen? Die Cops?«

»Ist das nicht egal? Wie du gesagt hast, seit die Cops rausposaunt haben, dass das Motiv Raub war, muss Connor Schmidt irgendwem irgendwas antun, und ich bin die Einzige, die dafür infrage kommt.«

28
CONNOR

Gleich nach dem Frühstück mit Mom mache ich mich auf den Weg zu einem Rastplatz an der Interstate 80, neunzig Meilen entfernt. Statt meines roten Lexus fahre ich einen Toyota Camry, dunkelblau und drei Jahre alt. Meine Klamotten sind so unauffällig wie der Wagen, ein graues Polohemd mit einem kleinen Elefanten auf der Brust, eine beige Hose und getragene weiße Laufschuhe.

Anonymität ist das über allem stehende Ziel, und der leichte, aber beständige Regen hilft. Mein Auto ist nur ein Klumpen Metall unter vielen, die auf einer der befahrensten Interstates im Lande unterwegs sind. Es gibt keinen Grund, ihm Aufmerksamkeit zu widmen. Die State Troopers, denen ich begegne, schauen kaum in meine Richtung. Schon wieder weg.

Geschäft ist Geschäft, und die Schmidt-Crew kann aus dem Deal mit Waylon mit guten fünftausend rechnen. Vorausgesetzt, der Wichser hat das Geld, vorausgesetzt, er verarscht mich nicht. Eins ist sicher: Einen Aufschub gibt es nicht, nicht mal eine Minute, und das ist Waylon auch klar. Fick mich, und wir machen nie wieder Geschäfte.

Neunzig Meilen sind eine lange Strecke mit zwei Pfund Methamphetamin im Kofferraum, doch mir bleibt keine Wahl. Der Verkäufer hat mir gestern Abend Zeit und Ort genannt. Aber der Job beschäftigt mich gar nicht so sehr. Ich bin nur noch einen Schritt davon entfernt, das durchzuziehen, was ich schon lange durchziehen will. In welche Richtung mache ich meinen Zug? Wenn so clevere Cops wie Mariola auf dem Schachbrett stehen, kann man sich nicht auf Bluff verlassen. Man muss sie in eine Position bringen, in denen ihnen keine andere Wahl bleibt, als mein Spiel mitzuspielen. Man muss sie in die Ecke treiben.

Früher, es ist noch gar nicht so lange her, gehörten zu großen Drogendeals auf beiden Seiten immer auch Schusswaffen, die ganze Transaktion war getränkt von Paranoia. Das änderte sich mit meinen aktuellen Lieferanten. Außer, dass sie aus Lateinamerika kommen und fast alles liefern können, das ich brauche, weiß ich rein gar nichts über sie. Ich kenne weder ihren Standort, wenn es überhaupt einen gibt, noch die Namen der Männer und Frauen, die die Ware bei jedem Deal an einen anderen Übergabeort liefern. Die Bestellungen gebe ich per Textnachricht auf einem von ihnen bereitgestellten Prepaid-Handy mit programmierter Nummer auf. Kurze Zeit später wird mir auf demselben Handy mitgeteilt, wann ich wo zu sein habe.

Ich bin dankbar dafür. Früher wusste man nie, was man kriegen würde, das konnte auch eine Kugel sein. Jetzt stimmen Preis, Menge und Qualität immer. Heute Morgen nehme ich die Lieferung entgegen und bringe sie direkt zu Waylon, Wiegen und Testen sind nicht nötig, ich bin nur der Mann in der Mitte. Schon wieder weg.

Ich verbringe keine fünf Minuten auf dem Rastplatz. Das reicht, um einen grauen Van auszumachen, neben ihm zu halten, meinen Kofferraum zu öffnen, sodass ein Päckchen, in dem auch ein neues Handy ist, hineingelegt werden kann, und am Ende das Geld zu übergeben. Schon bin ich wieder auf dem Weg, diesmal zu einem Park, der etwa zehn Meilen von Waylon Longstreets Wohnort entfernt liegt. Vermutlich sollte ich mir Sorgen machen. Waylon ist nicht besonders vertrauenswürdig, und er hat eine große Familie. Aber ich bin in Gedanken bereits bei der Frau mit Hut. Ich muss sie finden und glaube auch, es wird mir gelingen, mit etwas Zeit. Ich liefere mir ein Wettrennen mit der Polizei.

Unser Insider hat berichtet, dass das veröffentlichte Foto das beste ist, das sie haben. Das ist zwar erstaunlich, aber ich habe das Video ja selbst gesehen. Die Tusse mag lange im Randy's gesessen haben, hat aber nie den Kopf gehoben. Das heißt, sie hat dafür gesorgt, dass niemand sie erkennen kann, was aber auch heißt, es gibt in dieser Stadt Menschen, die sie kennen und mit denen sie vielleicht im Randy's rechnen muss. Sie muss aus Baxter sein.

Eins nach dem anderen. Meine Fahrt führt durch Weideland, die meisten Farmen hier haben über vierhundert Hektar Fläche. Es gibt nur wenige kleine Städte, gelegentlich eine Ansammlung von mehreren kleinen Farmen und noch kleineren Läden.

Ich habe keine Ahnung, woher Waylon und seine Großfamilie das Geld haben, um das Meth zu kaufen, das sie in den letzten zehn Jahren vertickt haben. Ist mir auch egal. Allerdings gehen Waylon und seine Brüder und Cousins reihum ins Gefängnis, und eine Abzocke ist immer möglich. Deswegen halte ich ein paar Meilen vor Whitson, Waylons Heimatort, an und hole die .45-Halbautomatik aus dem Kofferraum, die unter dem Ersatzreifen versteckt ist.

Lieber auf Nummer sicher gehen, aber meine Vorsicht erweist sich als Zeitverschwendung. Waylon erwartet mich an einer Kreuzung und folgt mir zu einem kleinen Park, der im Regen verlassen daliegt und aus kaum mehr als ein paar Picknicktischen und Bänken an dem einzigen Fluss im County besteht, der das ganze Jahr hindurch Wasser führt. In Filmen schneidet der Käufer eine Tüte auf und unterzieht das Produkt irgendeiner chemischen Prüfung. Aber die Schmidts, Vater und Sohn, halten es anders. Unsere Kunden haben das Recht, die Ware innerhalb von vierundzwanzig Stunden zurückzugeben. Ohne jegliche Umstände. Überprüfungen sind nicht gestattet. Schon wieder weg.

Man glaubt es kaum, aber mein Drecksack von Vater ist immer noch nicht zufrieden. Ich liefere fünftausend ab, die Einnahmen eines einzigen Morgens, für die mein Vater keinen Finger rühren musste. Tatsächlich hat das Kartell, so nenne ich unsere Lieferanten im Stillen, noch nie ein einziges Wort mit meinem Vater gewechselt. Sie reden immer nur mit mir. Ich habe das Ganze eingefädelt und halte es am Laufen, aber er kassiert die Kohle. Man würde doch wenigstens ein Dankeschön erwarten können, als er tausendfünfhundert abzählt und den Rest in eine Schublade legt. Aber nichts da.

»Ich hab das Foto gesehen«, sagt er. »Die Schlampe mit dem Hut. Bring das hier zur Bank, Connor, irgendwer da draußen muss sie kennen. Die Wichser, die ins Randy's gehen, reisen nicht aus Chicago an. Wenn sie absichtlich den Kopf gesenkt hält, dann muss sie aus der Gegend sein.«

Ich ignoriere die Erkenntnis, dass ich zu demselben Schluss gekommen bin. »Sorry, ich hatte heute Morgen ja zu tun. Heute Nachmittag kümmere ich mich wieder darum.«

»Was war gestern?«

»Ich hab mich umgehört, glaube aber kaum, dass sie anhand des Fotos identifiziert werden kann. Nicht mit Sicherheit.«

»Du hast keinen Namen rausbekommen?«

»Nein, Pop, ich habe keinen Namen rausbekommen. Aber ich hab heute Morgen Augie losgeschickt, und er ist mit zehn Namen zurückgekommen. Kein Wunder, wenn du rausposaunst: Wer weiß, wer die Frau mit Hut ist, bekommt von den Schmidts eine Belohnung.«

»Gibst du hier jetzt den Klugscheißer?«

»Nein. Ich muss Bestellungen bearbeiten und eine Liste von Vollidioten abklappern. Bevor die sich den Goldenen Schuss setzen.«

»Okay, vergiss das Mädel. Vergiss, dass sie deinen besten Freund ausgeraubt und ermordet hat. Besorg mir einfach die achtzehntausend und kümmere dich um deine Geschäfte. Übrigens, dein Anteil von heute Morgen? Sieh's als erste Rate.«

Das müsste es eigentlich gewesen sein. Aber nein. Mein alter Herr haut gern noch einen drauf.

»Die Leute da im Skyview, die gestern getötet wurden?«

»Ja?«

»Hast du was damit zu tun?«

»Nein, Pop. Ich war den ganzen Abend mit Augie unterwegs. In deinem Auftrag.«

29
DELIA

Acht Uhr morgens, und ich frühstücke. Allein. Wenn Danny da ist, schmeiße ich den Herd an. Eier, Speck, Würstchen, Waffeln, damit er satt wird. Der Junge hat ständig Hunger. Jetzt sitze ich vor einem gebutterten Maismuffin. Nicht frisch gebacken, sondern aus einer Packung, die ich gestern im einzigen Kroger-Supermarkt der Stadt gekauft habe, und in der Mikrowelle aufgewärmt. Was ihn nicht fluffiger gemacht hat. Jetzt gerade kühlt er auf einem Pappteller schnell ab.

Ich fühle mich einsam. Danny gehört seit zwölf Jahren zu meinem Alltag. Inzwischen ist ein Teil meines Hirns überzeugt davon, dass er immer ein kleines Kind bleiben wird, das bemuttert werden muss. Tatsächlich aber zeigt er Interesse an Mädchen und spricht von vagen Zukunftsplänen. Ein Baseball-Stipendium an einem College. Ein Ingenieursstudium, wenn er nicht für eine der obersten Ligen ausgesucht wird. Ein Leben, unabhängig von seiner Mutter.

Plötzlich sehe ich mich selbst in ein paar Jahrzehnten. Eine alternde Lesbe mit kurzen Haaren in Männerhemd und Kakihose. Die allein lebt.

Du hast es aufgeschoben. Das rede ich mir ein. Ein Kind, ein Vollzeitjob? Da lässt sich Einsamkeit leicht ignorieren, man merkt nichts davon. Immer ist irgendwas zu tun. Man muss irgendwo sein, irgendwen anrufen, irgendeinen Verdächtigen verhaften. Und am Ende? Ich bemühe mich, Heteropaare nicht zu beneiden, schließlich ist das Gras woanders immer grüner, und die haben auch ihre Probleme. Aber jetzt überlege ich, wie es wäre, drei oder vier Kinder zu haben, ein Dutzend Enkel. Wie es sich anfühlen würde, ein Leben lang von Leben umgeben zu sein. Und ich muss mir die Frage stellen, ob Dannys Frau – ich weiß, dass er Hetero ist – mich in der Nähe ihrer Kinder haben wollen wird.

Mein Handy unterbricht die Selbstmitleidsorgie. Vern ruft an. Nach der großen Enthüllung des Chief verbrachten wir den Rest des Tages damit, falsche Spuren zu verfolgen, die über die Hotline reinkamen. Das einzig Gute daran ist, dass ich dafür bezahlt werde, Steuergelder zu vergeuden.

»Ich rufe aus dem Revier an«, sagt er. »Wo bist du?«

Ich werfe einen Blick auf die Uhr an der Mikrowelle. Viertel nach acht. »Zu Hause beim Frühstück. Was ist denn los, Vern?«

»Ein Anruf bei der Hotline spät gestern Abend. Eine Frau.«

»Nur ein Anruf?«

»Nein, noch jede Menge andere, aber das war der Einzige, in dem der Hut zur Sprache kam. Die Frau behauptet, der Hut käme ihr irgendwie bekannt vor.«

»Das hat sie so gesagt?«

»Ja, und weiter kamen wir nicht. Sie wollte wissen, ob es eine Belohnung gäbe. Als ich verneinte, hat sie aufgelegt. Aber jetzt kommt's. Sie hat von einem Handy aus angerufen, und wir haben die Nummer und ihren Namen.« Er zögert einen winzigen Moment lang. »Ich dachte, das würdest du wissen wollen.«

»Da hast du recht. Sag an.«

»Isabelle Zanos. Und sie hat eine Akte wegen kleinerer Vergehen. Ladendiebstahl, ungedeckte Schecks, solche Sachen. Sie wohnt in Oakland Gardens.«

»Noch irgendwas?«

»Ja. Die Kugeln am Gaitskill-Tatort? Ich vermute fast, der Bürgermeister hat ein paar Strippen gezogen, jedenfalls hat das Staatslabor sie mit der Kugel abgeglichen, die Bradley Grieg getötet hat. Sie wurden aus derselben Waffe abgefeuert.«

Vern und ich sind auf dem Weg zu Isabelle Zanos, es nieselt leicht und beständig. Ich mache mir keine großen Hoffnungen. Wir hören uns an, was sie zu sagen hat. Vermutlich erst nach leichtem Widerstand. Nein, ich denke an Bradley Grieg und die Gaitskills, vor allem an Richards Hinrichtung. Der Mann hatte sich das Bein gebrochen, war hilflos, hat seinem Mörder in die Augen gesehen. Um dann abzudrücken, bedurfte es eines kalten Herzens. Wie Connor Schmidt eins hat.

»Ich glaube, wir werden an der Nase herumgeführt, Vern.«

»Inwiefern, Delia?«

»Tja, es steht eine dicke, fette Frage im Raum. Und der Mörder muss wissen, dass wir sie uns stellen.«

»Warum dieselbe Waffe verwenden?«

»Ja. Ich an seiner Stelle hätte unterschiedliche Waffen benutzt, und beide würden jetzt auf dem Grund irgendeines tiefen Gewässers liegen.«

»Du meinst, wir sollen wissen, dass ein Täter alle drei Morde begangen hat?«

»Ja, ich glaube, er will, dass wir das wissen. Er – nicht sie.«

Oakland Gardens, wo Isabelle wohnt, ist etwas besser als die Yards, aber wirklich nur etwas. Und ich gehe nicht davon aus, dass dieser Unterschied noch spürbar sein wird, wenn das Virus mit Baxter fertig ist. Isabelle Zanos' Haus steht sinnbildlich für die Veränderungen. Es ist aus Stein gebaut und hat ein Panoramafenster im Wohnzimmer, ist aber eindeutig renovierungsbedürftig. Die kleine Veranda sackt auf einer Seite ab, und die Steinplatten des Gehwegs sind an mehreren Stellen von den Wurzeln eines riesigen Hickorybaums angehoben.

Die Frau, die auf unser Klopfen hin öffnet (die Klingel ist defekt), weiß genau, wer wir sind, ein Wissen, das jahrelanger Erfahrung entstammt. Ich hatte mit Widerspenstigkeit gerechnet, aber die Frau tritt beiseite und lässt uns eintreten.

»Ich habe Sie erwartet.«

Isabelle ist Anfang dreißig, eine gepflegte Brünette mit harten Augen, die schon viel mit ansehen mussten. Sie hat weder Angst vor uns noch ist sie eingeschüchtert. Im Wohnzimmer steht vor einem langen, geschwungenen Sofa eine Schneiderpuppe in einem rosa Mädchenkleid. Dem Aussehen nach ein Partykleid, mit Muschelkragen, kurzen Puffärmeln und einem mit weißer Spitze besetzten Saum. Das dazugehörige Mädchen sitzt auf dem Sofa und starrt Vern mit offenem Mund an.

»Geh nach draußen, Sofia«, sagt Isabelle, »ich muss mit diesen Leuten reden.«

Sofia macht einen großen Bogen um Vern und verlässt das Zimmer.

»Möchten Sie sich vielleicht vorstellen?« Isabelles Dialekt ist aus dem Süden. Nicht aus Kentucky oder West Virginia. Eher Alabama.

»Ich bin Lieutenant Mariola, das ist Detective Taney. Wir sind von der Polizei in Baxter. Ich denke, Sie wissen, warum wir hier sind.«

»Ja, Ma'am. Der Anruf.« Sie setzt sich aufs Sofa, greift zu einer Rolle Spitzen und misst ein Stück ab. »Was ist denn nun mit der Belohnung? Haben Sie Ihre Meinung geändert?«

»Leider nicht.«

»Und wie wollen Sie dann mithalten?«

»Mithalten?«

»Mit Connor Schmidt. Der war schneller als Chief Black mit seinem Foto im Fernsehen. Identifiziert die Frau mit Hut, und die Schmidts werden sich erkenntlich zeigen.«

Isabelle hat uns mit Absicht hier rausgelockt, und es ist nichts gewonnen, wenn ich meinen Mund aufmache, bevor sie sie offenbart.

»Ich kenne Connor Schmidt schon lange, Lieutenant. Er ist schlimmer als brutal. Ein Mann, der einem wehtut, ohne mit der

Wimper zu zucken. Deswegen habe ich bei meinem Anruf meinen Namen nicht genannt. Connor hat mir gesagt, er hat einen Spitzel in Ihrer Abteilung. Eine Quelle, einen Maulwurf, nennen Sie es, wie Sie wollen. Und wenn der je mitbekommen sollte, dass ich mit Ihnen gesprochen habe …«

Sie verstummt, nimmt eine Schere und schneidet das Stück Spitze ab. Sie sucht nach den richtigen Worten oder vielleicht der richtigen Reihenfolge. Als sie bereit ist, sieht sie mich an.

»Mein Mann ist vor vier Jahren im Irak getötet worden. Von einer Sprengfalle. Ich lebe von seinem Sterbegeld und einer Witwenrente und versuche, mein Leben wieder in den Griff zu bekommen.« Sie zeigt auf die Schneiderpuppe und nickt. Das Kleid ist hervorragend gearbeitet, vermutlich ist dieser Versuch gemeint. »Nach Freddys Tod hatte ich viele Schwierigkeiten, dazu gehörte auch eine Beziehung mit Connor Schmidt. Sie hat nicht lange gehalten, nachdem ein Gericht drohte, Sofia in Pflege zu nehmen. Aber ich weiß ganz gut, was für ein Mensch er wirklich ist.«

»Und das wäre?«, fragt Vern.

»Connors Brutalität ist nicht angeboren, Detective. Er ist gnadenlos, aber es kommt nicht aus dem Herzen. Deswegen hat er einen Vollstrecker, einen Psycho namens Augie Barboza. Augie tut Menschen liebend gern weh. Er wird dieser Frau wehtun, wenn er sie findet. Und zwar so richtig, wenn Sie verstehen.«

»Augie Barboza?« Wieder Vern. »Ich dachte, Connors Mann war Bradley.«

»Bradley war eher Connors Hund. Er posierte gern, mehr war nicht dahinter. Nur Pose. Connor meinte mal zu mir, Bradley habe ein Froschhirn. Es reichte gerade für Botengänge.«

»Okay, Ms. Zanos, aber warum haben Sie uns angerufen?«

»Weil ich hoffe, dass Sie sie zuerst finden. Wie es aussieht, ist das ihre einzige Hoffnung.« Sie hält kurz inne und lächelt sanft. »Wahrscheinlich hören Sie das jetzt nicht gern, aber ich weiß nicht, wer die Frau ist. Ich erkenne nur den Hut. Es gibt ganz in der Nähe auf dem Land eine Frau, die solche Hüte macht wie den auf dem Foto. Und sie im Internet verkauft.« Isabelle zeigt auf das Kleid an der Schneiderpuppe. »Wie ich meine Kleider zu verkaufen versuche. Weil die Zeiten in Baxter echt hart sind und ich meine Tochter großziehen muss.«

30
CONNOR

Was für eine Zeitverschwendung. Augie und ich haben den ganzen Tag lang Informanten abgeklappert. Überall dieselbe Geschichte. Niemand kennt die Frau, aber jeder kennt jemanden, der sie kennt. Oder es behauptet. Oder das vielleicht irgendwem erzählt hat, der es irgendwem anders erzählt hat. Gegen sechzehn Uhr gebe ich auf.

»Das hat keinen Sinn, Augie. Wir müssen uns um die Geschäfte kümmern, stattdessen kurven wir hier blöd durch die Gegend. Was hat der Tag gebracht? Das macht uns keinen Dollar reicher.«

Augie nickt, wie immer. Er ist ein Jasager, was mir nicht immer passt. Aber ich habe gerade keine Lust auf einen Streit. Oder auch nur konstruktive Vorschläge.

»Ich setz dich ab, dann kannst du noch deine Sammelrunde drehen. Was die Schlampe angeht, klar will ich sie finden, aber wenn nicht, geht die Welt auch nicht unter. Erst mal brauch ich was zu essen.«

Vierzig Minuten später sitze ich bei Maxwell's Courthouse Diner in einer hinteren Nische und lasse mir einen von Max' Zwiebel-Bacon-Burgern schmecken. Auch wenn ich auf der Suche nach der Frau mit Hut keinen Schritt weiter bin, hat der Nachmittag noch eine unerwartet positive Wendung genommen. Ein Versager von Anwalt, der mir wochenlang aus dem Weg gegangen ist, hat nicht nur die Zinsen auf seine Schulden beglichen, sondern gleich alles abbezahlt.

Kenny Beaumont mag Zigarren, je größer, desto besser. Als er mir vom Straßenrand aus zuwinkte, rauchte er gerade ein Ungetüm, das man leicht für einen Totschläger hätte halten können. Ein paar

Minuten später, wir fuhren gerade am City Hall Park entlang, beglich er seine Schulden.

»Entschuldige die Verspätung«, sagte er.

Ich fragte nicht, woher er das Geld hat, weil es mir völlig wurscht ist. Beaumont ist spielsüchtig und hatte sich Geld geborgt, um seine Sportwettschulden zu bezahlen. Ich habe es ihm geliehen, weil er ein erfolgreicher Anwalt ist und es mir zurückzahlen kann. Er ist außerdem als Schlitzohr bekannt und hat Verbindungen bis in die staatlichen Strafverfolgungsbehörden hinein.

»Hast du irgendwas über Bradley gehört, Kenny?«

»Hab gehört, dass er tot ist.«

»Sag schon, Mann.«

»Sie haben so gut wie keine brauchbaren physischen Beweise in der Hand. Das ist ein Motelzimmer. Da gehen ständig Leute ein und aus. Fingerabdrücke? Von denen gab's Hunderte.«

»Also geben sie auf?«

»Der Hut, Connor. Es dreht sich alles um den Hut. Wer den Hut findet, hat die Frau.«

»Vielleicht, vielleicht auch nicht. Hast du das Foto von dem Mädel gesehen?«

»Klar.«

»Was meinst du? Werden sie sie finden?«

»Mit dem Foto?« Er schüttelt den Kopf. »Hör zu, ich bin Strafverteidiger. Ich habe Erfahrung mit Fotoidentifizierungen. Selbst mit richtigen Porträtaufnahmen können Zeugen oft keine eindeutige Identifizierung vornehmen. Und mit dem Bild? Wo bloß eine halbe Wange, ein Mundwinkel, ein Stück Nase zu sehen ist? Selbst wenn man sie findet, kann man sich nicht sicher sein.«

»Was rätst du? Aufgeben?«

»Nein.« Er beugt sich vor. »Ich sage, finde jemanden, der den Hut erkennt. Und wenn sich jemand meldet, der nichts über den Hut sagt, dann ist das nur Aufschneiderei.«

Ich finde, Kenny Beaumont ist ein Prophet. Ich habe den Burger gerade halb gegessen, als sich eine Frau, die eher tot als lebendig aussieht, mir gegenüber auf den Sitz plumpsen lässt. Sie ist klapperdürr, die Augen gelb wie Butterblumen.

»Ich kenn sie«, sagt sie.

Ich frage nicht, wen. Wäre sinnlos. »Das höre ich seit zwei Tagen ständig, Lady, und habe die Nase voll von dem Bullshit. Woher kennst du sie?«

»Vielleicht habe ich ihr ja den Hut auf den Kopf gesetzt.«

»Vielleicht?«

Ein Kellner kommt, ich winke ab. Ich werde dieser Schabracke bestimmt kein Essen spendieren. Nein. Ich schaue ihr in die Augen und sehe keine Angst. Null. Es ist, als hat sie alles gesehen, kennt alles und ist drüber hinweg.

»Was springt für mich dabei raus, Connor? Nenn mir eine Zahl.«

»Wie wäre es damit, dass ich dir die Zähne in deinen Scheißhals ramme? Reicht das?« Ich hatte recht. Ihre Miene zeigt keine Regung. Sie lässt sich nicht erschrecken. »Fünfhundert, jetzt gleich«, sage ich.

Ich rechne mit Verhandlungen, aber sie sagt kein Wort, steht nur auf. »Ohne mich wirst du sie niemals finden, Connor. Aber vielleicht willst du das ja gar nicht. Vielleicht muss ich mit deinem Vater reden. Denk drüber nach. Ich melde mich.«

31
DELIA

Henrietta Taunton, die Hutmacherin, lebt auf einer kleinen Öko-Farm in Charleston, etwa dreißig Meilen westlich von Baxter. Laut Isabelle Zanos steht Henrietta für eine neue Unternehmenskultur, die das alte Arbeitgeber-Arbeitnehmer-Modell eines Tages ersetzen werde. Das Lied ist mir bekannt, seit das Virus seinen wirtschaftlichen Tribut gefordert hat, wird es besonders laut gesungen, aber ich glaube nicht an diesen Hype. Andererseits muss man seine Hoffnung ja an irgendwas hängen, und so höre ich aufmerksam zu, als Isabelle erzählt, wie sie Henrietta bei einem Webdesign-Kurs kennengelernt hat. Dann holt sie ihren Laptop hervor.

Sekunden später sitze ich vor Henriettas Website: SPITZEN-ZAUBER. Die dort präsentierten Hüte sind angeblich mithilfe eines geheimen Prozesses hergestellt worden (angemeldetes Patent). Dadurch bleiben sie auch dann in Form, wenn man sie den eigenen Wünschen angepasst hat.

Kein Zweifel, einige der Hüte sehen dem, den wir suchen, sehr ähnlich. Also steht ein Ausflug zu Henriettas Hutmacherei an. Aber nicht sofort. Während Isabella Henrietta und ihr Geschäft beschreibt, bekomme ich eine Nachricht vom Staatsanwalt. Ein Richter hat einen Durchsuchungsbeschluss für Bradley Griegs Wohnung ausgestellt. Ich muss ihn mir nur noch auf dem Revier abholen.

Passt mir in den Kram, weil ich ziemlich sicher bin, dass die Fahrt zu Henrietta sich als Zeitverschwendung erweisen wird. Nicht dass ich mir von der Wohnungsdurchsuchung viel erhoffe, aber die liegt näher.

Voller Tatendrang mache ich mich an die Arbeit. Ich bin endlich wieder Polizistin, was ich schon immer sein wollte. Auf der Highschool hatte ich eine Freundin, die war ein richtiger Bücherwurm und las Buch um Buch. Warum? Weil sie immer wissen wollte, wie eine Geschichte ausging. Genau so geht es mir bei Ermittlungen, erst recht, wenn ich im Dunkeln tappe. Dem Klischee nach hassen Cops rätselhafte Fälle. Ich liebe sie.

Griegs Wohnung liegt in einem Komplex aus aneinandergereihten Stadthäusern, einen Block nördlich von Baxter Park. Im Erdgeschoss Wohnzimmer, Esszimmer, Küche, im ersten Stock zwei geräumige Schlafzimmer. Im Wohnzimmer (das zu meinem Erstaunen einigermaßen sauber ist) bilden drei riesige Liegesessel einen Halbkreis vor einem Flachbildschirm. Genau in der Mitte des Esszimmers steht ein Resopaltisch, der aus einer Reihenhaussiedlung der Fünfzigerjahre stammen könnte. Die Dekoration ist erwartungsgemäß schlicht: im Wohnzimmer zwei Poster von obskuren Rockbands, Lucifer's Friends und Yesterday's Children. Auf dem Bücherregal hinter dem Sofa stehen mehrere Dutzend Heavy-Metal-CDs, aber keine Bücher.

Oben findet sich unter einem Bett eine Plastikkiste mit Spritzen. Und unter einer neueren Kommode klebt ein Tütchen mit gut dreißig Gramm eines braunen Pulvers, das sich im Labor als Heroin herausstellen wird. Auf einem Briefumschlag mit dreitausend Dollar liegt ein Colt mit Kurzlauf, eine Spezialanfertigung für die Polizei. Im Schrank hängt auf einem Plastikbügel ein Seidenmorgenmantel mit Vögeln und Blumen. Allerfeinste Qualität. Wenn er nicht Größe XXL wäre, wäre ich versucht, ihn mit nach Hause zu nehmen.

Vern und ich geben das Heroin, die Waffe und das Geld in der Asservatenkammer auf dem Revier ab. Wir sind noch mit dem Papierkram beschäftigt, als mich Tommy Atkinson anruft, der Bezirksstaatsanwalt. Er klingt wie immer einnehmend und freundlich.

»Hey, Delia, wie geht's voran?«

»Langsam, aber stetig.«

»Haben Sie die Frau schon gefunden, die mit dem Hut?«

»Nein, aber das ist auch nicht das, was mich beschäftigt. Sondern die Frage, ob sie abgedrückt hat.«

Eine Pause. In Baxter werden Staatsanwälte vom Volk gewählt, und Tom Atkinson ist ein erfahrener Politiker. »Sie glauben nicht, dass sie es war?«

»Im Moment kann ich die Frau nicht entlasten, aber wir wissen, dass sowohl Grieg als auch die Gaitskills im Abstand von zwei Tagen mit derselben Waffe erschossen wurden. Es ist also unwahrscheinlich, dass die Frau Bradley ermordet hat. Um dann zwei Tage später wiederzukommen und die Gaitskills zu töten? Die schworen, sie nie gesehen zu haben? Tommy, das ist unlogisch. Es ist unlogisch, und das wissen Sie.« Um nicht unterbrochen zu werden, rede ich sehr schnell. »Und es stellt sich noch eine andere Frage. Der Chief hat öffentlich gemacht, dass das Motiv für den Mord an Grieg wahrscheinlich Raub war. Aus welchem Motiv sollte aber unsere Verdächtige zwei Tage später die Gaitskills ermordet haben?«

Anstatt zu widersprechen, wie ich erwartet habe, lacht Tommy in den Hörer. »Sie sind erstaunlich, Delia, aber mich brauchen Sie nicht zu überzeugen. Weil ich nämlich eine Frau hier sitzen habe, die wegen schwerer Körperverletzung verhaftet wurde. Ihr Name lautet Marjorie Carver, und das ist das dritte Mal. Sie muss mit fünfzehn Jahren rechnen.«

»Lassen Sie mich raten. Sie will einen Deal machen.«

»Genau, und ihr Anwalt auch. Und wissen Sie was? Sie behauptet, Carl Schmidts Geliebte zu sein.«

»Nicht Connors?«

»Nein, der Vater, nicht der Sohn.«

32
DELIA

Das Büro des Bezirksstaatsanwalts liegt im Gerichtsgebäude, dem bei Weitem beeindruckendsten Gebäude der Stadt, das sich von der Monroe zur Madison Street erstreckt. Die Fassade der drei Stockwerke setzt sich aus riesigen Sandsteinquadern zusammen, davor steht eine löchrige Statue von Thomas Jefferson. In der Mitte ragt ein Turm weitere drei Stockwerke in die Höhe und wirft seinen Schatten über die Stadt und das platte Land. Das ganze Gebilde zeugt von einer vergangenen Zeit, in der die Bürger von Baxter mit nichts als Optimismus in die Zukunft blickten. Jede abweichende Meinung galt als unamerikanisch.

Fortschritt lässt sich vielleicht nicht aufhalten, kann aber definitiv verlangsamt werden. Früher waren die vielen Büros im Gerichtsgebäude ausnahmslos Stadtangestellten vorbehalten. Damit war es vor fünfundzwanzig Jahren vorbei, als Baxters Stadtverwaltung zu schrumpfen begann. Die Büros wurden anderweitig vermietet, meistens an Anwälte, aber selbst dann gab es noch Leerstand. Heutzutage stehen die beiden oberen Stockwerke im Westteil des Gebäudes komplett leer.

Die Büroräume von Staatsanwalt Atkinson dagegen strahlen aus, dass er einer der reichsten Menschen der Stadt ist. Große Holztische mit abgerundeten Kanten dominieren das vordere Büro. Auf Ölgemälden sind Wettkämpfe von Rennjachten zu sehen, die tausendfünfhundert Meilen weit entfernt abgehalten wurden. Der knöcheldicke Teppich auf dem gesamten Boden scheint meine Füße verschlucken zu wollen.

Tommy Atkinson hockt neben seinem Assistenten auf der Tischkante, steht auf, als Vern und ich eintreten, und streckt uns die Hand entgegen. Sein Griff ist kühl, fest und kurz, ganz Politiker.

»Vorab zur Info«, sagt er, »die Frau heißt Marjorie Carver, zweiunddreißig Jahre alt. Hat mit neunzehn wegen Einbruchs ein Jahr in Haft gesessen, dann mit Mitte zwanzig zwei Jahre wegen bewaffneten Raubüberfalls. Vor zwei Wochen hat sie im Dew Drop einer anderen Frau eine Bierflasche über den Kopf gezogen. Als die umfiel, hat sie nachgetreten.«

»Verstanden. Und was will Marjorie?«

»Vor allem, dass wir die Kaution von fünfzigtausend auf eintausend Dollar reduzieren. Sie will sofort raus, den Rest können wir später besprechen.«

Ich werfe Vern einen Blick zu. Er lächelt bereits. Wenn Marjorie vorhat, Carl Schmidt zu verpfeifen, sollte eine Herabsetzung der Kaution das Letzte sein, was sie will. Eine plötzliche Entlassung verrät sie als Spitzel. Nein, es wäre ratsamer, Marjorie würde im Knast bleiben und ihre Informationen gegen eine Reduzierung ihrer Haftstraße eintauschen. Und sie ist keine Anfängerin. Sie kennt das System, sie weiß, was ihr droht, sollte Carl Schmidt sie zur Verantwortung ziehen.

»Dann machen Sie mal, Tommy.«

Marjorie Carver steht auf, als wir den Raum betreten. Sie hat schmale Hüften und Brüste, die groß und fest genug sind, um einen Eingriff vermuten zu lassen. Ungeschminkt wirkt sie verbraucht, ihre Haut ist schlaff und farblos. Und das trotz ihres rabenschwarzen Haars und der spröden blauen Augen.

Neben ihr sitzt ihr Anwalt, einen Arm schützend über ihre Armlehne gelegt, und betrachtet mich durch eine runde Brille hindurch. Lorimer Taub ist seit Jahrzehnten eine Institution. Er ist für gut betuchte Beklagte im ganzen County der Rechtsverdreher ihrer Wahl.

Tommy stellt mich und Vern vor, was überflüssig ist. Marjories Blick ist abschätzend. Sie weiß, wer wir sind.

Taub nickt mir zu. »Lieutenant Mariola, wie geht es Ihnen?«

»Gut, und Ihnen?«

»Nie besser.«

Da wir uns schon mehrmals gegenübergestanden haben, wenn ich als Zeugin aussagen musste, ist dieser Austausch reine Formsache. Taub wendet sich wieder Tommy zu. »Alles, was hier gesagt wird, bleibt absolut vertraulich, bis wir zu einer Einigung gekommen sind. In Ordnung, Tommy?«

»Einverstanden.«

»Nun, ich weiß, was meine Mandantin zu sagen hat, und ich sage Ihnen, das ist ein Riesending und Sie hätten das alles niemals alleine rausgekriegt.« Er schaut eine Sekunde lang in meine Richtung. »Sie und ich, Tommy, wir kennen uns schon lange. Wenn ich meiner Mandantin nicht glauben würde, säße ich hier nicht. Ich habe Besseres zu tun. Deswegen will ich, dass Sie, wenn ich recht habe, mir versprechen, sich für eine niedrigere Kautionssumme einzusetzen.«

Tommy tut ein paar Sekunden lang so, als würde er darüber nachdenken, und sagt dann in angemessen ernstem Ton: »Sie haben mein Wort.«

Taub lehnt sich zurück, Marjorie Carver legt die Unterarme auf den Tisch. Sie blickt verkniffen, presst die Lippen zusammen, zieht die Mundwinkel nach innen. Ich lese Trotz darin. Fickt euch und eure Selbstgerechtigkeit.

»Ich sag's geradeheraus. Ich bin Carl Schmidts Freundin. Seit zwei Jahren.«

»Freundin?«, wirft Vern ein. »Nicht Geliebte?«

»Wo ist der Unterschied, Officer?«

»Ich bin Detective, nicht Officer. Und es besteht natürlich ein großer Unterschied zwischen unabhängig und ausgehalten. Also, wie ist es bei Ihnen?«

Marjorie hält Verns festem Blick ein paar Sekunden lang stand, dann knickt sie ein. »Carl hat die Miete bezahlt und mir manchmal ausgeholfen. Na und?«

Vern fordert sie wortlos zum Fortfahren auf. Seine Botschaft ist auch so klar. Bleib bei den Fakten.

»Carl ruft eigentlich immer an, bevor er vorbeikommt. Er ist total eifersüchtig und glaubt irgendwie, er würde mich mit anderen Männern erwischen. Aber ich bin keine Nutte. Ich habe eine Tochter und einen Sohn, Zwillinge, und ich ziehe sie groß so gut ich kann. Ich hab auch einen Job, bei Baxter Packing. Aber das reicht nicht mal für die Rechnungen, und ich muss auch noch die Kinderbetreuung bezahlen. Die Kinder sind noch klein, und ich bring's nicht über mich, sie bei irgendeiner Nachbarin abzugeben. Nein, ich habe sie in professionelle Kinderbetreuung gegeben, staatlich anerkannt, und das kostet einen Haufen Geld.«

Taub legt seiner Mandantin eine knöcherne Hand auf die Schulter. Einem Richter kann man eine traurige Geschichte auftischen und auf Gnade hoffen, bei Staatsanwälten oder Cops zieht das nicht.

»Schon gut, Lori. Hab kapiert.« Marjorie wendet sich nicht Tommy, sondern mir zu. »So ist das also in den letzten beiden Jahren gelaufen. Carl kommt ein paarmal die Woche zu Besuch. Aber er taucht nicht einfach auf. Er ruft immer vorher an, außer letzten Samstag, als er auf einmal gegen Mitternacht an meine Tür geklopft hat. Er war total aufgeregt, das können Sie mir glauben. Und ich auch, als ich die Knarre in seinem Gürtel gesehen hab. Ich hab gefragt: ›Was ist das?‹, und er meinte: ›Eine Glock‹. Dann hat er sie rausgezogen und mir gezeigt, aber ich wollte sie nicht anfassen. Ich hab gesagt: ›Das hab ich nicht gemeint, Carl, ich will wissen, warum du die dabeihast?‹ Er hat bloß gelacht. ›Das wirst du noch schnell genug erfahren, aber erst mal muss ich ein bisschen Dampf ablassen. Zieh dir doch mal das Nachthemd an, das ich dir letzte Woche gekauft hab.‹«

Marjorie hält inne, und ich muss zugeben, dass sie überzeugend wirkt. Vor allem das Detail mit dem Nachthemd. Jetzt sieht sie kurz ihren Anwalt an. Weiter oder abwarten, ob der Staatsanwalt anbeißt? Taub nickt, es geht weiter.

»Am Tag danach, Sonntag, ruft Carl an. Er will wieder vorbeikommen. Da hatte ich schon gehört, dass Bradley tot war.« Marjorie ist jetzt entspannter und räuspert sich. »Ich kenne Bradley und Connor aus der Gegend, sie waren immer dick befreundet. Es hat mich also nicht überrascht, als Carl das auch gesagt hat, also, dass Bradley und Connor enge Freunde waren, fast unzertrennlich.« Marjorie bricht abrupt ab, ihre Augen werden schmal. Sie sieht mich an, als müsste ich verstehen. Als würden wir von Frau zu Frau reden. »Carl fand, Bradley war zu weich, ein Volljunkie, der bestimmt irgendwann verhaftet und dann garantiert quatschen würde. Carl hat sich gefragt, warum sein eigener Sohn das nicht kapiert hat, dabei war es doch so offensichtlich ...«

Vern unterbricht wieder. »Hat Carl Schmidt Ihnen gesagt, dass er Bradley Grieg ermordet hat?«

»Nein, aber er hat über Connor gemeckert. Hat gesagt, er musste die Dinge selbst in die Hand nehmen. Connor kriegt sowieso kaum was auf die Reihe, hat Carl gesagt. Und was Bradley anging, war Connor total verblendet. ›Es gibt Situationen‹, hat Carl gesagt, ›da muss man die Dinge selbst regeln.‹«

Es ist zehn Uhr abends, ich entspanne mich bei einem zweiten Bier, als das Telefon klingelt. Danny ruft aus dem Ferienlager an. »Ich vermisse dich, Mom«, sagt er ohne Umschweife. »Es ist toll hier, aber ich vermisse dich.«

»Ich vermisse dich auch, aber darfst du eigentlich anrufen? Wessen Telefon benutzt du?«

»Gehört einem anderen Jungen.« Er wechselt schnell das Thema. »Es ist echt schön hier, und ich lerne viel, aber ...«

»Aber?«

»Keine Ahnung. Ich vermiss dich einfach, Mom. Hast du schon wen verhaftet?«

»Nein, aber es passieren große Dinge.«

»Eben, das hab ich mir gedacht. Ich wünschte … Mist, ich muss Schluss machen.«

Ich lege das Telefon auf den Tisch neben meinem Sessel. Obwohl ich ein totales Arschloch bin, liebt mein Sohn mich. Ich betrachte das Bier in meiner Hand und merke, dass ich grinse wie blöde. Mein ganzes Leben lang habe ich Abhängigkeit vermieden. Keine langfristigen Beziehungen. Keine emotionalen Bindungen. Sondern One-Night-Stands. Und hohe Mauern.

Ich starre ein paar Minuten lang das Telefon an und wünsche mir, es würde noch einmal klingeln. Aber es bleibt stumm.

33
GIT

Ich rufe Madison Klein am Short Hills Medical Center an und sage ihr, ja, ich komme, vorausgesetzt, ich, Charlie und meine Mutter können irgendwo untergebracht werden. Das mit Mom war keine freie Entscheidung. Nein, ich habe ihr in die gelben Augen geblickt und musste einsehen, dass sie ohne Hilfe nicht überleben kann. Und ehrlich gesagt, ich auch nicht ohne sie. Wir sind zu einer Kindererziehungsbeziehung zusammengeschweißt, die sich nicht auflösen lässt. Vielleicht später, wenn Charlie alt genug ist, um Schlüsselkind zu sein. Jetzt noch nicht.

»Ich freue mich sehr, das zu hören«, sagt Madison. »Allison Fromm mag Sie sehr.«

Ich danke Allison, danke Madison und falle ins Bett.

Acht Stunden später schlüpfe ich in bequeme Turnschuhe und will mich auf den Weg zu Zack machen, als eine Mail von Madison mit einem Link zu einem Wohnkomplex in Short Hills eintrifft. Paramount Village ist ein einfacher Quader aus gelben Ziegelsteinen, aber rundherum sind hellrote Blumen gepflanzt, und an der Straße stehen Bäume. Und vor allem sind die umliegenden Schulen im Ranking ganz vorne, zumindest behauptet das Paramount.

Auf den nächsten Seiten erkunde ich ein paar Modellwohnungen, eine mit zwei Schlafzimmern, eine mit drei. Wenn Mom mitkommt, wäre mehr Platz nicht schlecht, aber die Miete für drei Zimmer beträgt zweitausendvierhundert Dollar, für zwei tausendsiebenhundert. Das Haus mit den drei Schlafzimmern, in dem ich derzeit wohne, kostet achthundert Dollar.

Ein neues Leben, sage ich mir. Darum geht es schließlich. Ist der Umzug erst mal gemacht, finde ich schon einen Weg, um die Löcher zu stopfen. Bevor ich es mir anders überlegen kann, fülle ich das Bewerbungsformular für eine der kleineren Wohnungen aus. Zwar habe ich von Short Hills noch kein offizielles Jobangebot vorliegen, aber das macht mir keine Sorgen. Über das Formular dagegen bin ich sauer. Wer in New Jersey eine Wohnung mieten will, muss anscheinend alles von sich preisgeben, bis dahin, wann man sich zuletzt die Zehennägel geschnitten hat.

Als ich den Computer zuklappe, steht Mom hinter mir. Ich informiere sie darüber, dass wir uns ein paar Monate lang das Schlafzimmer teilen müssen. Bevor wir uns etwas Größeres leisten können, muss ich mich im neuen Job erst einarbeiten. Und wahrscheinlich dauert es auch einige Wochen, bis der erste Gehaltsscheck kommt.

Mom lässt sich nicht einwickeln. Jetzt, da sie weiß, dass sie mit von der Partie ist, wird sie dreister. »Du hast mir immer noch nicht erzählt, was zwischen dir und Bradley gelaufen ist«, sagt sie.

»Tut mir leid, Mom. Ich dachte, du bist alt genug, um dir das denken zu können.«

»Clever, Git, aber das Körperliche interessiert mich nicht.«

»Was denn dann?«

»Connor läuft überall rum und verspricht für den Namen der Frau mit Hut eine Belohnung. So nennt er sie. Die Frau mit Hut.«

»Gibt's noch was, Mom? Weil ich zur Arbeit muss und schon spät dran bin.«

»Connor erzählt noch was anderes. Er will nicht nur seinen Kumpel rächen. Was wahrscheinlich daran liegt, dass er selber Bradley umgebracht hat. Nein, Connor behauptet, die Frau hat bei Bradley was mitgehen lassen, das Connor gehört, und er will's zurückhaben.« Mom hält lang genug inne, um eine Hand in die Hüfte zu stützen. Sie wirft mir ihren aggressivsten Blick an den Kopf. »Hast du Bradley bestohlen, Git?«

Wieder sehe ich die Zwanziger vor mir, Bradleys Zwanziger. Sie fliegen auf mein Gesicht zu, halten mittendrin inne, bleiben einen Moment in der Luft hängen und fallen dann auf den Teppich. Bradleys Worte folgen ihrem Fall: »Verpiss dich.«

»Nein, Mom, hab ich nicht.«

Mom kapiert sofort. »Dann kannst du auch nichts zurückgeben.«

»Nein, kann ich nicht. Und frag mich nicht, wer das Geld genommen hat. Bradley war bewusstlos, und als ich weg bin, hat es gegossen wie aus Kübeln. Zack denkt übrigens, dass vielleicht die Cops das Geld genommen haben. Aber es kann auch irgendwer anders gewesen sein.«

»Okay, Git, aber Connor ist nicht auf der Suche nach irgendwem anders. Sondern nach dir. Und wenn er dich nicht selbst findet, werden die Cops es für ihn tun.«

Miranda hat das Essen schon auf den Tisch gestellt, als ich mit vierzigminütiger Verspätung endlich eintreffe. Chicken-Enchiladas in Salsa Verde, dazu Brunnenkressesalat. Auch eine Weinflasche steht bereit, aber Zack hat kein Glas bekommen. Miranda hält sich an die Anweisungen. Wenn der Arzt sagt, kein Alkohol für Zack, dann gibt es keinen Alkohol für Zack. Ich werde ihm nachher ein kleines Glas gönnen. Erst mal versuche ich herauszufinden, was es zu feiern gibt.

Wie sich herausstellt, handelt es sich nicht um eine Feier. Sondern um eine Totenwache. Baxter Packing schließt, in einem Monat schon. Das wurde heute Nachmittag verkündet, und ich bekomme es jetzt erst mit. Es ist, als würde man in einem Gerichtssaal sitzen und hören, wie der Richter den Hinrichtungstermin für die Stadt verkündet.

»Der Bürgermeister ist vor etwa einer Stunde vor die Kameras getreten«, erklärt Zack. »Hat gesagt, wir sollen nicht in Panik verfallen. Hat gesagt, wir müssen uns neu erfinden. Wir schaffen das, weil wir Baxterianer sind und niemals aufgeben.« Er hält inne und lacht. »Aber vielleicht ist das gar nicht so absurd. Baxter gilt seit fünf Jahren als urbane Wirtschaftsförderungszone. Bisher ohne Wirkung, aber ich habe gehört, dass ein paar große Player sich die Yards genauer angesehen haben. Tja, und vielleicht …«

Ich bin nicht mal ansatzweise hungrig und stochere im Essen herum. Ich will über Connor Schmidt reden. Seit ich beschlossen habe, Baxter den Rücken zuzukehren, ist mir klar geworden, dass es bei dieser Flucht um viel mehr als nur Geld geht. Ich will, dass Charlie die Yards hinter sich lässt. Sie soll Luft atmen, die nicht nach Schlachthof riecht. Sie soll in einer Umgebung aufwachsen, die sie fördert. Aber ich weiß, dass Mom recht hat. Solange Connor und die Cops hinter der Frau mit Hut her sind, werden wir niemals frei sein. Nur kann ich nicht darauf warten, dass der Hammer fällt.

Zack stellt den Fernseher stumm. Er schaut ein Spiel der Cardinals, und es steht nicht gut für sie. »Hab heute Nachmittag was Interessantes gehört«, sagt er. »Die Cops sind wegen der Morde an Bradley und den beiden anderen nicht mehr hinter dieser Frau her, die mit dem Hut. Sie haben jemand anders im Auge. Was die Polizei angeht, könntest du vom Haken sein.«

»Und wer soll das sein? Den sie verdächtigen?«

»Keine Ahnung, Git. Ich denke da an Connor Schmidt, aber infrage kommen alle.«

»Alle außer der Frau mit Hut.«

»Ja, kann man so sagen, aber das hilft ihr auch nicht. Bradley Grieg war leider ein Idiot. Er könnte der Frau irgendwas erzählt haben, vielleicht auch, mit wem er später noch verabredet war.«

»Hat er aber nicht, Zack, ich schwör's.«

»Ich glaube dir, Git, aber die Cops wissen das nicht, und deswegen werden sie weiter nach dir suchen, unschuldig oder nicht. Du bist die große Unbekannte, und die Cops und die Staatsanwaltschaft werden nicht einfach lockerlassen. Und die Schmidts auch nicht.«

Ich schaue hinüber zu einer Vitrine mit exotischen Drusen in allen Farben des Regenbogens, deren Bezeichnungen ich nicht kenne. Zacks Frau Elisabeth hat sie gesammelt. Auf dem oberen Regalbrett steht ein Hochzeitsfoto. Zack sieht ein bisschen fies darauf aus, aber Elisabeth ist atemberaubend. Eine dunkelhaarige Schönheit mit exotischen Gesichtszügen wie bei einem Model.

»Zack, ich muss weg.«

»Jetzt?«

»Ich, Charlie und Mom. Wir ziehen weg aus Baxter.« Überrascht merke ich, dass ich fast wütend klinge. Irgendwie vermischen sich Liebe, Verrat und Verbitterung, eine Gefühlslage, die ich nicht auseinandersortieren oder verdrängen kann. Nachdem Franky Belleau mein Bankkonto geplündert hatte, sorgte Zacks Geld dafür, dass Charlie und ich nicht obdachlos wurden. »Ich werde in einem Krankenhaus arbeiten. In New Jersey.«

Zack schaut mich eine Minute lang an. »Ich werde dich vermissen, Mädel.«

»Selbst schuld. Wenn du mir keine Empfehlung geschrieben hättest, hätten sie mich nicht angerufen.«

»Schuld? Du sollst auf gar keinen Fall hierbleiben und mit dieser Stadt zugrunde gehen. Nimm deine Tochter und fang von vorne an, solange du jung genug dafür bist. Ich komm schon klar.«

»Wie denn? Mit den Vollidioten von der Agentur?« Ich betreue Zack drei Nächte die Woche. In den übrigen vier kommen Pflegerinnen von einer Agentur. Er hat es ständig mit neuen Gesichtern zu tun, und die meisten sind frisch aus der Ausbildung.

»Süße, ich passe schon lange allein auf mich auf. Ich komm schon klar. Und es geht mir besser, wenn ich weiß, dass du vorankommst im Leben. Weiß Gott, du hast eine Chance verdient.« Zack drückt mir eine Visitenkarte in die Hand: HAROLD MORTON,

RECHTSANWALT. »Falls die Cops dich schnappen, sag nichts. Hast du gehört? Ruf diesen Anwalt an, nenn meinen Namen, sag ihm, die Cops haben dich in der Mangel. Morton praktiziert in Chicago, hat aber Verbindungen in die ganze Region, und ich vermittle ihm viele Aufträge. Er wird sofort jemanden herschicken.«

»Glaubst du, er kann mich raushauen?«

»Soweit ich gehört habe, sehen die Cops dich als Zeugin. Vielleicht drohen sie damit, dich zu verhaften, werden es aber nicht tun, weil das die Ermittlungen gegen andere unterlaufen würde. Aber ...«

»Aber da ist auch noch Connor.«

»Connor und sein alter Herr. Und was das angeht ...« Zack schaut einen Moment auf seine Hände herab. »Früher mal hatte ich die richtigen Verbindungen, um solche Probleme anzugehen. Jetzt bin ich mir nicht so sicher.«

34
DELIA

Wir sind auf dem Weg zu Carl Schmidt – nur die Arbeiterbienen, nicht die Könige. Chief Black ist zu Hause geblieben. Ebenso Bezirksstaatsanwalt Atkinson. Sie wollen nicht dabei sein, es sei denn, die angeordnete Durchsuchung bringt etwas Verwertbares zutage. Womit sie nicht rechnen.

Marjorie Carvers Informationen haben ausgereicht für einen Durchsuchungsbeschluss für Carl Schmidts Grundstück, Haus und Wagen. Das ist nur deswegen gut, weil Schmidt keine anderen Immobilien oder Büros hat. Aber die Chancen, den Mann wegen einer Tatwaffe, mit der drei Menschen getötet wurden, dranzukriegen, stehen eher schlecht. Zumindest sagt das die Vernunft. Ich weiß es besser. Wir spielen ein Spiel, das Connor Schmidt zu gewinnen erwartet.

Es ist zehn Uhr und jetzt schon heiß. Ein Vorgeschmack auf die bevorstehenden Hundstage. Wenn am Mittag die Sonne fast senkrecht am Himmel steht, wird das Thermometer auf über dreißig Grad klettern. Würde sich unsere Suche auf ein klimatisiertes Haus beschränken, wäre das nicht so schlimm. Aber der Beschluss erstreckt sich auch auf das achttausend Quadratmeter große Grundstück und zahlreiche Außengebäude.

Wir haben uns zu zehnt in zwei SUVs und einen Streifenwagen gequetscht. Die SUVs sind rabenschwarz, den Bundesbehörden abgekauft mit Geld, das von den Bundesbehörden kam. Diese Machtdemonstration war die Idee des Chief. Wir legen uns mit einem Gangster an, hat er betont, der nicht weiß, was wir von ihm wollen. Und irgendwelche Handlanger, die vielleicht gerade auf einen Kaffee vorbeigekommen sind, auch nicht.

Die Vorsichtsmaßnahmen stellen sich als unnötig heraus. Ohne jeden Zwischenfall fahren wir über die gewundene Einfahrt auf Carl Schmidts zweistöckiges Haus im Kolonialstil zu. Er öffnet persönlich die Tür. Und reagiert auf den Anblick von zehn bewaffneten und behelmten Cops erst mal mit Schock. Der sich schnell in gerechten Zorn verwandelt.

»Was zum Teufel wollen Sie?«

Der Mann besteht aus Rumpf, breiten Schultern, leicht gebeugten Beinen. Die Augen sind klein und hell, und ich ahne, dass sein Leben auf Einschüchterung basiert. Unwillkürlich möchte ich ihm den Zorn aus dem Gesicht prügeln, lege aber die gebotene Sachlichkeit an den Tag. Das Spiel verläuft nach Plan. Das weiß ich, weil Carl keinerlei Angst zeigt. Er hat nichts zu verbergen.

»Ich bin Detective Lieutenant Mariola und habe einen Durchsuchungsbeschluss für Ihr Anwesen.«

»Sie haben was?«

»Einen Durchsuchungsbeschluss für Ihren Grundbesitz und die Fahrzeuge, Sir.« Ich reiche ihm eine Kopie des Beschlusses, er nimmt sie widerwillig entgegen. »Bitte treten Sie beiseite.«

»Was zum Teufel glauben Sie hier zu finden?«

»Sir, wenn Sie nicht aus dem Weg gehen, muss ich Sie wegen Behinderung der Justiz in Gewahrsam nehmen.«

Ich mache eine sanfte Handbewegung. Vern tritt vor, mehrere der mit Schlagstöcken bewaffneten Uniformierten tun es ihm nach. Eine Sekunde lang scheint Carl Widerstand leisten zu wollen, dann gibt er den Weg frei. Zu meiner Enttäuschung.

»Ich werde meinen Anwalt anrufen«, murmelt er mit zusammengebissenen Zähnen.

»Hervorragende Idee.«

Ich betrete einen großen offenen Raum, der in die Küche übergeht. Zu meiner Linken steht neben einem großen Ecksofa eine Frau mittleren Alters. Sie ist groß und schlank, hat einen Schwanenhals und ein kleines knopfförmiges Kinn. Sonst ist niemand zu sehen.

»Wie heißen Sie, Ma'am?«

»Adele Schmidt.«

Mein Team hat sich bereits verteilt, zwei Männer sind in den ersten Stock gegangen. Trotzdem stelle ich die wichtige Frage: »Ist sonst noch jemand im Haus?«

»Nein … nicht im Haus.«

»Auf dem Grundstück?«

»Connor, mein Sohn. Er ist im Cottage.«

»Im Cottage?«

»Ja. Wir haben ein kleines Cottage auf dem Grundstück. Er wohnt dort.«

»Nicht hier im Haus?«

»Manchmal kommt er zum Frühstück rüber, aber er wohnt im Cottage.«

Ihr Ton ist so ausdruckslos, dass ich sicher bin, sie hat den Text einstudiert. Und genauso sicher bin ich, dass der Bürgermeister, der Polizeichef und unser geliebter Staatsanwalt am Ende des Tages zufrieden lächeln werden. Auftrag erfüllt.

Während mein Team das Haus durchsucht, bleibe ich mit den Schmidts im Wohnzimmer. Dann erteile ich einen Befehl, von dem ich hoffe, dass meine Männer ihn befolgen werden.

»Wartet hier im Wohnzimmer, bis ich Connor eingesammelt habe. Fasst nichts an und sorgt dafür, dass die beiden auf dem Sofa sitzen bleiben.« Ich zeige auf die Schmidts. »Haltet euch an die Regeln, klar? Ihr könnt damit rechnen, dass in Kürze ein Anwalt auftaucht.«

Vielleicht auch nicht. Bevor Vern und ich uns auf die Suche nach Connor Schmidt begeben, höre ich noch seinen Daddy in das Handy brüllen, das er zwei Zentimeter vor seinen Mund hält: »Was soll das heißen, es gibt einen Interessenskonflikt? Sie sind mein scheißverdammter Anwalt. Sie müssen mich vertreten.«

Trotz der Hitze ist der Spaziergang über das Schmidt'sche Anwesen recht angenehm. Vereinzelte Bäume werfen verästelten Schatten auf den Rasen, und hinter dem Haupthaus liegt ein Rosengarten. Selbst jetzt noch sind die roten Blüten so groß wie meine Hand.

Wir halten einmal an, um ein paar Gärtner aufzufordern, das Grundstück zu verlassen. Beide sind Latinos, und als sie unsere Dienstmarken sehen, haben sie es sehr eilig. Als sie weg sind, gehen Vern und ich auf Connors Tür zu.

Cottage ist das richtige Wort. Weiß verputzte Wände, ein Ziegeldach mit abgerundetem First, etwa so geräumig wie eine Doppelgarage. Es gibt sogar eine Pferdetür.

Connor reagiert auf das zweite Klopfen. Er trägt eine Schlafanzughose und kratzt sich am Kopf. Wir sollen glauben, dass wir ihn geweckt hätten, aber dafür ist sein Blick zu klar. Ganz sicher pumpt sein Adrenalin.

»Hi, Connor.« Ich halte ihm eine Kopie des Durchsuchungsbeschlusses hin.

»Was ist das?«

»Ein Durchsuchungsbeschluss für das Anwesen. Können Sie lesen oder es sein lassen. Ihre Entscheidung. Die Suche wird sowieso durchgeführt.« Ich halte kurz inne, lasse die Info sacken. »Ist sonst noch jemand da drinnen? Freundin, Freund?«

Connor ist stinkig. Ich behandle ihn respektlos, und das nicht zum ersten Mal. Aber er reißt sich zusammen. »Nein. Ich bin seit gestern Abend zu Hause. Allein.«

»Gut.« Ich nicke Vern zu, er betritt das Cottage. Ich und Connor bleiben draußen stehen. Connors Oberkörper ist nackt. Teil der Show? Oder will er bloß angeben? Sein Brustkorb ist muskulös, die Arme kräftig. Er ist so massig wie sein Vater, aber besser in Form. Eine gezackte Narbe unter der linken Brust verleiht ihm Charakter.

»Bin ich verhaftet?«

»Bleiben Sie einfach, wo Sie sind. Ich sage Ihnen schon noch, was als Nächstes passiert.«

Wir starren einander durchdringend an, bis Vern ein paar Minuten später zurückkommt.

»Nichts«, sagt er.

»Okay. Nun, Connor, gibt es irgendwas, das Sie mir sagen wollen?«

»Worüber?«

»Über Bradley Grieg. Über Felice und Richard Gaitskill.«

»Davon weiß ich nichts.«

»Gut, wie wäre es, wenn Sie mir sagen würden, wo Sie die Tatwaffe versteckt haben.«

»Ich hab keine Waffe versteckt.«

»Dann sagen Sie mir, wo Ihre Mutter sie versteckt hat.« Ich schüttle den Kopf. Gehört alles zum Spiel. »Ziehen Sie sich was Anständiges an, Connor. Sie wollen doch nicht, dass Ihre Mama sie so sieht. Vielleicht kommt sie auf komische Gedanken.«

Als alle im Haupthaus versammelt sind, setze ich Connor, seine Mom und seinen Dad auf das Riesensofa und erkläre ihnen die Optionen. Sie können gemeinsam das Anwesen verlassen, allerdings nicht in dem Cadillac oder dem Lexus, die in der Einfahrt stehen. Oder sie können auf dem Sofa sitzen bleiben und das familiäre Beisammensein genießen.

»Sie geben mir besser die Schlüssel Ihrer Autos«, sage ich zuletzt. »Sonst muss ich sie abschleppen lassen und zu irgendeinem Schlosser bringen.«

Als ich die Schlüssel eingesammelt habe, zeige ich auf den Dink, also John Meacham, der die Videokamera hält. »Sie kommen mit, John. Ihr anderen verteilt euch im Erdgeschoss. Wenn ihr irgendetwas Wichtiges findet, lasst es liegen. Legt eine Markierung hin und wartet, bis der Fundort gefilmt wurde.«

Ob die Arschlöcher verstehen? Macht es einen Unterschied? Ich bezweifle sehr, dass wir im Erdgeschoss irgendetwas Belastendes finden werden. Weil nämlich alles, das dort vielleicht in irgendeiner Schublade gefunden wird, sowohl Carl als auch Adele gehören könnte. Und das wäre nicht gut. Ganz und gar nicht gut.

35
DELIA

Vern und ich stoßen oben auf drei Schlafzimmer, von denen zwei wie Gästezimmer aus dem Einrichtungskatalog aussehen. In jedem stehen jeweils zwei Einzelbetten, ein Ohrensessel, ein gepolsterter Schaukelstuhl, eine kleine Kommode und ein Schrank. Beide sind leer und werden nicht einmal als Stauraum genutzt.

Halt dich an die Regeln, lass nicht mal den kleinsten Spielraum. Ich befehle dem Dink, die Zimmer trotzdem zu filmen, inklusive der leeren Schubladen und Schrankfächer. Meacham grummelt, selbst diese kleine Aufgabe stellt sein polizeiliches Engagement auf die Probe. Aber Vern und ich begeben uns gut gelaunt in Richtung des Schlafzimmers von Carl und Adele.

»Schwer oder leicht?«, fragt Vern.

»Schwer genug, um überzeugend auszusehen. Leicht genug, damit wir es auch bestimmt finden.«

»Wovon redet ihr?«, meldet sich der Dink zu Wort.

Vern sieht mich an und lächelt. Man könnte John Meacham ganze Vorträge halten, er würde es immer noch nicht kapieren. Ich glaube ja, er hat nicht genug Nervenenden, um den Kitzel eines doppelten Spiels auch nur zu spüren. Aber Vern und ich haben ihn bei Marjorie Carvers Angebot sofort gespürt. Ohne Zuspruch von weiter oben – oder von jemandem, der weiter oben anstrebt –, hätte sie jeden anderen ans Messer geliefert, aber niemals Carl Schmidt verpetzt.

Bei einem bin ich mir sicher: Wer immer sich entschieden hat, Grieg und die Gaitskills mit ein und derselben Waffe zu töten, verspricht sich noch einen weiteren Nutzen davon. Und der Schuhabdruck auf dem Pfad hinter dem Skyview? Der kam mir gleich ein bisschen zu gut vor, um wahr zu sein.

In Carls und Adeles Schlafzimmer gibt es alles doppelt, sogar die Doppelbetten. Auch zwei große Kommoden und zwei begehbare Schränke. Der eine hängt voller Frauenkleider. Der andere enthält Männerkleidung.

Wir fangen mit Carls Kommode an. Ich rechne nicht damit, hier etwas zu finden, und werde nicht enttäuscht, bin aber überrascht über farbenfrohe Bikinihöschen. Ich frage mich, für wen Carl die trägt, seine Frau oder Marjorie. Marjorie ist eine sehr kraftvolle Frau, fleischlich, sinnlich, heißblütig. Adele Schmidt wirkt so distanziert, als käme sie vom Mond. Und würde gern dahin zurückkehren.

Als Nächstes nehmen wir uns Carls Schrank vor – der Treffer, hoffe ich zumindest. Natürlich könnte ich mich irren. Den Gerüchten nach macht sich Carl nicht mit Alltagskram die Hände schmutzig. Zwar räumt er Risiken ohne Zögern aus dem Weg, aber nicht selbst. Warum also sollte er eine Waffe, mit der drei Menschen ermordet wurden, in seinem Schlafzimmer aufbewahren?

»Filmen Sie den ganzen Schrank, John. Und dann bleiben Sie bei der Suche dicht hinter uns. Stimmen Zeit und Datum?«

»Ja.«

»Dann lassen Sie die Kamera laufen. Keine Lücken, klar? Jede Sekunde muss aufgezeichnet werden.«

»Schon klar, hab verstanden.«

Der weinerliche Ton ist nicht gerade ermutigend, und ich werde deutlich. »Wenn Sie das versauen, muss ich annehmen, dass Sie dafür bezahlt wurden, es zu versauen. Und ich weiß, dass Carl Schmidt einen Spitzel in der Abteilung hat.« Er zuckt zurück. Ist er der Spitzel? Das ist im Moment unwichtig, aber ich werde es mir merken. »Reißen Sie sich am Riemen, John. Weil hier gerade jeder hinsieht, angefangen beim Bürgermeister. Also tun Sie, was ich von

Ihnen verlange. Keine Fehler, keine Ausreden. Ich muss jede Sekunde belegen können, die wir diesen Schrank durchsuchen.«

Meacham nickt, und ich mache mich an die Arbeit. Auf dem Boden des Schranks stehen einige Dutzend Schuhe. Das Paar, das ich suche, ist nicht schwer zu finden. Neben vielen flachen Halb- und Schnürschuhen gibt es lediglich zwei Paar Sportschuhe, und nur eins davon ist verdreckt. Allgemein beliebte New-Balance-Laufschuhe, häufig getragen. An den Seiten sind die Absätze fast glatt gerieben, vorne sind die Schuhe abgewetzt.

»Das ist es.« Vern zeigt auf einen diamantenförmigen Einsatz unter der Sohle, der von der Ferse bis zu den Zehen reicht. »Das war im Schuhabdruck zu erkennen.«

Gute Neuigkeiten, aber noch müssen wir die Waffe finden. Während Vern mir über die Schulter schaut, arbeite ich mich systematisch und langsam durch den Schrank. Jedes Kleidungsstück wird herausgenommen und sorgfältig untersucht. Ich stecke die Hände in alle Schuhe und Taschen, bis der Schrank schließlich bis auf ein Kofferset und einen Seesack völlig leer ist. Das Set besteht aus fünf Teilen, von einer kleinen Bordtasche bis zu einem großen Hartschalenkoffer, der an einen Überseekoffer erinnert.

Während Meacham filmt, nehme ich die kleineren Teile heraus und untersuche sie. Dann ist nur noch der größte Koffer übrig. Er ist so schwer, dass er mir, als ich ihn vom Regal ziehe, aus den Händen rutscht und auf den Teppich poltert. Trotzdem ist auch ein kratzendes Geräusch zu hören, als würde ein schwerer Gegenstand über den Kofferboden rutschen.

»Bingo.« Das ist Vern. »Das musste ja einfach so sein.«

Als wir den Koffer öffnen, erkennen wir sofort den doppelten Boden auf der schmalen Seite. Nach kurzem Tasten finde ich den Mechanismus – zwei Metallknöpfe, die an beiden Enden des Koffers hinter Klappen verborgen sind. Als ich sie gleichzeitig drücke, klappt der Boden auf und enthüllt eine Glock 26, eine Subcompact

9mm. Ich untersuche sie vorsichtig, um keine Fingerabdrücke oder DNS-Spuren zu zerstören. Die Seriennummer ist abgefeilt worden, was keine Überraschung ist, aber die Waffe scheint funktionsfähig zu sein.

Ich entferne die Patrone aus der Kammer, sie fällt auf den Teppich. Dann kommt das Magazin an die Reihe. Es ist für zehn Patronen gemacht, enthält aber nur vier.

Vier im Magazin, eine in der Kammer. Fünf Patronen gefunden, fünf fehlen. Drei in den Köpfen von Grieg und den Gaitskills? Die vierte und fünfte in Felice Gaitskills Brustkorb?

Ich hätte die Rücklage für Dannys Studium darauf verwettet. Die ganzen neunhundertsiebenundfünfzig Dollar.

Wir kehren ins Wohnzimmer zurück, vorneweg Vern mit den Laufschuhen. Ich trage einen Schuhkarton aus Adeles Schrank. Darin liegt die Glock.

»Was sind denn das für Dinger?«, fragt Carl und deutet auf die Schuhe.

Da ich nicht hier bin, um Fragen zu beantworten, informiere ich Carl Schmidt, dass er das Recht hat zu schweigen, dass alles, was er sagt, gegen ihn verwendet werden kann, dass er das Recht auf einen Anwalt hat. Der Mann ist nicht arm und hat kein Anrecht auf einen Pflichtverteidiger, trotzdem erwähne ich die Option.

»Haben Sie Ihre Rechte verstanden, wie ich Sie Ihnen erklärt habe?«

»Einen Scheiß, du ...«

Ich weiß nicht, ob er Schlampe oder Fotze sagen wollte. Ist mir auch egal. Ich nehme den Deckel von der Schuhschachtel und zeige ihm die Glock, das leere Magazin und die verbliebenen Patronen.

»Erkennen Sie die, Carl?«

»Die gehört mir nicht. Die wollen Sie mir unterschieben.« Carl Schmidts Blick wandert von der Pistole zum Dink und der Videokamera. Ja, die Waffe ist ihm untergeschoben worden, aber nicht von uns. Ich nicke den beiden hinter dem Sofa stehenden Kollegen zu, und sie beugen sich vor. Weil ich diese Entwicklung vorhergesehen habe, sind sie von mir höchstpersönlich instruiert worden. Carl fährt herum und starrt seine Frau und seinen Sohn an.

»Ihr seid beide tot«, sagt er. »Habt ihr verstanden? Ich lasse euch bei lebendigem Leib die Haut abziehen.«

Connor erhebt sich, legt die Hand auf den Arm seiner Mutter und führt sie ans andere Ende des Raums. Er ist ganz ruhig, als wollte er, dass ich es mitbekomme. Aber ich habe keine Zeit, mir über das Arschloch Gedanken zu machen. Ich gebe den Cops hinter dem Sofa ein Zeichen, und sie packen Carls Arme. Entgegen meinen Erwartungen leistet er keinen Widerstand.

»Bin ich verhaftet?«

»Nein, aber in Gewahrsam genommen. Ich lasse Sie in den Streifenwagen bringen. Ihr Handy können Sie mitnehmen, aber wir müssen Sie durchsuchen. Entschuldigen Sie die Umstände.«

Ich habe kein Problem mit den Umständen, aber ich will, dass Carl hinter Gitter kommt. Da noch das restliche Anwesen durchsucht werden muss, würde er im Haus nur stören. Ich gebe den beiden Cops Anweisungen und leite mit einem Anruf bei Chief Black die nächste Phase der Operation ein.

»Ich habe eine Waffe und verschmutzte Laufschuhe, Chief. Ich schicke beides rüber.«

»Wo haben Sie die gefunden?«

»In Carl Schmidts Schlafzimmer, in seinem Wandschrank.«

»Okay, ich gebe dem Bürgermeister Bescheid.« Er zögert eine Sekunde. »Gute Arbeit, Delia. Sie sind die ganze Zeit einen Schritt voraus gewesen.«

Das staatliche Polizeilabor liegt etwa sechzig Meilen entfernt. Keine Ahnung, wie Bürgermeister Venn das gedreht hat, aber das Labor hat zugesagt, die Beweismittel sofort nach ihrem Eintreffen zu untersuchen. Das ist auch gut so, denn wir können Carl nur kurze Zeit ohne Anklage festhalten. Ich tüte die Beweismittel – Waffe, Magazin, die restlichen Patronen und die Schuhe – in zwei Beutel ein, beschrifte sie und gebe sie Streifenpolizist Jerome Meeks, dem Cop, der Chief Black nicht auf den Parkplatz des Skyview gelassen hat. Meeks unterschreibt auf den Aufklebern an beiden Beuteln und macht sich auf den Weg.

Zurück an die Arbeit. Ich teile die verbliebenen Kollegen in Zweier-Teams ein und schicke sie in die verschiedenen Außengebäude. Connor Schmidts Cottage und den Rest von Carls Schlafzimmer behalte ich mir, Vern und dem Dink vor. Die Suche bleibt in allen Fällen ergebnislos, allerdings amüsiert mich Connors blitzblanke Häuslichkeit. Kein Joint in den Aschenbechern, kein Blatt auf dem Boden. Im Badezimmerschrank nur Aspirin, Nasenspray und ein Abführmittel. Kein Oxycodon, keine Mollys, kein Fentanyl.

Als alles sorgfältig abgesucht ist, kehre ich zu Adele und Connor Schmidt zurück, die schweigend auf dem Sofa sitzen. Adele trägt einen grauen Rock und eine dunkelblaue Bluse. Der Rock reicht weit übers Knie, die Bluse ist fast bis zum Hals zugeknöpft. Connor ist mit einer blauen Trainingshose, einem weißen T-Shirt und Lederslippers bekleidet. Keine Socken.

»Gehen Sie, Connor. Ich möchte allein mit Ihrer Mutter sprechen.«

Adele Schmidt ist der stille, zurückgezogene Typ und leidet an einem eklatanten Mangel an Selbstbewusstsein. Eine Frau, die offensichtlich schutzbedürftig ist, und es wäre Connors Aufgabe, sie zu beschützen. Aber das tut er nicht. Er steht auf und folgt Vern klaglos in die Küche. Ich setze mich neben Adele auf den noch warmen Platz, den Connor gerade geräumt hat.

»Ich habe ein paar Fragen an Sie, Mrs. Schmidt. Denken Sie gut nach, bevor Sie antworten. Keine Eile, okay? Ich möchte, dass Sie genau … und wahrheitsgemäß antworten.«

Adele murmelt. »In Ordnung, Lieutenant«, ohne den Blick von ihrem Schoß zu heben.

»Waren Sie letzten Samstagabend zu Hause?«

»Ja.«

»Von wann bis wann?«

Sie zögert kurz, sagt dann: »Nachmittags habe ich bei Kroger eingekauft. Wann ich das Haus verlassen habe, kann ich nicht genau sagen, aber ich weiß, dass ich um vier wieder zu Hause war. Um das Baseball-Spiel zu gucken. Mein Mann ist Fan der Chicago Cubs, und wir schauen normalerweise zusammen.«

»Und Sie haben das Haus danach nicht wieder verlassen?«

»Nein.«

»Und Ihr Mann? War er den ganzen Abend hier?«

»Ich … ich glaube schon. Wahrscheinlich.«

»Wahrscheinlich?«

Diesmal kommt die Antwort schneller. »Ich nehme abends meist ein Schlafmittel ein. Um zehn habe ich geschlafen.«

»Sind Sie nachts irgendwann aufgewacht?«

»Nein, ich wache nie auf. Aber ich bin sicher, dass Carl im Bett lag, als ich morgens wach wurde. Das war kurz vor sieben.«

»Lag er auch im Bett, als Sie schlafen gegangen sind?«

»Carl hat unten ferngesehen, als ich einschlief. Er bleibt meistens lange wach.«

Ich springe auf den Montag, als die Gaitskills getötet wurden, und bekomme ähnliche Antworten. Dann bitte ich sie, ihre Aussage auf einen Notizblock zu schreiben und rechne zumindest mit kurzem Zögern. Denn jeder zögert, bevor er etwas schwarz auf weiß festhält. Nicht Adele. Ihre Schrift ist ein bisschen wacklig, aber sie schreibt für beide Nächte die Zeitabläufe auf und unterzeichnet, ohne dass ich sie dazu auffordern muss. Carl Schmidt hat jetzt offiziell kein Alibi.

»Ist das so richtig, Lieutenant?«, fragt sie.

36
CONNOR

Die Fotze hat Eier. Dicke Eier. Augiegroße Eier. Sie lässt uns fünf Stunden lang auf der Couch hocken, Däumchen drehen, Klappe halten. Wenn man pissen muss, kommt ein Cop mit und bleibt vor der Tür stehen. Im eigenen Zuhause. Wenn man eigentlich nicht mal als verdächtig gilt.

Was denken die, was ich machen würde, wenn sie mich nicht jede Sekunde beobachten? Oder meine Mutter? Ihr habt doch die Pistole und die Scheißschuhe schon. Und der Alte sitzt draußen im Streifenwagen. Worauf wartet ihr noch?

Fünf Stunden später sind wir endlich erlöst, und ich stehe mit Mom auf der Veranda. Die Fotze legt meinem Vater Handschellen hinter dem Rücken an und schiebt ihn zurück in den Streifenwagen. Eigenhändig. Der neue Anwalt des Alten schaut zu. Dabei handelt es sich um einen zweitklassigen Jasager namens Jeff Hennessy. Lorimer Taub (der das Erstklassigste ist, was man in Baxter kriegen kann) vertritt jetzt Marjorie Carver.

Lorimer ist das letzte Teil eines Puzzles, das sich zusammenzufügen begann, als ich in jener Nacht um ein Uhr morgens die Tür zu Hütte 909 öffnete und halb damit rechnete, Bradley Grieg schlafend vorzufinden. Bradley neigte zum Einpennen, wenn ihm langweilig war, als wäre sein Kopf zu leer, um ihn wachzuhalten. Aber tiefe Bewusstlosigkeit ist nicht Schlafen. Ich sah sein Besteck auf dem Rand der Badewanne, die geöffnete Tüte auf der Kommode, die Waffe in der Tasche. Nur das Geld sah ich nicht.

Ich war nicht wütend, sondern resigniert. Vor ein paar Jahren habe ich erfahren, dass mein alter Schulkumpel ein Volljunkie ist.

Ich rede von Gosse, die Zukunft eine Überdosis. Ich hab ihm auf die Beine geholfen, ihm den Entzug bezahlt, ihm Arbeit gegeben. Mein Alter hat mir immer wieder gesagt (das Arschloch findet nie ein Ende), dass Bradley Grieg einen schwachen Charakter hat und der Charakter sich nicht ändert. Ich sollte ihn aus meinem Berufsleben verbannen, ihn kaltstellen.

Tja, die Zeit war gekommen. So einfach ist das. Ich wusste, er würde durchdrehen, wenn er aufwacht und das Geld weg ist. Und ich war sicher, er hatte keine Ahnung, wer die Kohle geklaut hatte, aber ganz bestimmt eine Frau. Denn nur jemand, der Bradley nicht kannte und nichts von seinen Verbindungen wusste, konnte hoffen, mit so was durchzukommen. Aber seine Schwäche gab den Ausschlag. Bradley war drogensüchtig und würde es immer bleiben, zumindest bis er irgendwann verhaftet wurde.

Als ich so dastand und den Wichser schnarchen hörte, stellte ich ihn mir in einer Zelle vor, wenn der Affe kam. Wie lange würde es dauern, bevor er bereit war, Connor Schmidt ans Messer zu liefern? Zehn Minuten? Fünfzehn?

Ich ergriff eine Vorsichtsmaßnahme, aber nur eine. Ich ging vor die Tür, in den Regen, und schaute hinüber zu den Überwachungskameras über dem Büro, die einzigen auf dem ganzen Gelände. Sie waren nicht mal zu erkennen.

Ich war gerade auf dem Weg zum Grant Lake, etwa vierzig Meilen von Baxter entfernt, um dort die Waffe zu entsorgen, als mir eine Idee kam. Die Glock, die da verborgen im Kofferraum lag, war für einen Mord benutzt worden, für den mein Alter ein Motiv hatte. Vielleicht sollte ich sie noch behalten, zumindest solange die Cops keinen Druck machten. Es war nicht so was wie eine sich bietende Gelegenheit. Eher so was wie ein Gedankenspiel.

Als Nächstes waren die Gaitskills dran. Sie waren eigentlich nicht Teil meines Puzzles, aber sie mussten weg. Erstens, weil sie den

Cops das Video gegeben hatten, zweitens, weil sie mir weismachen wollten, die Cops hätten es sich einfach genommen. Mariola hätte einen Beschluss gebraucht für das Video. Und kaum zwei Stunden nach der Entdeckung der Leiche hatte sie ganz sicher noch keinen Richter aufgetrieben.

Ich hatte mich klar und deutlich ausgedrückt: Redet nicht mit den Cops. Aber als ich am nächsten Tag wiederkam, waren auch die Cops schon da. Und Richie und seine Mom kooperierten ganz offensichtlich.

Wenn sich eine Gelegenheit bietet, ergreif sie beim Schopf.

Felice Gaitskill war tot, bevor sie kapierte, wie ihr geschah. Peng, peng, peng. Weggepustet. Aber Richie hat sich vor Angst fast in die Hosen geschissen, als er die Schüsse hörte, und ist tatsächlich aus dem Fenster im oberen Stock gesprungen. Er lag auf dem Rücken, hat mir in die Augen gesehen und um sein jämmerliches Leben gebettelt. Ein bisschen tat er mir leid. Ich meine, ich hätte mich auch irren können, was seine Kooperation mit den Cops anging. Wär möglich gewesen. Aber er und seine Mom wussten zu viel über mich, viel zu viel, und sie waren keine echten Kriminellen. Wenn Mariola ihnen Daumenschrauben anlegte, was sie sicher tun würde, würden sie einknicken. Besser auf Nummer sicher gehen.

So geschah es. Drei Leichen, die Morde miteinander verknüpft, die Waffe (mit Bleiche abgewischt) sicher in Daddys Schrank verstaut. Blieb nur noch eins – die Cops zur Waffe locken.

Marjorie Carver war die Freundin des Alten, und er hat keinen Hehl daraus gemacht. Hat sie überallhin mitgenommen – zum Essen, zu Treffen mit Freunden, sogar ins Kino. Mom wusste natürlich Bescheid, aber na und? Sie hätte weder ihren Mann noch seine Geliebte zur Rede gestellt. Dann ging Marjorie auf irgendeine Frau los und wurde zum dritten Mal angeklagt. Keine Überraschung, dass mein Alter sie fallen ließ. Marjorie wer?

Hat sie befürchtet, für Jahre in den Knast gehen zu müssen?

Nicht mit Marjorie. Die Frau ist fast so zäh wie Mariola. Und genauso schlau. Sie wollte raus und war bereit, alles dafür Nötige zu tun.

Lorimer Taub war das letzte Puzzleteil. Taub kümmert sich seit Jahren um unsere Angelegenheiten und hat alle Mitglieder unserer Crew verteidigt, die je erwischt wurden. (Und dafür gesorgt, dass sie den Mund hielten.) Natürlich war ich der Schmidt, der mit ihm zu tun hatte. Mein Daddy hat ebenso natürlich Abstand gehalten. Deswegen wusste der Alte auch nichts davon, dass ich seit vielen Monaten Taubs Kokssucht am Laufen gehalten habe. Und nicht mit verschnittenem Mist, sondern mit einer Qualität, an die der Typ niemals selbst rangekommen wäre.

Ich habe Taub mit einer einfachen Botschaft zu Marjorie geschickt, die sie sofort verstanden hat. Sie konnte sich die Freiheit und meine ewige Dankbarkeit sichern, indem sie eine simple Geschichte erzählte. Und dabei blieb. Was sie tat. Und Mom? Ich habe sie nicht gebeten, die Waffe zu verstecken. Ich habe sie selbst in den Koffer gelegt, als Mom und mein Vater gerade auf einer Taufe waren.

Ich nehme Moms Arm. Ich möchte sie aus dem Chaos rausholen. Man will die eigene Mutter instinktiv beschützen, und es ist schwer für sie gewesen. Wenigstens habe ich sie nicht gebeten, irgendwas zu erfinden. Mom nimmt abends Schlaftabletten und kann dem Alten kein Alibi geben. Sie hat die Wahrheit gesagt, nicht mehr, nicht weniger, und je weniger Details, desto besser.

Wir stehen immer noch auf der Veranda, als Mariola antrabt. »Kommen Sie mit«, sagt die Fotze.

Das ist keine Bitte. Sondern: Tu, was ich dir sage. Echt, sollte sie jemals die Seiten wechseln, werde ich sie fragen, ob sie für mich arbeiten will. Sie und Augie wären ein höllisch gutes Team.

»Glauben Sie, ich weiß nicht Bescheid?«, fragt sie. »Halten Sie mich für blöd?«

Wir stehen im Schatten eines gigantischen Ahornbaums, der bestimmt hundert Jahre alt ist, aber ich schwitze trotzdem. Die Sommer hier sind brutal.

»Worüber wissen Sie nicht Bescheid, Lieutenant?«

»Darüber, dass Sie Ihren Vater reinlegen.«

Ich lache. »Sie sind aber misstrauisch.«

Mariola sähe ganz gut aus, wäre sie nicht so offensichtlich lesbisch. Das liegt nicht an den kurzen Haaren oder den Männerklamotten. Den meisten Frauen merkt man bei näherem Hinsehen – hinter all dem Mist über Frauenrechte – an, dass sie Angst haben. Aus gutem Grund. Männer sind viel größer, und sie haben die Waffen.

Nicht so Mariola. Wären wir noch Teenager, würde sie mir wahrscheinlich eins in die Fresse hauen. Nur so aus Spaß.

»Sie sollen wissen«, sagt sie, »dass ich den Deal annehme.«

»Und was für ein Deal soll das sein?«

»Ihr Vater statt Ihnen. Der Zug eines Königsmachers, Connor, und klug ausgeführt.«

Ich kann nicht anders. Lob macht mich heiß. Und es ist schön zu hören, dass sie den Deal annimmt, ohne dass ich ihn auf den Tisch legen muss. Jetzt die schlechte Nachricht.

»So, wie ich das sehe«, sagt sie, »waren Sie und Ihr Vater ein Team. Sie beide zusammen zu kriegen, war nie eine Option, vor allem, weil Ihr alter Herr sich im Hintergrund gehalten hat. Aber jetzt sind Sie allein, Connor. Jetzt sind da nur noch Sie und ich.«

Eier, wie ich gesagt habe. Scheißdicke Eier.

37
CONNOR

Alle reagieren nervös, als ich den kleinen Raum des Dew Drop betrete. Sie erheben sich nicht, das wäre zu viel der Ehre, und sie küssen auch nicht meinen Ring, wie den von Michael Corleone in *Der Pate.* Aber im Grunde ist es das Gleiche. Der Staffelstab ist weitergereicht worden – eigentlich gestohlen, aber das macht keinen Unterschied –, und jetzt müssen die Loyalitäten geklärt werden.

Augie ist da, außerdem Little Ricky, die Murphy-Brüder, Juan Santos und Lenny Krone. Nicht gerade die Gambino-Familie, aber wir sind hier auch nicht in New York oder Chicago. Jeder dieser Jungs führt eine Crew an. Sie waren die Lieutenants meines Vaters. Und sind jetzt meine.

Jedenfalls ist das der Plan.

»Mein Vater ist ein für alle Mal weg vom Fenster«, sage ich, was sie allerdings schon wissen, weil ich Augie aufgetragen habe, es vor meiner Ankunft zu verkünden. »In seinem Schrank wurde die Pistole gefunden …«

»Die, mit der Bradley getötet wurde?« Das kommt von Lenny Krone, dem Großmaul.

»Bradley und die Gaitskills. Alle drei. Mein Vater kommt nie wieder auf freien Fuß, Lenny. Er sitzt ohne Kaution im Knast, bis der Staatsanwalt entscheidet, ob er auf Todesstrafe plädiert.«

»Tut mir leid, das sagen zu müssen, Connor, aber du wirkst nicht gerade traurig darüber.«

»Erstens geht mein emotionaler Zustand dich nichts an, Lenny. Zweitens war Bradley seit der Highschool mein bester Freund. Klar war er ein Wrack, trotzdem hatte mein alter Herr nicht das Recht, ihn umzubringen.«

Stimmt doch, oder? Mein Vater hatte kein Recht, Bradley zu töten, und er hat's auch nicht getan.

Als wir fertig sind und aufbrechen, bin ich müde. Regelrecht erschöpft. Aber ich muss was essen. Im Cottage ist nur noch Mikrowellen-Popcorn, und Mom schläft mit Sicherheit schon. Also setze ich mich mit Augie ins Courthouse Diner und ziehe mir den Spezial-Schmorbraten rein. Ich will nach Hause, ein bisschen fernsehen, mich ausruhen. Vielleicht finde ich morgen eine Stunde Zeit für mein Rastplatz-Mädchen. Heute Abend will ich bloß noch ins Bett und durchschlafen.

Augie isst ein dickes Truthahnsandwich, in Soße getränkt, die ihm übers Kinn tropft. Er redet übers Geldeintreiben, das ist in der letzten Woche ein bisschen zu kurz gekommen. Nicht gut. Loser bleiben Loser, da darf man nicht weich werden.

»Ach ja, Connor«, sagt er plötzlich aus dem Nichts heraus. »Hätte ich fast vergessen. Ich sitze heute Nachmittag im Dew Drop so an der Bar, als so 'ne Schlampe auf mich zukommt. Ehrlich, Connor, die sah aus wie frisch ausm Sarg.« Augie hält inne und spült einen Bissen Truthahn mit Bier runter. »Sie kommt also auf mich zu und sagt: ›Wenn dein Boss immer noch sucht, ich bin morgen Nachmittag im Dew Drop. Wenn er nicht kommt, vergess ich die ganze Sache.‹«

Ich erinnere mich an die Schabracke, die meine fünfhundert im Tausch für den Namen der Frau mit Hut abgelehnt hatte. Wenn ich nicht nachlege, würde sie sich an meinen Alten wenden. Das wird ganz offensichtlich nicht passieren, aber es überrascht mich, dass sie nicht aufgibt. Vielleicht hat sie doch nicht bloß Mist erzählt.

»Die Schlampe will ein Darlehen«, sage ich zu Augie. »Aber so, wie die aussieht, fällt sie vor der ersten Rate tot um.«

Augie lacht und sagt: »Sache ist die, ich bin einigermaßen sicher, dass ich sie kenne.«

»Einigermaßen? Oder sicher?«

»Nein, sicher. Weißt du noch, ich war im Basketballteam und wir haben die Meisterschaft gewonnen? In der Highschool? Tja, sie war sozusagen der Ehrengast auf der Siegesfeier. Wir haben ihr die Nase mit Koks gestopft, und sie hat die ganze Nacht durchgemacht, sie und zwei andere Mädchen. Dabei muss sie zehn Jahre älter sein als wir. Mindestens.«

»War sie eine Nutte?«

»Für Koks, vielleicht. Aber es war kein Geld im Spiel, und als ich eine Woche später an sie ran wollte, hat sie gesagt, ich soll mich verpissen.«

»Ja, sie nimmt kein Blatt vor den Mund. Und was noch?«

»Ich hab mich ein bisschen umgehört und kann sie vermutlich finden. Mir ist noch eingefallen, wie sie heißt. Celia Graham. Soweit ich gehört habe, wohnt sie bei ihrer Tochter.«

»Ihre Tochter?«

»Ja, eine graue Maus. In den Yards aufgewachsen, hält sich aber jetzt davon fern.«

»Was heißt das?«

»Dass sie die Yards verlassen hat, als sie ein Kind bekam.« Augie lacht sanft. »Dass sie sich für was Besseres hält als uns. Weiß gar nicht, warum. Wir sind doch so scheißkultiviert.«

Das Dew Drop ist in Baxter so was wie eine Eckkneipe. Das bedeutet, die Banden am Billardtisch sind mitgenommen wie eine Straßennutte. Es bedeutet, der Barbesitzer, Jimmy Santini, ermutigt Gäste, ihren Namen in die Theke zu ritzen. Und die Cocktails, die Santini mixt, sollte man lieber nicht trinken.

Ich komme spät dort an, gegen zweiundzwanzig Uhr, und vermute fast, die Schabracke ist schon wieder weg. Aber sie hockt allein an einem Tisch am anderen Ende der Bar. Ich nicke Mary-Jo und ein paar Gästen zu und gehe dann direkt zu ihr hin. Sie rechnet damit, dass ich mich setze. Das Glas vor ihr sieht aus, als würde es Tee enthalten.

»Wir reden draußen«, sage ich.

Ich warte keine Widerrede ab. Verhandelt wird nicht. Ich drehe mich um und gehe raus, quer über den Parkplatz zu meinem Lexus. Sie folgt mir, ist so mager, dass mir der Gedanke kommt, wenn sie fällt, zersplittern ihre Knochen wie Glas. Ich warte, bis sie mich eingeholt hat, dann werfe ich einen Umschlag auf die Kühlerhaube des Lexus.

»Dreitausend, Celia. Erstes und letztes Angebot. Rede oder verschwinde. Ich brauch nicht noch mehr Scheiße in meinem Leben.«

Falls sie überrascht ist, ihren Namen zu hören, zeigt sie es nicht. Sie sieht mir direkt in die Augen und sagt: »Ich weiß, dass man dich ausgenommen hat, Connor. Tausende, stimmt's? Aber ich weiß nicht genau, wie viel …«

»Achtzehntausend, Celia. Achtzehntausend verdammte Dollar.«

»Ich dachte, es wäre weniger, aber – ich habe keine Ahnung, wo das Geld ist.«

»Das glaube ich dir sogar. Wenn du's wüsstest, hättest du es schon längst geklaut.«

»Warum redet ein Mann, der keine Zeit für Scheiße hat, solche Scheiße? Ich kenne die Frau, die dein Geld genommen hat. Wenn du's zurückhaben willst, musst du dich an sie wenden.«

»Kein Problem. Warum nimmst du nicht den Umschlag da und sagst mir den Namen?«

Sie schnappt sich das Geld und spricht die magischen Worte: »Git O'Rourke.«

»Und wer ist das?«

»Meine Tochter.«

»Du verpfeifst deine eigene Tochter?«

Die Frau fletscht tatsächlich die Zähne, was eine Faltenflut auslöst, die über die schon vorher vorhandenen rollt. »Sie verlässt die

Stadt, will im Osten ein schönes neues Leben anfangen. Und nimmt meine Enkelin mit.«

»Und dich lässt sie hier sitzen?«

»Ich soll hier verrecken.«

»Wann haut sie ab?«

»In zwei Wochen.«

»Da bleibt mir nicht viel Zeit.«

»Kann ich was dafür? Ich habe die ganze Woche versucht, dich zu erreichen.«

Ehrlich gesagt sieht die Schabracke so aus, als würde sie jeden Moment tot umkippen, und wird allein wohl nicht lange überleben. Nein. Wahrscheinlich verbrennt sie auf dem Weg in den Sarg jeden Cent. Wie lang wird das dauern? Einen Monat?

»Dem Kind darfst du nichts tun«, sagt sie. »Das lasse ich nicht zu.«

»Ich tue Kindern nichts.«

»Und du wirst meine Tochter nicht töten.«

»Niemand stirbt, Celia. Ich will nur zurück, was sie mir gestohlen hat.«

Das ist eine Lüge. Töten, nein. Ihr wehtun, ja. Das erwarten die Jungs. Alles andere wäre ein Zeichen von Schwäche, zumindest in ihren Augen, selbst wenn ich mein Geld wiederbekomme. Ich kann es mir nicht leisten, schwach zu wirken. Nicht jetzt.

»Sie ist nicht wie ich«, sagt die Schabracke. »Sie hat schnell Schiss, es sollte also nicht schwer sein, sie zu überzeugen. Morgen früh gegen zehn bringt sie ihr Kind in den Baxter Park. Charlie fährt für eine Woche ins Ferienlager. Danach ist sie allein.«

»Was ist mit Freunden? Irgendwer, von dem ich wissen sollte?«

»Nee. Das Mädel trägt die Nase hoch. Hält sich für was Besseres. Die einzige Sorge, die du dir machen musst, ist, dass sie zu den Cops geht.«

38
DELIA

Der Bürgermeister verliert keine Zeit. Chief Black auch nicht. Sie berufen für achtzehn Uhr eine Pressekonferenz ein. Ich widerspreche nicht. Ich habe genug damit zu tun, Carl in U-Haft unterzubringen. Morgen früh, nachdem Anklage erhoben worden ist, wird sein Anwalt Kaution beantragen. Und sie nicht kriegen. Richter Eric Dunn wird wegen seiner brachialen Urteilssprüche gewählt, seit fünfundzwanzig Jahren schon. Kaution steht nicht zur Debatte. Nicht bei Mordanklagen. Wenn Carl Schmidt rauswill, muss er ausbrechen.

Also habe ich genug zu tun, erledige den ganzen Papierkram und kümmere mich um die größtenteils irrelevanten Beweismittel aus der Schmidt'schen Villa. Alles Belastende wird bereits im Polizeilabor untersucht. Vern sitzt neben mir und zieht die Aufnahmen aus der Kamera des Dink auf den Computer, da tippt mir jemand auf die Schulter. Chief Blacks Hilfskraft, eine Streifenpolizistin namens Bea Thatcher.

»Sie sollen zum Chief kommen«, sagt sie.

Als ich das Büro betrete, sitzt auch der Bürgermeister an dem großen Holztisch. Venn will sich in unserem Erfolg sonnen, das war zu erwarten. Aber dass auch Gloria Meacham anwesend ist, Vorsitzende des Stadtrats und Schwester von John Meacham, überrascht mich. Sie sitzt am anderen Ende des Tischs, der Chief zwischen den beiden.

Das Erste, was mir in den verwirrten Sinn kommt? Dass ich den Dink ein paarmal zu oft verspottet habe und deswegen gefeuert werde. Oder man mir zumindest ernsthaft die Ohren langzieht. Ich sehe Gloria Meacham direkt an, eine kleine Frau, die auf einer Farm aufgewachsen ist und zu viel Sonne abbekommen hat. Hals und Gesicht sind voller Falten, und sie wirkt älter als Mitte vierzig. Aber an ihrem Auftreten ist nichts Ältliches. Ihre blauen Augen sind intelligent, durchdringend und erwidern meinen Blick.

Nach kurzer Begutachtung nickt Meacham mir zu und räuspert sich. Sie lächelt sogar. »Darf ich Delia sagen, Lieutenant?«

»Sicher.«

»Was ich Ihnen jetzt sage, Delia, muss noch ein, zwei Wochen lang unter uns bleiben. Verstehen Sie? Es ist wirklich wichtig.«

»Sie haben mein Wort.«

»Baxter ist ja schon seit einigen Jahren eine Wirtschaftsförderungszone. Auf Bundes-, Staats- und Bezirksebene. Nun, das trägt endlich Früchte. Nissan wird hier in Baxter ein neues Werk eröffnen. In drei Jahren rollen die ersten Autos vom Band. Vorher wird viel gebaut werden. Arbeit für alle, die einen Job wollen.«

Baxter? Nie im Leben, denke ich. Das ganze Land steckt halb in der Krise. Aber Gloria Meacham sieht vor allem stolz aus. Chief Black und Bürgermeister Venn ebenso. Vielleicht, weil ihre Familien sich hier schon kurz nach dem Bürgerkrieg niedergelassen haben. Für sie war die Stadt nie nur Zwischenstation. Kein Sprungbrett. Der Zusammenbruch muss sich für sie wie ein familiärer Todesfall anfühlen, die Wiederbelebung wie eine Auferstehung.

»Was ist mit der Wirtschaftskrise? Neue Autos sind gerade nicht gefragt.«

»Konzerne denken an die Zukunft. Momentan werden keine Autos gekauft, aber die Nissans sollen in Baxter ja auch erst in drei Jahren produziert werden. Bis dahin hat sich die Konjunktur hoffentlich erholt, und es gibt eine aufgestaute Nachfrage. Die Schließung von Baxter Packing war jedenfalls das letzte Puzzlestück. Bald stehen die Industrieflächen in den Yards leer. Das ist zu unserem Vorteil, weil die Infrastruktur schon vorhanden ist, Strom und Straßen, und mit ein paar Veränderungen an Nissans Bedürfnisse angepasst werden kann. Gleichzeitig kann Nissan dort eine Fabrik bauen, wo noch Platz für Wachstum ist.«

Als Gloria zu Ende gesprochen hat, meldet sich Bürgermeister Venn zu Wort. »Ich erspare Ihnen die Liste der Zusagen, die der Staat machen musste. Sagen wir mal, der Wettbewerb war intensiv. Fünfzehn Staaten wollten die Fabrik haben und haben Angebote unterbreitet. So, wie es jetzt steht, werden unsere Steuerzahler für die neuen Arbeitsplätze einen hohen Preis zahlen, und das auf lange Zeit. Aber selbst bei weitgehender Automatisierung schafft die Fabrik über fünftausend Stellen. Und dann sind da noch die Zulieferbetriebe. Alles von Präzisionsteilen bis hin zu Sitzbezügen.« Venns Schulter entspannen sich endlich, als hätte er eine schwere Last abgeworfen. »Die Bundesbehörden geben eine Anschubfinanzierung, fünfzig Millionen Dollar für den Rückbau. Die leeren Fabriken werden abgerissen, Straßen ausgebaut, neue Firmen entstehen. Baxter wird leben, Delia.«

Jetzt ist Chief Black dran, er dreht seinen Stuhl so, dass er mich ansehen kann. »Zumindest, wenn wir unser Drogenproblem in den Griff bekommen, Delia. Wir müssen gesunde Arbeitskräfte bieten können. Personal, das bereit und in der Lage ist, hart zu arbeiten, um am Ende der Woche den verdienten Lohn zu bekommen. Wir reden hier von Jobs, die fünfundsechzigtausend im Jahr bringen, plus Extras. Faulpelze sind unerwünscht.«

Da ich kein Faulpelz bin, habe ich ein wenig Mühe mit dem Ganzen. Klar freue ich mich für die Stadt, außerdem sieht es so aus, als würde ich meinen Job behalten, was auch gut ist. Aber ich weiß immer noch nicht, warum Meacham mir all das erzählt. Wie hat Ben Franklin gesagt? Drei Leute können ein Geheimnis nur bewahren, wenn zwei davon tot sind?

»Wahrscheinlich fragen Sie sich, warum wir Sie hergebeten haben, Delia.« Wieder Chief Black.

»Ja, in der Tat. Natürlich ist das mit der Nissan-Fabrik gut, allerdings mache ich mir etwas Sorgen, dass Sie sich zu früh freuen könnten. Nur warum erzählen Sie mir das alles?«

»Vor etwa einem Jahr«, fährt Black fort, »bekam ich plötzlich Gleichgewichtsprobleme. Nicht jeden Tag, aber immer öfter. Vor ein paar Wochen bin ich hingefallen. Ohne Grund. Ich war nicht betrunken oder müde oder sonst irgendwas. Eben stand ich noch, plötzlich lag ich im Wohnzimmer auf dem Teppich.« Er wirft einen Blick auf seine Ruhmeswand. Fotos des Chief mit zwei Gouverneuren, einem Senator, einem Kongressabgeordneten, einem Dutzend Wirtschaftsführer. »Ich mach's kurz. Ich habe einen Hirntumor. Er ist gutartig und operabel. Ich könnte natürlich weitermachen. Mich operieren lassen und hoffen, dass die neurologischen Defizite …« Er hält inne und lacht. »Neurologische Defizite? Na, zumindest verbessert sich mein Wortschatz.«

»Na endlich.« Das von Gloria Meacham.

»Immer ein aufmunterndes Wort von Gloria.« Blacks Tonfall deutet auf die Konflikte der Vergangenheit hin, aber er lässt sie ruhen. »Ich hab genug, Delia. Letzte Woche hat meine Tochter Veronica ein Mädchen zur Welt gebracht. Leila ist meine dritte Enkelin – es gibt noch zwei Jungs –, und ich habe vor, möglichst viel Zeit mit ihnen zu verbringen, solange sie noch klein sind.«

Black verstummt, und ich fülle die Stille. Ich weiß immer noch nicht, warum ich das alles zu hören bekomme.

»Sie wollen kündigen? Sie gehen in Pension?«

»Beides. Und wir wollen, dass Sie meine Nachfolgerin werden.«

Ich habe eine große Klappe und keine Angst, sie aufzureißen. Aber das verschlägt mir die Sprache.

Gloria Meacham spricht als Erste. »Ein Neuanfang, Delia, für die ganze Stadt. Auch wenn das nur die ersten Schritte sind. Es gibt viel zu tun, wir müssen das Drogenproblem lösen und die damit verbundene Kriminalität bekämpfen. Um es deutlich zu sagen, wir brauchen einen Insider, der eine Strategie entwerfen und systematisch umsetzen kann, jemand, der nicht korrupt ist. Sie werden Unterstützung bekommen. Die Anschubfinanzierung gilt auch für das Polizeirevier, es sollen fünfundzwanzig neue Stellen geschaffen werden. Und Sie dürfen sich die Kandidaten frei aussuchen. Außerdem sollen mit dem Geld die Therapieprogramme erweitert werden, was Ihnen noch einen neuen Ansatz gibt.«

»Was ist mit den Cops, die bereits auf der Gehaltsliste stehen?« Ich finde meine Stimme wieder, als vor meinem inneren Auge ein Bild von Glorias Bruder, dem Dink, aufsteigt. »Ich möchte hier keine Namen nennen, aber es gibt ein paar Cops, die würde ich nicht mal in meinem Garten Unkraut jäten lassen.«

»Meinen Sie auch meinen Bruder?«

»Vor allem Ihren Bruder.«

Wieder bin ich überrascht, als Gloria sich vorbeugt und ihre Hand auf meine legt.

»Wir haben Sie ausgewählt, weil wir professionelle Polizeiarbeit wollen. Sie haben völlig freie Hand. Die einzige Beschränkung ist das Gesetz selbst. Fangen Sie nicht an, Verdächtige zu erschießen. Abgesehen davon haben Sie die Unterstützung des Stadtrats. Das verspreche ich Ihnen.« Sie drückt leicht meine Hand. »Ich lasse mir diese Gelegenheit doch nicht entgehen, nur weil mein kleiner Bruder ein Arschloch ist. Tun Sie, was nötig ist.«

Ich bin klug genug, um mir jeglichen Kommentar zu verkneifen. Der Chief übernimmt wieder.

»Wir wollen Sie auf der Pressekonferenz der Öffentlichkeit vorstellen. Ich sage ein paar Worte und rufe Sie aufs Podium. Sie erläutern kurz die aktuellen Ermittlungen und nehmen ein paar Fragen an. Drei Morde aufgeklärt. Der Täter verhaftet. Am Montag halten wir eine weitere Pressekonferenz ab, dann gebe ich meinen Rücktritt bekannt. Der Bürgermeister wird Ihre Ernennung zur kommissarischen Polizeichefin verkünden, die noch im Stadtrat bestätigt werden muss.«

»Wofür«, wirft Gloria Meacham schnell ein, »ich garantiere. Absolut.«

Als ich das Büro des Chief verlasse, schwirrt mir der Kopf. Natürlich nehme ich den Posten an. Er bringt zwölftausend Dollar mehr Gehalt, eine bessere Krankenversicherung und eine sichere Pension, wenn ich noch fünfzehn Jahre durchhalte. Ich kann es gar nicht erwarten, Danny davon zu erzählen. Das werde ich morgen früh tun, Samstag, dann darf mein kleiner Lagerinsasse Besuch bekommen.

Seine Mom wird Polizeichefin? Er wird durchdrehen.

Vern schaut auf, als ich den Ermittlungsraum betrete. Er hält den Daumen hoch, und ich weiß sofort, dass er die Antidrogen-Einheit leiten wird, die ich zusammenstellen soll. Vern kennt die Menschen in Baxter, auch die Schlitzohren. Er ist mit ihnen zusammen aufgewachsen.

Drei Stunden später sind alle Details zu meiner Zufriedenheit überprüft, bis hin zu Carl Schmidts Abendessen. Wir machen Schluss. Ich hole meine Tasche, als Vern mich aufhält.

»Wir haben gute Arbeit geleistet, Delia. Polizeiarbeit. Wir haben es im Kasten.«

Ich widerspreche nicht, bin aber nicht völlig überzeugt. Eins steht noch auf meinem Zettel. Eine Fahrt zu Henriettas Hutmacherei.

39
GIT

Zack sagt nichts, als ich mit einer Stunde Verspätung durch die Tür komme. Er steckt mit zwei Männern und einer Frau im Wohnzimmer die Köpfe zusammen. Sie hocken nach vorn gelehnt auf den Stuhlkanten und beraten. Nur die Frau wirft mir einen Blick zu. Er ist eindeutig feindselig.

»Das ist meine Krankenpflegerin«, erklärt Zack.

Die Frau nickt einmal und winkt mir kurz zu. Wenn Zack sagt, dass ich okay bin, dann bin ich okay. Ich erwidere das Nicken, gehe in die Küche und mache mir einen Kaffee. Was Zacks Besucher angeht, gilt: nichts sehen, nichts hören, nichts sagen.

Eine halbe Stunde später sind die drei weg. Ich geselle mich zu Zack ins Wohnzimmer und gehe davon aus, dass er seine Gäste und den Anlass ihres Besuchs nicht weiter erwähnen wird. Nach Carl Schmidts Verhaftung besteht viel Gesprächsbedarf. Doch diesmal werde ich überrascht.

»Große Ereignisse«, verkündet Zack. »Wenn das bekannt wird, explodiert die Stadt.«

»Was denn?«

»In Baxter wird eine neue Fabrik entstehen. Ein Autohersteller? Amazon? Apple? Ich weiß noch nicht alles, aber immerhin schon, wo.«

»In den Yards.«

Was als Witz gemeint war, geht nach hinten los. »Ganz genau, Git«, sagt Zack. »Sobald Baxter Packing schließt, werden die Yards zum Umbaugebiet. Ja, da leben noch ein paar tausend Menschen, aber die werden an den östlichen Rand des Industriegebietes umgesiedelt. Ob es ihnen gefällt oder nicht.«

»Und wo sollen sie wohnen? In Zelten?«

»Nein. In Neubauten, finanziert von Staat und Bundesregierung. Und noch ein paar Tausend neue Arbeiter mehr. Und rate mal, wer zum Konsortium gehört, das die neuen Häuser baut?«

»Konsortium?«

Zack lacht, bis er fast erstickt, was nicht lange dauert. »Ja, Konsortium. Hätte ich das Wort vor fünfzehn Jahren in einer Bar ausgesprochen, wäre ich verprügelt worden, Git. Es kommen neue Zeiten für die Yards. Wenn ich abends die Augen schließe, sehe ich eine Fabrik im Dreischichtbetrieb vor mir. Kleine Geschäfte an frisch asphaltierten Straßen. Morgens und abends Verkehrsstaus. Die Zukunft steht vor der Tür.«

Zacks Zukunft mag ja rosig aussehen, ein Sonnenaufgang an einem wolkenlosen Morgen, aber mir hilft das nicht weiter. Vor einer Stunde, um sieben Uhr morgens, bin ich nach der Arbeit nach Hause gekommen, und wer parkte auf der anderen Straßenseite: Connor Schmidt. Sein Wagen ist nicht zu übersehen, eine der wenigen Luxus-Limousinen (und die einzige rote) in einer Stadt, in der vorzugsweise zerbeulte Pick-ups gefahren werden. Connor saß runtergerutscht hinter dem Lenkrad, sein Kopf war kaum zu sehen. Er rührte sich nicht, als ich auf unsere Mini-Einfahrt fuhr, ausstieg und ins Haus ging.

Jetzt ist es acht, und ich habe meiner Tochter Frühstück gemacht. Rührei mit kleinen Schinkenwürfeln, Apfelsaft und zwei Scheiben Vollkorntoast. Charlie ist aufgeregt. In weniger als eine Stunde wird sie sich auf den Weg in ein Ferienlager machen und drei Nächte dort verbringen. Das kostet eine Stange Geld, aber da viele ihrer Klassenkameradinnen mitfahren, habe ich sie angemeldet. Ich will nicht, dass die Kontakte über den Sommer abbrechen.

Dumm? Vor allem, weil ich in ein paar Wochen die Stadt verlassen werde. Aber Charlie hat noch nicht verstanden, was unser

Umzug für sie bedeuten wird, und ich will ihr nicht jetzt schon das Leben schwermachen. Wir werden nie zurückkommen, das ist klar, und sie wird diese Kinder niemals wiedersehen. Sie wird sich in einer Stadt, in der fast jeder sehr viel mehr Geld hat als ihre Mutter, neue Freundinnen suchen müssen.

Gestern noch war das meine größte Sorge. Dass wir nie heimisch werden, dass Charlie immer eine Außenseiterin bleibt. Jetzt lauert da auf der anderen Straßenseite Connor, und ich muss fürchten, er könnte mein Charlie-Problem lösen. Dauerhaft.

»Mommy, kommt Samantha auch mit?«

Samantha ist Charlies aktuelle beste Freundin, die vierte dieses Jahr.

»Ihre Mom sagt Ja. Ich hab sie gestern angerufen.«

»Kann ich noch mehr Saft haben?«

»Nimm dein Glas mit in die Küche und schenk dir selber nach. Vorsichtig. Und dann zieh dich an. Wir müssen in fünfundvierzig Minuten hier raus sein, und du weißt noch nicht, was du anziehen willst.«

Charlie springt vom Sofa auf, vermutlich denkt sie, je schneller sie angezogen ist, desto schneller fahren wir los. Uhren sind nicht so ihr Ding.

»Connor ist weg«, informiert mich Mom, sobald Charlie das Zimmer verlassen hat. »Er ist vor ein paar Minuten abgehauen.«

»Er hätte überhaupt nicht hier sein sollen.«

»Es gibt keinen anderen Weg.«

»Wofür?«

»Diese Stadt zu verlassen, ohne sich den Rest des Lebens ständig über die Schulter schauen zu müssen. Oder glaubst du etwa, New Jersey ist so weit weg, dass Connor es nicht finden würde?«

»Niemand hat mich erkannt, nicht mal, nachdem die Cops mein Foto rumgezeigt haben.«

»Außer Henrietta. Bei der du den Hut mit deiner Kreditkarte

bezahlt hast? Und selbst wenn sie dich nicht direkt an Connor verpfeift, diese Mariola taucht ganz bestimmt bald bei ihr auf. Wenn sie es nicht schon getan hat.«

Mom hat recht. Und Henrietta ist nicht die Einzige, die mich mit dem Hut gesehen hat. Vor einem Monat habe ich ihn auf einer Hochzeit getragen. Hat irgendein Gast die Cops verständigt? Oder Henrietta? Ich weiß es nicht und kann nicht fragen. Aber eins weiß ich: Wenn die Cops die Frau mit Hut identifizieren, werden sie das nicht für sich behalten. Können sie nicht. Nicht nach der Pressekonferenz.

Die Warterei macht mich nervös. Ich erinnere mich an einen Tag vor langer Zeit. Ich war neun Jahre alt, etwas älter als Charlie jetzt. Mom pennt in BH und Schlüpfer besoffen auf dem Sofa. Ihr neuester Freund ist ebenfalls blau, aber wach. Er heißt Harmon, sitzt auf einem Stuhl neben dem Sofa und starrt Mom mit einem Gesichtsausdruck an, den ich schon gut kenne. Ich schaue in unserem winzigen Wohnzimmer fern. Schaue fern und störe. Harmon ist kein Typ, der seine Impulse kontrolliert, wahrscheinlich hat er deswegen schon zweimal im Gefängnis gesessen.

»Verpiss dich, Kleine.«

»Ich wohne hier.«

Ein beiläufiger Tritt gegen meine Schulter wirft mich um. Und rüttelt mich wach. Ich habe miterlebt, wie Harmon meine Mutter verprügelt hat – sie hat genauso zurückgeschlagen –, und will nichts abbekommen. Ich flüchte nach draußen in unseren kleinen Garten.

Was jetzt? Das nächste Haus liegt mehr als eine Meile entfernt, und es ist Sommer. Abgesehen von einem kleinen Waldstück hinter dem Trailer sind wir von Ackerland umgeben. Lange Reihen kopfhoher Maisstängel erstrecken sich in alle Richtungen und scheinen sich in der Ferne zu einer festen Wand zusammenzuschließen. Die einzige Abwechslung ist eine gefallene Eiche, ein Riesenbaum, der vor ein paar Monaten einem Gewittersturm zum Opfer gefallen ist. Die Äste sind noch nicht vertrocknet. Sie stützen den Stamm, der über dem Boden schwebt, und bilden einen dunklen Tunnel. Meine Höhle.

Das Grundstück birgt für mein neunjähriges Ich auch noch einen anderen Schatz. Einen Riesenhaufen Sperrmüll. Kein Abfall, sondern normale Haushaltsartikel. Angeschlagenes Geschirr, Tassen ohne Henkel, einen dreibeinigen Tisch, einen Holzstuhl mit überhaupt keinen Beinen mehr, mehrere zerbrochene Lampen, ein Haufen zerbeulter Töpfe.

Die besten Schätze habe ich bereits geborgen, meine Höhle damit eingerichtet und mein anderes Zuhause gebaut, wie ich es nenne. Mein Zuhause. Das Zuhause meiner Fantasiefreunde.

An diesem Nachmittag ist meine Höhle besonders verlockend. Sie ist schattig und schützt mich vor der Hitze und den Geräuschen, die aus den offenen Fenstern des Trailers dringen.

Wumm, wumm, wumm, wumm.

Das Traurigste daran ist, dass ich genau weiß, was diese Geräusche bedeuten. Mit neun Jahren.

Eine schmale Öffnung in den dichten Ästen dient mir als Tür. Auf dem Erdboden liegt ein Läufer, an einem Ende angekokelt, darauf eine fleckige Tischdecke. Tassen und Untertassen, Teller, eine Teekanne ohne Ausguss, verbogene Messer und Gabeln und Löffel, der Tisch ist gedeckt. Ich habe ein Esszimmer nachgebaut, das den Esszimmern, die ich aus dem Fernsehen kenne, so ähnlich wie möglich sieht. Ein Heim, bevölkert von den fernsehinspirierten Mitbewohnern meiner Fantasie.

Mitten in einem imaginären Abendessen fallen mir die Augen zu, ich nicke ein. Als ich sie wieder öffne, ist die Sonne längst untergegangen. Windböen, Vorboten eines in der Ferne grollenden Gewitters, lassen die trockenen Blätter an der gefallenen Eiche rascheln. Weiter weg im Wald knarren die Äste von Birken, Eichen und

Espen wie alte Knochen, lauter und wieder leiser. Der Mond wirft zwischen schnell treibenden Wolken sein Licht auf eine Brache hinter dem Trailer und lässt groteske Schatten entstehen. Ich habe Angst und Hunger und bin jung genug, um an Dämonen und Teufel zu glauben, und natürlich auch an die fleischfressenden Zombies aus Harmons Lieblings-DVDs.

Reglos sehe ich dem Mais zu, der wild hin und her schwankt und von den Böen, die auch die Äste an den Bäumen tanzen lassen, fast zu Boden gedrückt wird. Ich schaue zum Trailer hinüber und hoffe, dass Mom kommt und mich holt. Aber das bringt mir keinen Trost. Als plötzlich am Rand des Grundstücks ein Waschbär auftaucht, fahre ich vor Schreck zusammen. Er stellt sich auf die Hinterbeine, reckt die Nase in die Luft und bleibt mehrere Sekunden lang so stehen, bevor er sich wieder auf alle vier Pfoten fallen lässt. Sekunden später ist er in dem Maiswald verschwunden, der uns umgibt.

Mit neun finde ich Waschbären immer noch süß. Aber da draußen lauern noch andere Wesen, darunter Kojoten und Dachse, die ein neunjähriges Mädchen vielleicht gern fressen würden. Ich muss in den Trailer.

Etwa in dem Moment fällt mir auf, dass Harmons Auto nicht mehr da ist. Das macht mir Mut. Ich muss mich nicht länger zwischen Harmons Wutausbrüchen und einer Meute hungriger Kojoten entscheiden. Sondern nur noch fünfzehn Meter überwinden und um den Trailer herum zur Tür rennen. Wo mich alles Mögliche erwarten könnte.

Der Wind wird stärker, die ersten Regentropfen färben den Boden dunkel. Das reicht. Ich krieche zwischen den Ästen hindurch, renne um den Trailer herum und ins Haus hinein. Mom liegt schnarchend im Schlafzimmer, von Harmon ist nichts zu sehen. Im Kühlschrank erwartet mich eine Belohnung, zwei Scheiben Schmelzkäse und eine Pflaume, verschrumpelt, aber noch frisch genug zum Essen.

Eine halbe Stunde später schnalle ich Charlie im Kindersitz fest. Von Connor keine Spur, als ich auf dem Baxter Boulevard in die Stadt fahre. Charlie quasselt ohne Punkt und Komma. Sie will wissen, was für Spiele im Lager gespielt werden. Was sie essen werden. Wer noch mitkommt. Was, wenn es regnet? Wann kommt sie wieder nach Hause? Ich behalte abwechselnd die Spiegel im Blick und gebe vage Antworten, wie abgelenkte Eltern das immer tun.

Ich möchte, dass Connor mir folgt, und ich möchte, dass Connor mir nicht folgt. Ich würde mir gerne einreden, dass er verschwinden wird, aber das ist sinnlos. Ich bin eine Frau, die keinen Mann hat, der sie beschützen könnte. Eine Frau mit einer kranken Mutter, die bereit wäre, sie ans Messer zu liefern, und mit einem kleinen Kind, das Schutz braucht.

Leichte Beute.

40
CONNOR

Ich glaube, ich hab einen Fehler gemacht. Bin vorschnell gewesen. Ich hätte nach der Verhaftung meines Vaters und Mariolas Drohungen erst mal die Füße stillhalten sollen. Mariola will mich hinter Gitter bringen – das ist ein regelrechter Kreuzzug –, und wenn man sich die Pressekonferenz ansieht, wird sie bald die Macht haben, ihre Pläne in die Tat umzusetzen. Chief Black und der Bürgermeister haben ihr praktisch den Lesbenarsch geküsst. Also hätte ich mich vielleicht nach der Unterredung mit Celia Graham zurückhalten sollen, das Ganze erst mal abkühlen lassen, bevor ich dem Geld nachjage. Das Geld gehört mir, keine Frage, kein Zweifel. Die Schlampe – Gidget oder wie immer sie heißt – hat es zwar Bradley geklaut, aber es war nicht seins. Sondern immer meins.

Also muss ich was unternehmen, stimmt's? Allerdings hätte es nicht unbedingt gleich sein müssen. Aber jetzt muss ich was tun, weil ich nämlich vor ihrem Haus geparkt hab, ich Idiot, und die Schlampe mich gesehen hat. Sieht nach nichts aus, Typ graue Maus, wie ihre Mutter gesagt hat. Und wie sie zurückgezuckt ist, die Angst in ihren Augen? Als Kredithai kenne ich diesen Blick. Hab ihn schon bei Hunderten von Versagern gesehen, wenn sie mit dem Arsch an der Wand standen. Eigentlich macht er mich heiß, und ich bin sicher, sobald ich die Schlampe allein zu fassen kriege, habe ich mein Geld zurück.

Das Telefon klingelt, als ich mir anstelle von Moms Waffeln gerade eine Schüssel Müsli reinlöffle. Es ist Augie. Er ist an einem Vorarbeiter von Baxter Packing dran, der einen Kredit will. Der Typ behauptet, uns exklusiven Zugang zu Baxter-Packing-Arbeitern verschaffen zu können, wenn wir ihm die Zinsen erlassen. Und welcher Gedanke schießt mir als erster durch den Kopf? Ich soll reingelegt werden. So weit hat Mariola mich schon gebracht.

»Woher kennst du den Typen, Augie?«

»Aus dem Dew Drop. Frankie hat ihn vorgestellt.«

Damit ist Frankie Thomas gemeint, der sich einen neuen Kredit holt, sobald er den letzten gerade abbezahlt hat. Frankie war ein paarmal zu spät dran, ist aber kein Versager.

»Prüf das, Augie. Aber vorsichtig, klar? Wir stehen gerade unter Beobachtung, falls du es nicht gemerkt hast.«

»Verstanden, Boss.«

Vielleicht bin ich paranoid, aber die meisten Sorgen mache ich mir gerade darüber, dass Gidget zu den Cops rennen könnte. Angst kann einen zu so was treiben. Das kenne ich schon von anderen Versagern. Es ist unfair, schließlich wissen sie, auf welchen Deal sie sich mit mir einlassen, aber man kann Versager nicht verklagen, ihr Gehalt einziehen oder ihre Konten einfrieren. Ich weiß das, und sie wissen das. Wer sich vor den Zahlungen drücken will, sollte sich im Klaren darüber sein, dass ich mein Geld nur auf eine Weise eintreiben kann.

Zwei Typen sind zu den Cops gegangen, zumindest von denen ich weiß. Zum Glück hat mir unser Mann auf dem Revier einen Tipp gegeben, und ich hab mich zurückgezogen. Und ich glaube, das mache ich in diesem Fall auch. Ich werde Gidget überreden, mir die achtzehntausend zurückzugeben. Ich sag ihr, Schwamm drüber. Dann lass ich die Sache ruhen, bis alles abgekühlt ist. Bis Mariola sich in anderer Leute Verbrechen festgebissen hat. Bis Gidget denkt, ich hätte sie vergessen. Dann ist Augies Zeit gekommen, und ich werde ein beinhartes Alibi haben.

Eins ist mal klar: Connor Schmidt beklaut man nicht.

Mom hat einen frühen Flug nach Denver genommen, wo ihre Schwester wohnt, ich bin allein zu Haus. Ich wollte nicht, dass sie hierbleibt, falls mein Alter noch ungeahnte Ressourcen hat. Sie ließ sich leicht überreden, trotzdem fühlt sich alles völlig schräg an. Das Haus ist viel zu groß für eine Person, ich habe keine Ahnung, wie sie in Zukunft hier alleine leben soll. Natürlich könnte ich einziehen, aber auch das fühlt sich komisch an. Also was tun? Das Haus verkaufen und was Kleineres für Mom suchen? Ich weiß noch nicht mal, wessen Name im Grundbuch steht. Oder auf wen die Bankkonten und andere Dokumente laufen. Deswegen habe ich Lorimer Taub – Dads ehemaligen Anwalt, jetzt der von Marjorie Carver – hergebeten.

Ich musste nicht zweimal fragen. Lori ist eine Koksnase, und Koksnasen tanzen nach der Pfeife ihres Dealers. Ich bin auch nicht überrascht, als er um Punkt halb neun klingelt. Genau wie verabredet.

Lorimer sieht nicht gut aus. Er ist schon immer dürr gewesen, als wartete er darauf, dass ihn irgendein großer, böser Wolf umpustet, und die Eulenbrille verschlimmert den Eindruck. Aber heute scheint es fast so, als würde das Koks ihn unterkriegen. Reiche Junkies können lange durchhalten, aber nicht ewig. Lorimer bleiben vielleicht noch sechs Monate, bevor er in die Klinik muss. Sein dritter Entzug.

Ich lasse ihn am Küchentisch Platz nehmen, schenke ihm einen Kaffee ein und setze mich ihm gegenüber. »Marjorie hält durch?«, frage ich.

»Solide wie ein Fels. Machst du dir Sorgen?«

»Nicht wirklich.« Ich beuge mich vor. »Ich hab dich aus einem anderen Grund hergebeten. Da mein alter Herr im Knast sitzt, muss ich die Finanzen meiner Mutter in die Hand nehmen.«

»So ein Zufall, Connor, ich wollte auch schon mit dir über Finanzielles reden.« Er wartet, dass ich reagiere, bevor er weiterspricht. »Nissan kommt nach Baxter.«

»Was?«

»Nissan baut genau hier in Baxter eine neue Fabrik. In den Yards, sobald Baxter Packing dichtmacht. Das stammt direkt aus dem Büro des Gouverneurs. Glaub mir, das ist echt. Es ist echt, und es stellt für jeden, der seinen Vorteil zu nutzen weiß, eine Riesenchance dar. Das heißt, man muss früh rein, Connor, bevor jeder Hinz und Kunz es mitkriegt. Die großen Ketten – Gap, Nike, Starbucks, Nordstrom – suchen jetzt schon nach Standorten. Da kommt aus höheren Gehaltsklassen eine Menge Geld in Umlauf.«

»Von wem?«

»Fabrikmanager, Ingenieure, Mechaniker, die sich um die Roboter kümmern. Und auch die Arbeiter werden Löhne bekommen, wie diese Stadt es seit Jahrzehnten nicht mehr kennt. Plus die Eigentümer der ganzen neuen Geschäfte, die bald eröffnen werden.« Lori zieht ein Taschentuch aus der Innentasche seines braunen Jacketts und hustet dezent hinein. »Also, ein paar von uns sehen sich gerade die Immobilien am City Hall Park genauer an. Das Geld für die Umgestaltung des Parks ist bereits bewilligt, die Stadt sucht nach einem Landschaftsarchitekten. Geplant ist, um den Park herum Restaurants und Läden anzusiedeln, Antikes und Boutiquen, und eine Flaniermeile zu schaffen. Dazu neue Apartments mit dem richtigen Luxus und dem richtigen Ausblick, da kann man ordentlich Geld scheffeln. Legales Geld, Connor. Geld, das nicht versteckt werden muss.«

Ich werfe einen Blick auf die Wanduhr. Es ist neun, ich muss los. »Lädst du mich ein in dieses …«

»Unternehmen.«

»Und was kostet mich das?«

»Mindestens fünfzigtausend.«

»Und höchstens?«

»Da gibt's kein Limit. Aber wenn du eine Viertel Mille zusammenbekommst, gehören dir genug Anteile, um wirklich was zu sagen zu haben.«

Ich nicke und verspreche, es mir zu überlegen, aber ich bin doch nicht so blöd, mich auf einen Junkie einzulassen. Vor allem, wenn der Gewinn mindestens fünf Jahre auf sich warten lassen wird. Trotzdem denke ich nach. Wenn Lorimer keinen Stuss redet, wird Baxter schon in ein paar Monaten von auswärtigen Bauarbeitern überflutet werden. Und die haben ganz sicher Bedürfnisse, die nur ein Mann wie ich stillen kann. Außerdem, wenn ich in die Legalität gehen will, liegt bereits ein Angebot auf dem Tisch. Jimmy Santini will einen Teil des Dew Drop verkaufen, wo ich sowieso ständig rumhänge. Und Jimmy vertraue ich.

»Was ist denn nun mit meiner Mom? Muss sie Insolvenz anmelden?«

Lorimer schüttelt den Kopf. »Es gibt Spar- und Girokonten, die auf beider Namen laufen. Insgesamt etwa fünfunddreißigtausend. Das große Geld, das Arbeitskapital, ist versteckt.«

»Und weißt du, wo?«

»Ja.« Er hat nicht die Eier zu fragen, was für ihn dabei rausspringt. Aber ich weiß, dass ich ihn nicht durch Einschüchterung zum Reden bringen kann. Loris Kanzlei deckt drei Countys ab, und er hat ein paar der brutalsten Verbrecher überhaupt vertreten. Mit Drohungen kennt er sich aus.

»Dreißig Gramm, Lori, um meine Dankbarkeit zu zeigen.« Ich zögere kurz. »Vom besten Stoff.«

»Wunderbar. Okay, dein alter Herr hat mich eingeweiht, für den Fall, dass er verhaftet wird und Kaution zahlen muss. Ein dicker Batzen liegt unter den Bodendielen in Marjories Schlafzimmer versteckt.«

»Er hat ihr vertraut? Marjorie Carver?«

Lorimer lächelt endlich. »Er hat gesagt, wenn nur ein einziger Dollar verschwindet, bringt er vor ihren Augen ihre Kinder um. Und es klang, als meint er es ernst. Eins muss man echt sagen, dein alter Herr war ziemlich geizig.«

Wenig später verabschiede ich Lorimer. Ich kann es nicht erwarten, dass Gidget und das gestohlene Geld endlich Vergangenheit sind. Die Verhaftung des Alten und der ganze andere Mist haben mich ausgebremst. Jetzt geht es los. Ich denke nach vorn. Weil Lori recht hat. Wenn Geld in die Stadt fließt, muss ich bereitstehen, um meinen Anteil abzuschöpfen.

Ich verlasse das leere Haus, schließe hinter mir ab und gehe zum Lexus. Unter dem Fahrersitz ist eine Waffe versteckt. Nicht weil ich mir wegen Gidget Sorgen machen würde. Sondern aus dem gleichen Grund, aus dem ich Mom nach Denver geschickt habe. Zwar glaube ich nicht, dass mein Alter irgendwen um Hilfe anhauen könnte, aber man weiß ja nie.

Ich nehme die Waffe mit zum blauen Toyota, setze mich ans Steuer und lasse den Motor an, lege aber nicht gleich den Gang ein. Stattdessen lehne ich mich zurück und schließe einen Moment lang die Augen. Ich denke an das Video aus dem Randy's, an die Frau mit Hut im grünen Kleid. An das rote Licht, das auf den Pailletten glitzert, an den Saum des Kleids, der fast bis an ihren Schoß hochgezogen war, an den roten Mund und den grünen Lidschatten. Und jetzt denke ich, es wäre angemessen, ein paar Zinsen auf Gidgets Schulden zu verlangen. Oder einen ganzen Batzen.

41
GIT

Der rote Lexus ist nirgends zu sehen, trotzdem behalte ich abwechselnd alle drei Spiegel im Auge. Dass ich falschliege, begreife ich, als ich in die Poplar Street abbiege und mir ein blauer Toyota folgt. Zwischen uns sind keine weiteren Wagen, und als ich langsamer werde, wird auch er langsamer.

Hirn und Fuß wollen aufs Gaspedal drücken. Aber für Panik ist es zu früh. Solange Charlie im Auto sitzt, muss ich jede direkte Konfrontation vermeiden. Dazu kommt es auch nicht. Ich halte am Ferienlagertreffpunkt hinter einer langen Reihe von Wagen und steige aus. Charlie schnallt sich ab und springt aus dem Auto. Sie ergreift meine Hand, was sie immer dann tut, wenn sie aufgeregt ist, und wir stellen uns in die Schlange am Registrierungstisch. Ich plaudere mit den Müttern, die ich kenne. Die Gespräche drehen sich abwechselnd um Carls Schmidts Verhaftung und die bevorstehende Schließung von Baxter Packing. Beide Themen sind unschön, aber ich höre eh kaum hin.

Und reiße mich zusammen, um mich nicht nach Connor umzusehen.

Nachdem ich Charlie ein Namensschild ans T-Shirt gesteckt habe, umarmt sie mich noch einmal und läuft dann zu Samantha, die ihr schon zuwinkt.

»Tschüs, Mom.«

»Viel Spaß, Süße. Sonntagabend sammle ich dich wieder ein. Vielleicht holen wir uns dann eine Pizza.«

Vielleicht hast du dann keine Mutter mehr.

Nach einer verbotenen Kehrtwende fahre ich direkt an Connors parkendem Toyota vorbei, schaue aber nicht hin. Ich schiebe mich durch den Verkehr auf dem Baxter Boulevard bis zu einem Einkaufszentrum vor. Ich bin so wütend, dass ich keine Angst habe, aber nicht so blöd, am Rand des Parkplatzes zu parken, sondern ich suche mir eine Lücke vor dem Eingang, steige aus dem Wagen und gehe hinein. Als ich sicher bin, dass Connor mir nicht folgt, hole ich das Handy raus und rufe Mom an.

»Er verfolgt mich«, sage ich. »Aber er fährt einen blauen Toyota statt des Lexus.«

»Wenn er nicht auffallen will, meint er es ernst.«

Das ist mir auch klar. »Bist du bereit?«

»Ja. Aber sei vorsichtig, Git. Deine Tochter braucht dich noch.«

Mom und ich gehen davon aus, dass Connor bewaffnet ist. Die Drohungen seines Vaters sind allgemein bekannt. Aber in Baxter dürfen Waffen nicht offen getragen werden. Dafür braucht man eine spezielle Genehmigung. Wie wahrscheinlich ist es, dass Connor die hat? Oder dass er auch ohne Genehmigung eine Waffe trägt? Wahrscheinlich ist sie im Wagen, er dürfte sie eher nicht am Körper tragen.

Aber man kann nie wissen.

Ich verlasse das Einkaufszentrum, gehe zum Auto, schließe auf und sehe mich um. Als mein Blick auf Connor am Steuer des blauen Toyota fällt, zucke ich zusammen. Nur leicht, trotzdem versteht er, was das bedeutet – dass ich weiß, dass er da ist.

Mein Auto steht seit einer Viertelstunde in der prallen Sonne, und die Klimaanlage funktioniert nicht. Im Winter nicht weiter schlimm, aber langsam muss ich Geld auftreiben, um sie reparieren zu lassen. Nicht heute. Ich lasse alle Fenster herunter und starte den Wagen.

Ich nehme den Baxter Boulevard Richtung Norden, gebe allmählich Gas und biege schließlich auf die Route 74 ab, eine Bundesstraße. Das Tempolimit liegt bei fünfundfünfzig Meilen pro Stunde, ich überschreite es nach wenigen Metern. Connor bleibt auch dann noch an mir dran, als ich andere Wagen links und rechts überhole. Vermutlich macht ihm die Jagd Spaß. Vermutlich glaubt er, ich hätte Riesenschiss vor ihm, den ich allerdings nicht mal ansatzweise empfinde. Nein, im Moment ist da nichts als Wut.

Nachwuchsgangster wie Connor haben mich in meiner Jugend verfolgt, mich und jedes andere Mädchen, das ohne Vater aufgewachsen ist und sich nach Liebe sehnt. Sie haben uns ausgenutzt und missbraucht und weggeworfen. Ich habe Erfahrung. Ich habe mich auf ein Dutzend dieser Typen eingelassen und einen am Ende sogar geheiratet. Tja, wenn ich richtig tippe, was Connor gerade denkt, dann hilft mir das. Nämlich, dass er mich für eine blöde Gans hält. Dass er glaubt, mich ganz allein aufgespürt zu haben. Und dass ich wehrlos bin.

Zumindest hoffe ich das.

Ich mache einen schnellen (aber nicht zu schnellen) Schlenker nach rechts auf eine Abfahrt. Connor folgt. Wir sind jetzt fast im Maisfeldland, auf einer zweispurigen Straße, und fahren schnell an ein paar Ranches vorbei. Büffel, keine Schlachtrinder. Eine Herde grast auf einer großen Weide. Das Gras, das die Tiere ausrupfen, ist hellgrün und reicht ihnen bis zu den Knien. Einen Moment lang bin ich neidisch. Die Welt wirkt so wunderbar friedlich. Aber dann sehe ich vor mir, wie sie durch einen Schacht in den Schlachthof geführt werden, höre sie brüllen, wenn der Geruch von Blut in ihre Nüstern steigt. Ich nicht, ich nicht.

Von Connor verfolgt biege ich viermal scharf ab, erst nach rechts, dann nach links, ein kleines Tier auf der Flucht. Als alle größeren Straßen weit hinter uns liegen, fahre ich links auf einen staubigen Schotterweg. Er ist lange nicht mehr benutzt worden, schmal und steinig, führt etwa dreißig Meter geradeaus durch Maisfelder hindurch und macht dann eine scharfe Linkskurve, nach der ich hinter dem Mais verborgen bin, und noch eine letzte Rechtskurve, dann endet er auf einer kleinen Lichtung ohne Ausweg. Der Trailer ist schon lange weg, sein früherer Stellplatz von Gras und Unkraut überwuchert. Meine Baumhöhle, deren Äste inzwischen abgebrochen sind, liegt am Boden und verrottet. Die Maisfelder scheinen näher gerückt zu sein, auf der Lichtung ist gerade noch Platz für Connors kleinen Toyota.

Ich springe aus dem Wagen und renne in das Maisfeld hinein, die Schultern gesenkt, den Blick zu Boden gerichtet. Reine Energieverschwendung, denn als sich der Staub legt, ist der Weg leer. Ich fasse es nicht. Connor ist mir nicht gefolgt. Mein Plan ist nicht aufgegangen. Ich taste nach der CZ 83, die hinten in meinem Gürtel steckt. Wäre Connor mir nachgefahren, wäre er hier nie wieder rausgekommen.

Kurz darauf jagt Mom in einem geliehenen Pick-up den Weg entlang. Wir hatten geplant, Connor den Weg abzuschneiden und ihn nicht entkommen zu lassen, selbst wenn er in seinem Wagen geblieben wäre. Wortlos starren wir uns an. Ich weiß, was Mom denkt. Ich denke dasselbe. Connor aufzusuchen war ein großes Risiko. Auch wenn er sicherlich irgendwann selbst rausgefunden hätte, wer die Frau mit Hut ist.

Aber irgendwann ist irgendwann, und jetzt ist jetzt.

42
DELIA

Die Frau, die auf mein Klopfen hin die Tür öffnet, wirkt über mein Erscheinen nicht überrascht. Eher ablehnend. Sie heißt Celia Graham und ist die Mutter von Bridget O'Rourke. Das weiß ich, weil ich nach meinem Besuch in Henriettas Hutmacherei mit Vern gesprochen habe. Er erinnerte sich an Celia, weil er sie einmal wegen eines tätlichen Angriffs verhaften musste, was dann im Sande verlief, weil das Opfer ein paar Tage später an einer Überdosis starb. Bridget war ihm auf der Highschool vermutlich begegnet, er hatte zwar kein Gesicht vor sich, kannte sie allerdings vom Hörensagen. Sie war unbescholten, war nie verhaftet worden, hatte nicht mal ein Knöllchen wegen Falschparkens bekommen.

»Detective Mariola, Ma'am.« Ich halte Celia meine Dienstmarke hin, keine Reaktion. »Ich bin auf der Suche nach Bridget O'Rourke.«

»Ich weiß, wer Sie sind.« Celia Grahams Lächeln enthüllt tabakverfärbte Zähne und eine Zunge in der Farbe von Erbsensuppe. Krank trifft ihren Zustand nicht. Eher lebendig tot. »Was wollense?«

Der Bungalow ist von einem kleinen Garten umgeben. Das Gras ist zwar struppig, aber ordentlich gemäht, die schmalen Steinkrautbeete gepflegt. Das Haus gleicht denen vieler anderer anständiger Bürger von Baxter. Bis auf die Fenster. Die sind trotz der Hitze allesamt geschlossen, die Vorhänge zugezogen.

»Wie ich gesagt habe, Celia. Ich muss mit Ihrer Tochter sprechen.« Ich sehe ihr in die Augen. Dass ich ihren Namen kenne, macht ihr nichts aus. »Ich muss mit Ihrer Tochter sprechen, und Sie gehen mir echt auf die Nerven.«

Aber Celia gibt nicht auf, vielleicht ist Anti auch die einzige Haltung, die sie kann. »Hamse einen Durchsuchungsbeschluss?«

»Wozu? Haben Sie was zu verbergen?«

»Was soll denn das heißen?«

»Letzte Chance, Celia. Ist Ihre Tochter zu Hause?«

»Letzte Chance? Und was kommt dann, eine Backpfeife?«

»Ganz genau. Dann kriegen Sie meine Faust ins Maul, und danach verhafte ich Sie wegen tätlichen Widerstands gegen die Staatsgewalt.«

Bridget rettet die Lage, indem sie hinter ihrer Mutter auftaucht, bevor ich meine blöde Drohung in die Tat umsetzen muss. »Kann ich Ihnen helfen?«

Von dem Partygirl, das sich auf dem Barhocker im Randy's geräkelt hat, ist nichts zu sehen. Eine schlanke Frau, etwa so groß wie ich, ich würde sie als Hausfrau von nebenan bezeichnen. Sie trägt eine Jeans und ein lila T-Shirt mit hochgekrempelten Ärmeln. Aber ihre Augen sind genauso kalt wie die ihrer Mutter.

»Sie hätten den Hut bar bezahlen sollen«, sage ich.

»Du musst nicht mit den Cops reden«, meldet sich ihre Mom zu Wort. »Du hast Rechte.«

»Stimmt«, räume ich ein und behalte Bridget im Blick, nicht ihre Mutter. »Sie sind Tatzeugin, keine Verdächtige. Das bedeutet, ich kann Sie mit aufs Revier nehmen und Sie um eine Aussage bitten, wobei ich dafür sorgen werde, dass jeder einzelne Cop und jeder Mitarbeiter einen guten Blick auf Sie werfen kann. Aber das ist ja auch egal, stimmt's? Weil Connor Schmidt Sie bereits gefunden hat. Deswegen sind die Gardinen zugezogen.«

»Mom, geh mal draußen eine rauchen.« Bridget wartet, bis ihre Mutter hinter der Hausecke verschwunden ist, dann lässt sie mich eintreten. Ich komme in ein kleines, gemütliches und sehr warmes Wohnzimmer. Zwei alte, aber augenscheinlich bequeme Sofas und zwei Polstersessel nehmen fast den gesamten Raum ein. Ich bin müde und würde meinen Hintern zu gern in einen der Sessel sinken lassen. Nichts da. Bridget führt mich an einen Esstisch und zeigt auf einen Stuhl.

»Wollen Sie Eistee?«

»Ja, gern.«

Sie dreht sich um und geht mit selbstsicheren Schritten in die Küche. Ich schaue mich um, nutze den Moment, ich bin von Natur aus neugierig. Zwei Landschaftsposter, eins vom Yosemite, das andere vom Grand Teton National Park, schmücken die Wand. Auf beiden schneebedeckte Berge, ich interpretiere die Sehnsucht von Flachlandbewohnern hinein. Dann fällt mein Blick auf einen Haufen Spielzeug in der Ecke des Wohnzimmers, was die Lage sofort verändert. 9mm-Kugeln durchdringen jede einzelne Wand dieses Fertigbaus, bevor sie am anderen Ende wieder austreten. Das Gleiche machen sie mit Fleisch, bei einem Kind genauso leicht wie bei Erwachsenen.

»Sie haben Kinder, Bridget?«

»Eins«, ruft sie aus der Küche. »Sie ist im Ferienlager.«

»Kommt wohl gerade recht? Dass sie weg ist?«

»Wenn Sie meinen.« Bridget kommt mit einem Tablett und zwei Gläsern aus der Küche. Eins gibt sie mir, dann sagt sie: »Ich hab Bradley nicht getötet.«

»Das weiß ich.«

»Und ich hab sein Geld nicht genommen.«

»Auch das weiß ich.«

»Wissen Sie, wer es war?«

»Ja, nicht Connor Schmidt.« Ich lächle. »Aber damit haben Sie ein Problem. Weil Connor es so sieht: Wenn er das Geld nicht gestohlen hat, müssen Sie es gewesen sein. Und was heißt das für Sie? Wenn Sie kein Geld haben, dass Sie ihm zurückgeben könnten?«

Als ich das so stehen lasse, ist Bridget klug genug, nichts zu erwidern. Sie starrt einen Moment lang den Tisch an, nippt an ihrem Tee, dann hebt sie plötzlich den Kopf.

»Ich habe keine Zeit für Spielchen mit Ihnen. Stellen Sie Ihre Fragen.«

»Hat Bradley Grieg irgendwas davon gesagt, dass er nach Ihnen noch Besuch erwartete?«

»Das wollen Sie hören? Ob er jemanden erwartet hat?«

»Nein, Bridget ...«

»Git.«

»Wie bitte?«

»Ich heiße Git. Niemand nennt mich Bridget.«

»Also gut, Git, aber was ich hören will, spielt keine Rolle. Sie sollen die Wahrheit sagen.«

»Aber Sie wissen nicht, ob es die Wahrheit ist. Bradley ist tot, und niemand kann das, was ich sage, bestätigen oder widerlegen. Ich kann mir einfach irgendwas ausdenken.«

»Ich will trotzdem die Wahrheit. Und ich denke, Sie sollten ehrlich zu mir sein. Sie haben schließlich ein Kind.«

Ich hatte gehofft, ihr einen heilsamen Schock zu versetzen, aber sie lacht bloß, und mir wird klar, dass ich es mit einer Frau zu tun habe, die das Schlimmste schon erlebt hat. Eine unschuldige Zeugin, die plötzlich zur Zielscheibe der guten und der bösen Jungs wird. Also bin ich reingefallen. Ich bin hergekommen, um Bridget O'Rourke, der Frau mit Hut, zu helfen, aber diese Frau braucht meine Hilfe nicht. Sie lässt sich nicht unterkriegen, auf keinen Fall.

»Wenn Sie Connor Schmidt wollen, reiche ich Ihnen seinen Kopf auf dem Silbertablett«, sagt sie. »In Geschenkpapier gewickelt und mit einer Schleife drum. Sie müssen nur Bitte sagen.«

43
CONNOR

Geschäftige Tage lasse ich meistens im Dew Drop ausklingen, und so sitze ich jetzt hier und versuche zu entspannen. Es ist erst sieben Uhr abends, aber ich hab das Gefühl, seit einer Woche auf den Beinen zu sein. Zuerst war da diese Fotze, Gidget. Hat Spaß gemacht, sie durch die Gegend zu jagen, war mal was anderes, und wahrscheinlich hätte ich sie gekriegt. Aber als sie auf einen Schotterweg abbog, kam ein Anruf von Augie rein. Letzte Nacht hat ein Kid aus Little Rickys Crew, ein Arschloch namens Harlan Brown, seinen Wagen gegen eine Ampel am Baxter Boulevard gesetzt. War zugedröhnt, ist das zu glauben, und hatte fünfzehn Gramm Koks dabei. Das auf dem Sitz neben ihm lag.

Es hat den halben Nachmittag gedauert, ihn auf Kaution rauszuhauen, und jetzt ist Augie mit dem kleinen Wichser auf dem Weg ins Dew Drop. Um mal ein ernstes Wort mit ihm zu reden.

Das Dew Drop ist so früh am Samstagabend noch leer, um neun wird es voll sein. Bis dahin hat der Besitzer, Jimmy Santini, wenig zu tun. Er ist jetzt Ende sechzig und möchte mich als Partner gewinnen, und ich nehme sein Angebot ernst. Auch wenn der Laden nicht viel hermacht – in die Theke sind bestimmt tausend Namen eingeritzt –, wenn man aus den Yards kommt, ist er die erste Bar am Baxter Boulevard. Wenn die Yards umgestaltet und ausgebaut werden, bedeutet das, dass hier täglich Tausende von Arbeitern vorbeikommen. Und nicht solche Loser, die den ganzen Abend vor einem einzigen Bier hängen. Ich sehe Männer und Frauen vor mir, viele von Heimweh geplagt, die hier ihr Gehalt vertrinken wollen.

Ich schmiede immer noch Zukunftspläne mit Jimmy, als Augie

reinkommt und Harlan Brown vor sich herschiebt. Brown ist höchstens neunzehn und sieht schon nach einer Nacht im Knast völlig fertig aus, außerdem kommt er gerade von seinem Trip runter. Wie ich gehört habe, war mehr Koks an seinen Fingern als in der Tüte.

Ich zeige auf einen Ecktisch. Sobald Augie und Harlan sitzen, komme ich zur Sache. »Harlan, meiner Ansicht nach bist du zu blöd zum Leben. Ich sollte dich umlegen, jetzt sofort, und wenn Little Ricky sich nicht für dich eingesetzt hätte, würde ich das auch. Ich sehe nur unter einer Bedingung davon ab. Du bist raus ausm Geschäft. Keine Deals mehr, keine krummen Dinger. Wenn du auch nur irgendwo einen Schokoriegel klaust, lasse ich dich dein eigenes Grab schaufeln. Hast du mich verstanden?«

Der Junge braucht das nicht zweimal zu hören. »Ja, und es tut mir leid, Connor. Echt. Ich weiß, dass ich Mist gebaut hab.«

Bevor ich zum letzten Schlag aushole, beobachte ich, wie er sich die Pickel an seiner rechten Wange kratzt. »Und das hier kriegst du dafür, Harlan. Erstens wird dich der beste Anwalt im County verteidigen, also Lorimer Taub. Zweitens wird dir Ricky jede Woche ein paar Dollar zustecken, damit du dich über Wasser halten kannst. Drittens meinte Lorimer, dass bei der Durchsuchung nicht alles mit rechten Dingen abgelaufen ist, wo also Leben ist, ist auch Hoffnung. Aber wenn es schiefgeht und du sitzen musst, dann wirst du sitzen. Ich habe meine Leute bei den Cops. Wenn du redest, erfahre ich das. Jetzt geh nach Hause und werde nüchtern. Und am besten auch gleich erwachsen. Das Leben ist kein Ponyhof.«

Brown macht sich aus dem Staub. Ich bestelle mir bei Sal's, dem einzigen Italiener in Baxter, eine Pizza. Im Dew Drop stehen nur Chips oder Brezeln auf der Karte. Auch das muss sich ändern.

»Was ist mit der Schlampe?«, fragt Augie. »Willst du mir das überlassen?«

Tatsächlich will ich nicht zugeben müssen, wie viel Geld mir im

Moment fehlt. Und ich fürchte, Augies Methoden würden die Art Aufmerksamkeit nach sich ziehen, die ich nicht gebrauchen kann. Was bedeutet, ich muss die Sache selbst in die Hand nehmen. Kreuze ich einfach vor ihrer Tür auf und sage: »Her mit dem Geld«? Warte ich, bis sie von allein auftaucht? Oder soll ich die Fotze umlegen und das Geld sausen lassen? Oder den ganzen Mist einfach vergessen? Eins ist sicher, ich kann nicht noch mehr Ärger gebrauchen.

Ich lehne mich zurück und will gerade Augies Frage beantworten, als die Tür aufgeht und Gidget die Bar betritt, was meine Probleme löst. Sie trägt eine dunkelrote Seidenbluse, die oberen beiden Knöpfe offen, eine dreireihige Kette aus schwarzen Glasperlen und dunkelblaue Ohrringe, die wie Knöpfe aussehen. Ihre weiße Jeans sitzt so eng an ihrem Arsch, dass sie wie aufgesprüht aussieht.

Ich bin sofort misstrauisch, glaube aber nicht, dass sie verkabelt ist. Dafür sind Bluse und Jeans zu eng, außerdem hat sie keine Handtasche dabei. Und sie ist echt dreist, kommt an unseren Tisch und starrt Augie von oben herab an. Ich sehe ihm an, dass er gleich aufspringen und ihr in die Fresse schlagen wird. Und wären wir allein, würde ich ihn wahrscheinlich nicht aufhalten.

»Lass uns allein, Augie.« Ich ignoriere seinen enttäuschten Blick und warte, bis er weg ist. Er wird seine Chance bekommen. Gidget wartet auch und setzt sich dann unaufgefordert.

»Willste was trinken?«

»So lange bleibe ich nicht.« Sie legt ihre Hand auf den Tisch und beugt sich vor, ich darf kurz die Aussicht genießen. »Ich hab was, das du willst«, sagt sie.

»Nein. Du hast was, das mir gehört.«

»Angeblich. Aber ich habe es *Bradley* abgenommen, nicht dir. Und wie er mich behandelt hat? Sagen wir mal so, ich finde, ich bin unzureichend entschädigt worden für das, was ich ertragen musste.«

»Wenn du es ihm heimzahlen willst, hättest du ihm die Eier abschneiden sollen, als er da im Koma lag. Was du genommen hast, hat nicht ihm gehört.«

»Wir drehen uns im Kreis.«

Ich habe die Nase voll. »Warum sagst du nicht einfach, was du sagen willst.«

»Bevor er umgekippt ist, meinte Bradley, ich müsste gehen, weil er noch jemanden erwartet. Nämlich dich, Connor. Nämlich dich.«

»Du lügst.«

»Macht das einen Unterschied?«

Verdammt, die hat Eier. Wahrscheinlich hat sie das von der anderen da gelernt, ihrer Mutter, denn als ich ihr in die Augen sehe, erkenne ich keine Angst.

»Sei nicht blöd. Die Cops wollen das doch gar nicht hören. Die haben eine wasserdichte Anklage gegen meinen alten Herrn und lachen sich doch nur tot über dich.«

»Ich bin in den Yards aufgewachsen, Connor. Ich rede nicht mit Cops. Nein, ich denke eher daran, mit dem Anwalt deines Vaters zu reden.«

Da bin ich kurz sprachlos. Wenn Bradley meinen Besuch wirklich erwähnt hat, fällt die Anklage gegen meinen Vater in sich zusammen. Die Knarre lag zwar in seinem Schrank, aber es ist ja nicht so, dass ich dazu keinen Zugang gehabt hätte. Er wird sowieso behaupten, die Waffe wäre ihm untergeschoben worden.

»Wenn du das tust, wirst du nicht lange genug leben, um auszusagen.«

»Ich habe nicht vor, auszusagen, und ich habe nicht vor, dein Geld zu behalten. Ich sag dir nur, wie es ist.«

»Und was willst du dann?«

Sie lehnt sich ein bisschen weiter vor, und ich kann nichts dagegen tun, ich muss ihre Titten anstarren. Bestimmt trägt sie einen BH, aber ich sehe nichts davon.

»Ich arbeite zweiundsiebzig Stunden die Woche, Connor, und komme kein Stück weiter im Leben. Ständig muss ich kämpfen, um nur die Rechnungen zu bezahlen. Die eine begleichen, die andere noch eine Woche oder einen Monat aufschieben, wenn ich's irgendwie drehen kann. Und ich habe eine Tochter, ein wirklich helles Köpfchen, sagen ihre Lehrer. Ich will, dass sie aufs College gehen kann, was mir nie vergönnt war, aber die Studiengebühren steigen jeden verdammten Tag. Wer keine reichen Eltern hat, ist nach dem Abschluss so verschuldet, dass er nie von unten hochkommt.« Sie lehnt sich zurück und schlägt ein Bein über das andere. »Ich hab die Schnauze voll von diesem Leben. Es ist nicht fair, dass man so hart arbeitet und trotzdem kaum seine Miete bezahlen kann. Aber ich bin selbst schuld, Connor, ich hab gedacht, ich könnte anständig bleiben und mich eigenhändig aus dem Sumpf ziehen. Wie blöd kann man sein? Für Leute wie mich ist der American Dream genau das: ein beschissener Traum.«

Nette Rede, die genau null Effekt auf mich hat. Anderer Leute Schmerz nachzuempfinden ist nicht meine Stärke. »Spar dir das Gejammere. Sag, was du willst, oder verzieh dich. Bevor meine Pizza kommt.«

»Ich mache dir einen Vorschlag …«

Sofort vibrieren meine Antennen. »Legal?«

»Ja. Ich will, dass du Microsoft aufkaufst und mich den Laden schmeißen lässt.« Ihr Lachen ist kühl und leicht, fast spöttisch, aber nicht ganz. »Nein, nicht legal. Ganz und gar nicht.«

Ich stürze mich nicht in Deals rein, ist nicht mein Stil. Ich lasse mir Zeit und schaue mich um. Am anderen Ende der Bar stehen drei Männer um einen abgenutzten Billardtisch herum. Ein Betrunkener, der schon den ganzen Nachmittag vor seinem Bier hockt und bald gehen wird. Zwei Jungs, Anfang zwanzig, in Jeans und T-Shirts, sitzen an einem Tisch in der Mitte des Raums. Ich habe sie noch nie gesehen, und für Cops sind sie gerade alt genug.

Gidget ist nicht überrascht, als ich aufstehe. Sie weiß, wie diese Dinge laufen. Ich sage: »Draußen«, durchquere den Raum und gehe raus. Wohin jetzt? Sechs Fahrzeuge – zwei Autos, drei SUVs und ein Pick-up – stehen verteilt auf dem Parkplatz. Alle sind leer. Auf der anderen Straßenseite liegt eine Tankstelle, neben der Bar eine Drogerie. Die ist geschlossen, und ich kann mich nicht mal mehr erinnern, wann die Tankstelle zuletzt in Betrieb war. Alle Fenster sind eingeschlagen.

Trotzdem bin ich unzufrieden. Ich gehe mit Gidget zu einem SUV, der fünfzehn Meter weiter quer zur Straße parkt. Dahinter sind wir vor Blicken geschützt.

»Vertrauen? Damit hab ich's nicht so, Gidget«, sage ich. »Ich muss dich abtasten.«

»Um sicherzugehen, dass ich nicht verkabelt bin? Na, tu dir keinen Zwang an.« Sie hebt die Arme, immer noch lächelnd. Ohne Angst. Und ohne Humor. »Das ist der einzige Grund, ja? Dass du sicher sein willst, dass ich nicht verkabelt bin?«

Nein, nicht der einzige, aber einer von mehreren. Ich muss sicher sein. Ich streiche mit den Händen über ihre Arme und Titten. Sie zuckt nicht mal. Auch nicht, als ich meine Hände um ihr rechtes Fußgelenk lege und mich nach oben bis zu ihrem Schritt vorarbeite und das Gleiche am linken Bein wiederhole.

Ich kann mir nicht helfen. Ihre Eier, ihre und die ihrer scheintoten Mutter, machen mich heiß. Vielleicht bezahle ich schon zu lange für Sex, aber ich sehe sie neben mir in den Klubs, wenn ich meine Geschäfte mache. Meine Frau.

Ich trete zurück, und sie lässt die Arme sinken. »Okay, Gidget. Sag, was du zu sagen hast.«

»Ich heiße Git.«

»Was?«

»Ich heiße Git, nicht Gidget.« Sie hält inne, aber ich hab nichts dazu zu sagen. »Okay, es läuft so. Mein Cousin Wyatt lebt in Jackson Lake und verschiebt erstklassiges Kokain. So viel er kriegen kann, was nie reicht, vor allem zur Ferienzeit. Ich will ihn beliefern, so einfach ist das.«

»Das ist edel, und ich weiß Familie zu schätzen. Frag meinen Daddy. Aber was hat dein Cousin in Jackson Lake mit meinem Geld zu tun?«

»Sechzig Gramm, das ist der Deal. Ich geb dir dein Geld zurück, das ich mir meiner Meinung nach verdient habe, und du gibst mir sechzig Gramm erstklassigen Stoff auf Kommission. Kommission, klar? Heißt, ich zahl's dir in ein paar Wochen zurück.«

Ich kann nicht anders, ich muss lachen. So hatte ich mir das Ganze wirklich nicht vorgestellt, als Augie und ich die Pizza bestellten.

Git wartet kühl und lässig ab, bis ich mich beruhigt habe. Für sie ist das kein Scherz, und ich komme auf ganz neue Ideen. Regelmäßige Deals bedeuten regelmäßige Treffen. Viel Kontakt.

»Versteh mich nicht falsch, Connor. Ich komme aus den Yards und weiß, wie's läuft. Eine Hand wäscht die andere. Das Geld wird immer pünktlich und korrekt kommen. Ich brauche nur diese eine Vorablieferung, um anfangen zu können. Danach gibt's bar auf die Kralle.« Ein Lächeln, langersehnt, hellt ihr Gesicht auf. »Ich glaube, wir werden gut miteinander klarkommen, Connor. Ich könnte mir sogar vorstellen, dass wir Komplizen mit gewissen Extras werden. Würde dir das gefallen?«

44
CONNOR

Ja, das würde es, und daraufhin hab ich mir dann Sarah, eine der Stammschlampen aus dem Dew Drop, für die Nacht mit in mein kleines Cottage genommen. Das fand ich eine gute Idee, nur kriege ich diese Frau, Git-nicht-Gidget, einfach nicht aus dem Kopf. Aber Sarah kann ich wegschicken, was ich auch tue, als sie aus der Dusche kommt. Auf die nette Art. Demütigung war Bradleys Ding. Ich sage ihr, ich müsste noch arbeiten, daher …

Kaum ist die Tür hinter Sarah zugegangen, denke ich wieder an die Frau mit Hut. Zuerst an den Blick, mit dem sie ihren Komplizen-mit-Extras-Deal auf den Tisch gelegt hat. Dann an das Video von ihr auf dem Barhocker im Randy's, an das Paillettenkleid, an die langen, glatten Beine, die sie übereinanderschlug. Diese Frau weiß, was sie will. Diese Frau hatte ein hartes Leben und ist bereit, alles Nötige zu tun. Da darf man sich nichts vormachen.

Noch während des Frühstücks klingelt zweimal mein Handy. Erst ruft Mom an. Sie fühlt sich wohl bei ihrer Schwester, und Denver tut ihr gut. Die Berge sind spektakulär. Dann meldet sich Lenny Krone. Er muss »nachtanken«, was ein Kilo Koks bedeutet, nicht unbedingt vom Feinsten. Ich spare mir das Gefeilsche. Lenny ist ein Großmaul, aber verlässlich. Klar, er jammert über den Preis oder den Abholort oder das Scheißwetter. Aber das Geld ist immer da. Ich brauche ihm nie nachzujagen.

Also hänge ich mich ans Zweithandy. Ein Kilo vom Durchschnitt und sechzig Gramm vom Besten. Die sechzig Gramm sehe ich als Investition. Etwa viertausend im Austausch für achtzehntausend. Wie es jetzt weitergeht, hängt von Git ab. Im Moment hoffe ich, wir kommen klar miteinander, weil ich schon länger nach einem überregionalen Verteiler suche. Aber der Deal könnte auch danebengehen, und auf dem Weg nach draußen stecke ich einen Colt .38 in meinen Gürtel.

Das kühle Wetter überrascht mich. In den letzten paar Tagen war es brüllend heiß, jetzt fühlt es sich eher wie Anfang Mai an, wenn endlich der letzte Winterschnee geschmolzen ist. Das Wetter hier bei uns ist schlimm. Kochend heiße Sommer nach eiskalten Wintern. Ein nie nachlassender Winterwind. Im Sommer weht kein Lüftchen, und die Luft hängt auf der Haut wie ein nasser Mantel.

Heute nicht. Ich fahre im Toyota Richtung Norden, eine gleichmäßige Brise pfeift durch die heruntergelassenen Fenster, AC/DC grölen einen Klassiker. Mein Ziel liegt sechzig Meilen westlich, in einem Einkaufszentrum am I-80. Anders als die zumeist geschlossenen Center in Baxter hängt dieses hier an einem Lowe's, einem CVS und einem Kroger-Supermarkt. Als ich kurz vor elf ankomme, ist schon eine Menge los. Ich muss mehrere Minuten lang rumkurven, bis ich in einer Ecke nahe der Auffahrt zum I-80 den grauen Van entdecke. Dann geht alles schnell, ein Päckchen von mir, ein Päckchen von einem dunkelhäutigen Mann, den ich noch nie gesehen habe, und schon bin ich wieder auf dem Weg.

Kein AC/DC mehr, kein Gedröhne. Jetzt läuft Country and Western, irgendein Möchtegern-Cowboy jammert seiner verlorenen Liebe nach. Im Ernst, der Song könnte zwanzig Jahre alt sein. Oder fünfzig. Aber er ist safe, das ist mir am liebsten, wenn ich Stoff durch die Gegend kutschiere. Nicht dass ich was zu befürchten hätte. Unser Mann … nein, das ist jetzt mein Mann, John Meacham. Hat mich heute Morgen angerufen. Mariola und ihr Partner, Vern Taney, sind vom Bezirksstaatsanwalt beauftragt worden, die Anklage gegen meinen Vater zu schreiben. Und das am Wochenende. Damit sind sie mindestens bis zum späten Nachmittag aus dem Verkehr gezogen.

Vierzig Minuten vor dem Ziel halte ich an und hole mir einen Kaffee und einen Donut. Als ich wieder im Auto sitze und am Kaffee nippe, rufe ich mit meinem Privathandy Git an. Das Zweithandy ist für geschäftliche Dinge mit meinen Lieferanten reserviert.

»Git, weißt du, wer hier ist?«

»Ja, weiß ich.«

Ihr selbstbewusster Ton spornt mich an. Ich denke immer längerfristiger. »Also sind wir im Geschäft?«

»Von mir aus schon. Und du?«

»Ich bin auf dem Weg.«

»Und du hast … was du versprochen hast?«

»Bin in 'ner halben Stunde da, Git, und du hast hier nicht das Sagen.«

»Würde ich mir nie träumen lassen.«

Auf meine Selbstdisziplin und Geduld bilde ich mir einiges ein. Fragt meinen Alten. Aber jetzt muss ich mich echt am Riemen reißen, um nicht das Gaspedal durchzudrücken. Ich kann es mir nicht leisten, angehalten und vielleicht durchsucht zu werden, auch wenn es vor Gericht nicht standhalten würde. Ruhig Blut. Ein Metallklumpen wie jeder andere, der hier über die Straßen rollt. Kaum einen Blick wert. Dabei kann ich schon Gits seidig glatte Innenschenkel unter meinen Fingerspitzen spüren. Ich habe eine ruhige Hand, wie in diesem Song …

Ich fahre von Norden her auf den Baxter Boulevard und direkt weiter zu Gits Adresse am anderen Ende der Stadt. Zur Abwechslung sind die Ampeln mal auf meiner Seite, und ich rolle durch bis zum Rathaus, wo sich an der Kreuzung ein Streifenwagen mit Blaulicht vor mich setzt. Instinktiv drehe ich das Lenkrad, will ihn umfahren, als aus der entgegengesetzten Richtung noch ein Streifenwagen kommt. Jetzt ist die Kreuzung blockiert, den Blick in den Rückspiegel kann ich mir sparen, ich weiß auch so, dass auch hinter mir weitere Polizeiwagen halten.

Eine Adrenalinwelle droht mich zu überwältigen. Ich bin reingelegt worden, und dreimal darfst du raten, von wem. Sie ist tot, das ist klar, weil ich sie bis in alle Ewigkeit jagen werde. Ich habe die Fotze gewarnt. Ich hab gesagt, du wirst niemals aussagen. Und das wird sie auch nicht. Bleibt nur noch die Frage, ob sie allein mir reicht oder ob ich auch ihre Tochter umbringe. Und dann steht John Meacham mit gezogener Waffe vor seinem Streifenwagen und sieht aus, als würde er gleich heulen, und ich weiß, auch er ist verarscht worden. Er und ich, wir beide.

»Sie kennen das ja, Connor.« Mariolas Stimme aus dem Lautsprecher des Polizeiwagens. »Steigen Sie aus und legen Sie sich auf den Boden.«

Und das war's. Nur dieser eine Befehl, als würde die Schlampe hoffen, dass ich nicht gehorche. Aber ich bin nicht blöd. Der Stoff liegt im abgeschlossenen Kofferraum, ebenso der Colt, und ich bin Optimist genug, um zu hoffen, dass die Cops keinen Durchsuchungsbeschluss haben. Langsam öffne ich die Tür, langsam steige ich aus, langsam lege ich mich auf den Boden. Ein paar Sekunden später schwärmen Cops um mich herum und tasten nach nicht vorhandenen Waffen. Ich rechne mit Handschellen, werde aber stattdessen hochgezogen. Mariola steht ein paar Meter vor mir, ihre Miene ist undurchdringlich.

»Können wir Ihren Wagen durchsuchen?«

»Haben Sie einen Beschluss?«

»Nein, nur einen Tipp, dass Sie Drogen dabeihaben.«

»Ein Tipp? Von wem, Detective?«

»Es heißt Lieutenant Mariola, und bitte beantworten Sie die Frage. Haben wir Ihr Einverständnis? Ja oder nein?«

Vier Cops, darunter auch Vern Taney, stehen dicht genug um mich herum, um meine Antwort zu hören. »Ohne Beschluss keine Durchsuchung. Ich gebe Ihnen mein Einverständnis nicht.«

Mariola schaut Taney an. Beide lächeln. »Holt den Hund«, sagt sie.

Der Hund ist ein hässlicher Köter, wie die Viecher, die man in Tierschutz-Videos sieht. Jämmerlich, stimmt's? Nur dass dieser Hund hochprofessionell ist, an der Leine zerrt, als er den Wagen umrundet, vor dem Kofferraum abrupt anhält, sich hinsetzt und wie verrückt bellt. Vor Gericht werden sie das hinreichenden Verdacht nennen. Vor Gericht rechtfertigt der Hund die Durchsuchung.

Während Taney die Fahrertür des Toyota öffnet und am Kofferraumhebel zieht, sehe ich Mariola direkt in die Augen. Ich versuche mich in Trotz oder wenigstens Wut, aber als der Kofferraum aufgeht, wird mir das Herz schwer. Alles, wofür ich gearbeitet habe, alle Träume, sind hinfällig. Der Hund wird weggeführt, mehrere Cops spähen in den Kofferraum, Taney greift hinein und zieht den Rucksack heraus. Ich sehe, wie er ihn öffnet, höre ihn »Bingo« rufen, dann hebt er das Kilo in die Luft.

»Mach einen Feldtest«, ordnet Mariola an. Dann fragt sie mich: »Wie viel haben wir hier vor uns, Connor? Ein Pfund? Ein Kilo?«

»Mit Ihnen rede ich nicht. Ich will einen Anwalt.«

»Gute Idee, Connor, weil, so viel Kokain? Das könnte für lebenslänglich reichen. Oder zumindest für die nächsten dreißig Jahre. Aber sehen Sie's mal positiv. Vielleicht können Sie sich mit Ihrem Daddy eine Zelle teilen, ein bisschen Familienzeit genießen. Oder Sie schicken Auftragskiller aufeinander los.«

Mariola streckt den Arm aus, um mich umzudrehen. Ich möchte sie umbringen, all diese Arschlöcher umbringen, mir die Fotze schnappen, die mir das eingebrockt hat, und sie lebendig verbrennen, aber ich leiste nicht mehr Widerstand als ein Fünfjähriger. Auch nicht, als sie meine rechte Hand hinter den Rücken zieht und mir die Handschelle anlegt und dann das Gleiche mit der linken tut. Das liegt an ihren Worten und dem triumphierenden Tonfall.

»Sie haben das Recht zu schweigen. Sie haben das Recht auf einen Anwalt. Alles, was Sie sagen, kann gegen Sie verwendet werden.«

45
GIT

Nach Connors Anruf macht sich Delia auf den Weg, um das Zugriffsteam anzuführen. Vern Taney ist schon unterwegs. Wir alle, Mom eingeschlossen, hoffen, dass auch Augie Barboza bei Connor im Wagen sitzt, zwei Fliegen mit einer Klappe. Ich will die beiden hinter Gittern wissen, wenn ich Charlie abhole. Und dann machen wir uns sofort aus dem Staub.

Klamotten, persönlicher Besitz, wichtige Unterlagen, mehr nicht. Die Möbel lassen wir hier, das Auto werde ich bar verkaufen, sobald wir in New Jersey angekommen sind. Delia glaubt, dass Connors Organisation auseinanderfallen wird, wenn Vater und Sohn im Knast sitzen, aber dafür gibt es keine Garantie. Und schließlich sind nicht Delia und ihr Sohn in Gefahr. Sondern ich und Charlie und Mom.

Mom stromert rastlos durchs Haus, ihre Nerven sind zum Zerreißen gespannt. Ich weiß, dass sie scharf ist auf einen Drink. Alkohol ist immer ihre Zuflucht gewesen. So weit kommt es nicht, aber als Delia eine Stunde später anruft, schmecke ich Moms Dankbarkeit. Und Delia hat gute Neuigkeiten, zumindest für sich. Zusätzlich zu den sechzig Gramm, die für mich bestimmt waren, hatte Connor noch eine große Menge Kokain dabei, vermutlich ein Kilo.

»Er wird morgen von Knüpft-sie-auf-Dunn angeklagt werden: Die Kaution wird fast eine halbe Million Dollar in bar betragen. So viel Geld wird Connor nicht so schnell aufbringen können, wenn überhaupt.«

Sollte ich froh, erleichtert, sogar dankbar sein? Augie Barboza saß nicht mit im Wagen, Connor war allein unterwegs, wenig überraschend, schließlich war er auf dem Weg zu einer Frau, die er zu ficken gedachte. Jetzt habe ich mehr Angst vor Augie als vor Connor.

Zack hat Augie und Connor als an der Hüfte zusammengewachsen beschrieben. Schlimmer noch, laut Zack ist Augie ein Kredithai und zu allem bereit, wenn Schuldner nicht zahlen. Menschen Schmerzen zuzufügen ist für ihn Alltag. Zack hat erzählt, dass Augie noch in der Highschool war, Connor ein paar Jahre raus, als sie sich kennenlernten. Augie war damals außer Rand und Band und ständig in Prügeleien verwickelt, meistens wegen irgendeiner eingebildeten Kränkung. Connor gab ihm eine Chance, die sich bezahlt gemacht und ihm Augies bedingungslose Loyalität eingebracht hat. Connor kam immer im Doppelpack. Und Bradley Grieg hatte er auch eine Chance gegeben.

Mrs. Finder, die das Ferienlager leitet, ist nicht erfreut, als ich ihr sage, dass ich Charlie morgen früh abholen werde.

»Wissen Sie«, sagt sie in säuselnd-herablassendem Ton, »für Kinder sind plötzliche Veränderungen traumatisch. Es ist ja nur noch ein Tag.«

»Ich bin um zehn da. Ich wäre Ihnen dankbar, wenn sie dann bereitstehen könnte. Ich hole sie auf jeden Fall ab.«

»Nun, Sie sind die Mutter ...«

Ja, bin ich und unterstreiche es, indem ich auflege. Jetzt habe ich eine Wahl. Mom weiß es und sieht mich gespannt an. Sie wartet auf meine Entscheidung. Eigentlich habe ich heute im Resurrection Dienst und wäre dort wahrscheinlich einigermaßen sicher. Aber das geht nicht. Ich kann Mom nicht Augie zum Fraß vorwerfen.

»Vielleicht glaubt er nicht, dass du es warst«, sagt sie aus dem Nichts heraus.

Mom hat die Angewohnheit, wichtige Informationen nicht laut auszusprechen, als würde ich den Gedanken, die durch ihr Hirn ziehen, schon irgendwie folgen. Aber diesmal weiß ich, was sie meint. Ich bin im Dew Drop in einer Jeans aufgetaucht, die mir seit ein paar Jahren zu klein ist, und mit einer Bluse, die eng an meinem Bauch und Rücken lag. Keine Handtasche. Wir hatten damit gerechnet, dass Connor misstrauisch reagieren würde, und wollten ihn beruhigen. Tatsächlich war in einem meiner knopfgroßen schwarzen Ohrringe ein winziger Funksender verborgen. Delia hörte aus sicherer Entfernung jedes Wort mit und bekam ihren hinreichenden Verdacht, um Connors Wagen zu durchsuchen. Der Hund war nur sicherheitshalber dabei und sollte Connor außerdem in die Irre führen. So unsere Hoffnung.

»Meinst du das zweite Päckchen?«

»Ja, Git. Connor hatte deine sechzig plus ein weiteres Kilo. Wer also hat ihn reingelegt? Du oder der Käufer des Kilos? Oder vielleicht überhaupt keiner, vielleicht haben die Cops sich Connor rein zufällig gegriffen und hatten einfach Glück.«

»Spätestens, wenn ich verschwinde, weiß er Bescheid. Und wenn es zu einem Prozess kommt, muss ich aussagen.«

»Stimmt, aber da Connor und sein alter Herr mit Jahrzehnten im Knast rechnen müssen, hat der Rest seiner Crew wahrscheinlich alle Hände voll zu tun und kann sich nicht auch noch um dich kümmern.«

»Was ist mit Augie?«

»Ich kenn Augie seit der Highschool. Hat die Führungsqualitäten einer Amöbe. Damit er was aus Eigenantrieb macht, müsste schon ein Wunder geschehen. Er hat sicher nicht vor, die Geschäfte selber zu übernehmen.«

Das klingt so verlockend, dass es eine Weile dauert, bevor ich über den Pferdefuß stolpere. »Was ist mit dem Geld? Die achtzehntausend, von denen alle glauben, dass ich sie geklaut hab? Und Augie weiß Bescheid. Er war im Dew Drop. Der Ausdruck in seinen Augen, Mom. Er hätte mich zu gern auf der Stelle zu Brei geprügelt.

Nein, ich muss damit rechnen, dass er was unternimmt. Und er ist kein Typ, der lange wartet.«

Ich rufe Zack Butler an. Widerwillig. Ich will ihm nicht beichten müssen, dass ich Connor reingelegt habe, denn Zack hat ein bestenfalls lockeres Verhältnis zur legalen Welt. Aber genau deswegen brauche ich seinen Rat, vielleicht sogar seinen Schutz. Er weiß einfach, wie's geht.

»Hey, Git, das wirst du nicht glauben, ich bin in Chicago. Bereite mein Konsortium vor.«

»Tja, hier ist der Teufel los. Connor ist verhaftet worden.« Ich brauche ein paar Sekunden, um den Mut für mein Geständnis aufzubringen. »Ich hab ihn reingelegt, Zack. Nachdem er mich ausfindig gemacht hatte, verstehst du?«

»Er hat dich gefunden?«

»Als ich gestern nach Hause kam, stand er vor meinem Haus. Und später ist er mir im Auto gefolgt.«

»Erzähl, Git. Alles.«

Das tue ich und lasse nichts aus, weder meinen Versuch, Connor auf die Lichtung zu locken, noch meinen Besuch im Dew Drop.

»Connor ist hinter Gittern, was schon mal gut ist. Und er hatte ein Kilo dabei, das für jemand anders bestimmt war. Vielleicht schiebt er ja dem die Schuld in die Schuhe anstatt mir.«

»Git, du kannst gegen ihn aussagen. Das reicht ihm schon, selbst wenn du ihn nicht reingelegt hättest. Und du solltest noch was bedenken. Wenn du heute Nacht eines unnatürlichen Todes sterben solltest, hätte Connor das perfekte Alibi.« Er räuspert sich. »Was du tun solltest? Dich irgendwo aufhalten, wo Augie dich nicht finden kann. Und was ist mit Charlie?«

»Sie ist gerade im Ferienlager. Ich werde deinen Rat befolgen. Ich hole sie morgen ab und fahre sofort los nach New Jersey. Aber ich weiß nicht, ob das reicht. Wie du sagst, wenn es zur Anklage kommt, muss ich aussagen. Das bedeutet, ich muss Mariola sagen, wo ich wohne. Kann sie die Adresse geheim halten? Steht sie in irgendeiner Akte? Oder muss ich die nächsten fünf Jahre lang auf der Hut sein und bei jedem fremden Gesicht misstrauisch werden? Oder damit rechnen, überrumpelt zu werden?«

»Na ja, die Schmidts sind nicht das Gambino-Syndikat. Hau ab, der Rest wird sich finden.«

Chad Gotosky lächelt Mom an, als wir Rapid-Fire Arms betreten, das größere der beiden Waffengeschäfte in Baxter. Mom und Chad sind etwa im selben Alter. Sie waren zusammen auf der Highschool und hatten irgendwann mal was miteinander. Das hat sie mir auf der Herfahrt erzählt, aber Chads Grinsen deutet auf mehr hin. Sie mögen gleichaltrig sein, sind aber wie Tag und Nacht. Chad ist super in Form, hat Kanonenkugelbizepse und Unterarme, die man gut auf den Grill legen könnte. Sein Nacken ist breiter als sein Kopf.

»Hey, Celia. Hab dich ja ewig nicht gesehen … muss gut fünf Jahre her sein.«

»Hast wahrscheinlich meine Nummer verloren.«

»Komm schon. Ich stehe seit fünfzehn Jahren sechs Tage die Woche hier im Laden. Ich bin nicht schwer zu finden. Was kann ich für euch tun?«

»Ich will keine Tomaten kaufen, Chad. Ich brauche eine Schusswaffe.«

In einer Vitrine, die eine gesamte Wandlänge einnimmt, sind vornehmlich Handfeuerwaffen ausgestellt, der letzte Meter ist Messern in jeder Form und Größe vorbehalten. Die übrigen Wände sind mit Gewehren und Flinten behängt. Hinter uns steht ein Schaukasten mit Zubehör, alles von einer Handtasche mit eingearbeitetem Holster bis hin zu dicker Schutzbekleidung. Ich habe zwar keine Angst vor Waffen, aber mein Wissen darüber, wie sie funktionieren, ist begrenzt. Ich bezweifle, dass Mom mehr Ahnung hat.

»Zur Selbstverteidigung zu Hause«, sage ich zu Chad, was nicht mal gelogen ist.

»Ah-ha. Und wer soll die Verteidigung übernehmen, du oder Celia?«

Mom schneidet mir das Wort ab. »Ich, Chad.«

»Was weißt du darüber?«

»Den Abzug drücken, möglichst nicht zucken.«

Chads Wesen passt zu seinem Beruf. Sein Lächeln ist spontan und ehrlich. »Na ja, Celia«, sagt er, »das mag ja reichen, wenn du an einem Schießstand vor dich hin ballern willst. Aber wenn jemand in deinem Haus ist, ein Einbrecher, der dir was antun will, dann genügt es nicht, abzudrücken und das Beste zu hoffen. Wenn du dann schießt, willst du auch sicher sein können, dass der, der da vor dir steht, wirklich auf direktem Weg in die Hölle fährt.« Wieder ein Lächeln, dann ein Zwinkern und ein Nicken. »Also, die meisten Waffenhändler würden jetzt eine dieser Schrotflinten hier empfehlen.« Er deutet auf einige, die hinter ihm an der Wand hängen. »Aber eine Langwaffe ist in einer Wohnung oder einem Haus problematisch. Da gibt es zu viele Hindernisse. Oder man hält sie um eine Ecke, und sie wird einem aus der Hand geschlagen. Nein, ich hab hier was, das genauso gut funktioniert, ohne die Nachteile zu haben.« Er holt eine schwarze Schachtel aus der Vitrine und öffnet sie. »Also, zur Info, diese Remington Tac-14, die mit 12-Kaliber Schrotpatronen geladen wird, ist keine Schrotflinte. Jedenfalls nicht nach Ansicht der Behörden. Das liegt daran, dass sie keinen Schaft hat. Sie wird mit einem Pistolengriff hergestellt. Das ist kein Eigenbau, Ladys. Was ihr hier sehr, ist so aus der Fabrik gekommen.«

Die Waffe misst mitsamt dem Lauf keine sechzig Zentimeter, wie ich schätze, und ich liege nur wenige Zentimeter daneben.

»Siebenundsechzig Zentimeter Länge«, verkündet Chad. »Und man hält sie so, neben der Hüfte, und feuert. Also ...«

Mom unterbricht ihn. »Das Ding ist so lang wie mein Arm. Und das soll legal sein?«

»Ja, ist es, Celia. Es ist so, laut Gesetz muss eine Flinte einen Schaft haben, den man gegen die Schulter drückt. Diese Waffe hat einen Pistolengriff, fällt also unter allgemeine Schusswaffen. Hundert Prozent legal.« Wieder ein Lächeln, dann drückt Chad den Griff an seine Hüfte. »Diese Waffe legt man nicht an. Man schießt aus der Hüfte und drückt die Hand fest an den Körper, um den Rückstoß zu kontrollieren.«

»Und sie ist treffsicher?«

»Sagen wir mal so. Ihr schießt ja nicht auf eine Ente in siebzig Meter Höhe. Nein, Ma'am. Ihr schießt auf jemanden am anderen Ende des Zimmers. Den verfehlt man nicht.«

Auf dem Nachhauseweg halten wir bei Jackson Movers an, einer Umzugsfirma. Aber ich bin nicht hier, um einen Umzug zu besprechen. Dann würde ich der Firma meine neue Adresse geben müssen. Ich lasse alle Möbel zurück, sogar das Geschirr.

Ich kaufe ein Dutzend kleiner Kisten, fahre damit nach Hause und beginne zu packen. Klamotten, ein paar Bücher, Charlies Spielsachen, es sind nur wenige. Im Schrank liegt auf einem Regalbrett alles, das an die Vergangenheit der Familie erinnert. Ein paar Fotos von meinen Großeltern, von Charlie als Baby, von meiner Hochzeit (die ich lieber vergessen würde), Charlies Schulzeugnisse, eine Geburtstagskarte, die sie für mich in der Schule gebastelt hatte. Die Karte ist hellrot und herzförmig.

Charlies Gesichtsausdruck, als sie sie mir überreichte, steigt vor meinem inneren Auge auf, scharf wie ein Foto. So stolz, so stolz.

Plötzlich sitze ich weinend auf der Bettkante. Ich erinnere mich an meine eigenen Hoffnungen, auf die jedes Kind ein Anrecht hat. Zerstört, zerfetzt, zerschlagen. Und was ist mit Charlies Zukunft? Ohne mich wird sie in derselben Gussform landen, die auch mich geprägt hat. Ich allein stehe zwischen ihr und ... Ich will nicht daran denken. Pflegeeltern? Hölle auf Erden.

»Komm schon, Git. Reiß dich zusammen. Wenn das Arschloch heute Nacht hier aufkreuzt, sind wir morgen früh wieder frei und unbeschwert.«

Mom wirkt so zerbrechlich, als könnte ein Luftzug sie umwerfen. Sie hat keinen Grund für Optimismus, scheint aber nie die Hoffnung zu verlieren.

»Keine Sorge«, sage ich. »Ich werde keinen Fehler machen. Aber es ist so verdammt unfair.«

Das Telefon unterbricht ein Gespräch, das nirgendwohin führt. Delia ruft an.

»Was gibt's Neues, Lieutenant?«

»Connor sitzt in einer Zelle und wird da mindestens bis morgen bleiben. Aber wir mussten ihn einen Anruf machen lassen.«

»Lassen Sie mich raten ... er hat nicht seinen Anwalt angerufen. Sondern Augie Barboza.«

»Genau, Git. Sind Sie zu Hause?«

»Ja.«

»Dann müssen Sie da weg. Ich lasse heute Nacht einen Streifenwagen vorbeifahren, aber ich kann keine ganze Einheit vor dem Haus positionieren.«

Um sechs Uhr geht Mom zum Kühlschrank und schaut nach, was zum Abendessen da ist. Ich finde ja, die letzte Mahlzeit müsste etwas Besonderes sein, aber wir geben uns mit Hamburgern zufrieden. Ich schaffe es nicht mal, Spaghettisoße zu machen. Meine Nerven liegen blank, auch wenn ich weiß, dass alles nur noch aufs Warten ankommt. Ich werfe schnell etwas Coleslaw zusammen, während Mom die Burger in der Pfanne brät. Wir schweigen.

Fünfzehn Minuten später setzen wir uns mit unseren Tellern auf die Gartenstühle, die unter ein paar Bäumen am westlichen Rand des Grundstücks stehen. Vor dem ersten Bissen schaue ich hinüber zu dem kleinen Waldstück, sehe die schmalen Pfade, die Charlie und die Nachbarskinder getreten haben – und wahrscheinlich viele andere Kinder im Lauf der Jahre. Als Charlie kleiner war, zwei oder drei, habe ich sie an der Hand gehalten und sie über die schattigen Wege geführt, während sie sich schüchtern und ängstlich in alle Richtungen umsah. Erst mit fünf traute sie sich allein in den dunklen Wald hinein. Ich sah ihr vom Garten aus zu, als sie erst einen Schritt machte, dann ein paar mehr, um dann zurück zu mir zu rennen und sich an meine Beine zu klammern.

Als es dämmert, gehe ich ins Haus zurück, und Mom fährt los. Die Remington liegt neben ihr auf dem Sitz. Sie fährt nicht weit, nur um den Block rum, und parkt keine vierzig Meter weiter auf der Einfahrt eines leer stehenden Hauses. Ich habe mein Handy auf Vibration gestellt und es in die Vordertasche meiner weiten Jeans gesteckt. Wenn Augie auftaucht, ruft Mom an, und ich werde bereit sein.

Als es dunkel wird, entriegle ich das Fenster neben meinem Bett. Bungalows haben den Vorteil, dass man bei Feuer einfach entkommen kann. Man braucht nicht aus dem ersten Stock zu springen. Unser Plan, wenn man ihn so nennen kann, ist simpel. Wenn Mom anruft, steige ich aus dem Fenster und laufe ums Haus herum. Mom wird mit der Remington aus der anderen Richtung kommen. Gemeinsam sollten wir über genug Feuerkraft verfügen, um mit allem fertig zu werden, was da kommen mag. Dazu noch das Überraschungsmoment und …

Die Sekunden fühlen sich an wie Minuten, Minuten wie Stunden, die Nacht kriecht langsam voran, und gegen vier Uhr morgens kämpfe ich gegen den Schlaf an. Fast schöpfe ich Hoffnung. Vielleicht ist Connor schlau genug, um sich zurückzuhalten und seine Lage nicht zu verschlimmern. Oder vielleicht ist Augie schon da gewesen und wieder weggefahren, als er sah, dass auf der Einfahrt kein Auto steht. Meine Nerven sind nicht nur gespannt, sie beginnen zu reißen. Ich muss pinkeln. Ich muss aufstehen und hin und her laufen. Ich brauche eine Entscheidung, die Warterei ist unerträglich. Ich zwinge mich, auf dem Stuhl neben meinem Bett sitzen zu bleiben. Zweimal hat mein Handy vibriert, Spamanrufe von 800er Nummern. Beide Male hat sich mein Herzschlag erst nach Minuten wieder beruhigt. Wenn Augie auftaucht, muss ich mit dem Adrenalinrausch irgendwie umgehen. Ich kann es mir nicht leisten zu zögern, übereilt zu handeln oder vor Angst zu erstarren.

Mein Blick fällt auf die Digitaluhr auf der Kommode, wenn die Ziffern doch bloß umspringen würden. Bald wird es dämmern. Ich denke über den Mietanhänger nach, den ich brauche, um die Umzugskisten nach New Jersey zu transportieren, wo bekomme ich ihn her, wie lange dauert es, ihn zu beladen, wann kann ich Charlie abholen, wann Baxter endlich hinter mir lassen? Da höre ich etwas.

Keine Vorwarnung, kein vibrierendes Handy, nur ein Knirschen im Wohnzimmer. Jemand macht sich mit einem Brecheisen an der Haustür zu schaffen. Mir stehen buchstäblich die Haare zu Berge, und mein Herzschlag explodiert. Ist Mom eingeschlafen? Haben sie sie in der Einfahrt bemerkt? Wo ist meine Pistole? Eine Sekunde lang fällt mir nicht ein, wo ich sie hingetan habe, dabei liegt sie auf meinem Schoß. Dann fällt mein Blick auf die Kommode und ein gerahmtes Foto von Charlie, auf dem sie mit einem rosa Lätzchen um den Hals am Esstisch sitzt.

Los, los, los. Ich springe auf, schiebe die Jalousie hoch und das Fenster auf, schwinge mich leise über das Fensterbrett nach draußen. Meine Gedanken beruhigen sich, ich kehre zurück zu unserem Plan. Ich schließe das Fenster hinter mir und drücke mich links davon an die Wand, sodass ich von drinnen nicht zu sehen bin. Die kleine CZ 83 liegt in meiner Hand, der Finger am Abzug, ich folge dem Plan: ums Haus rumlaufen, den Eindringling von hinten überraschen, schießen.

Ich hebe die Pistole, laufe um die Hausecke und sehe keine acht Meter vor mir einen Mann. Er bewegt sich in meine Richtung, bleibt aber bei meinem Anblick ebenfalls wie erstarrt stehen, und wir sehen einander sekundenlang an. In mir kocht Wut hoch. Hier ist noch so einer, noch ein Bradley Grieg, noch ein Connor Schmidt, noch ein Monster aus meiner Kindheit. Als seine Hand sich zu seinem Gürtel bewegt, drücke ich ab, einmal, zweimal, wieder und wieder.

Der Mond scheint noch hell genug, um ein wenig Farbe erkennen zu lassen, als die Kugeln in seine Brust jagen. Er sieht das Blut, reißt die Augen auf, ich drücke noch einmal ab. Die Kugel trifft ihn in die Stirn, er fällt rückwärts um, der Kopf schlägt auf dem Rasen auf.

Der Mann am Boden regt sich nicht. Er regt sich nicht, und er ist nicht Augie, und er ist nicht der Eindringling, der meine Haustür aufbricht. Instinktiv, wie ein kleines Nachtgeschöpf im plötzlichen Scheinwerferlicht, husche ich auf den Wald zu, will mich in seinem Schatten in Sicherheit bringen. Angst treibt mich an, aber nicht schnell genug. Kugeln – zwei schnell aufeinanderfolgende Schüsse, dann ein dritter – sausen wie wütende Hornissen an meinem rechten Ohr vorbei und geben im Vorbeifliegen ein deutliches Zischgeräusch ab, es klingt fast bedauernd. Ich werde ihnen keine zweite Chance geben. Ich renne auf einem Pfad, den Charlie und ich viele Male benutzt haben, in den Wald hinein und werfe mich ins Dickicht.

Weitere Kugeln folgen, aber das Glück bleibt mir gewogen. Der Untergrund ist ein Gewirr aus Wurzeln und Zweigen, die meine Knöchel umschlingen und mich nach wenigen Metern stolpern lassen. Ich lande auf dem Gesicht, schmecke Blut an meiner Lippe, halte trotzdem die Pistole fest umklammert. Den Angreifer, ich tippe auf Augie Barboza, kann ich von hier nicht sehen, vermutlich steht er noch im Garten, denn es folgen drei weitere Schüsse. Sie schneiden etwa fünf Meter rechts von mir eine Schneise durch Blätter und Unterholz und zerfetzen einen Baumstamm. Die dumpfen Aufschläge treiben mich weiter, ich krieche tiefer in den Wald hinein, ignoriere die niedrigen Äste, die mich zerkratzen, die Steine, die sich in meine Knie bohren.

Augie schießt nicht mehr, vermutlich, weil er mich nicht sehen kann. Ich weiß nicht, ob er mir in den Wald folgen wird, ganz sicher macht er sich nicht einfach aus dem Staub und lässt seinen Kumpanen zurück. Meine Strategie ist ohnehin klar. Ich muss mich nur noch fünf, höchstens zehn Minuten lang versteckt halten, dann sind die Cops hier. Die Nachbarn haben bestimmt den Notruf gewählt.

Im Gegensatz zu Augie kenne ich mich im Wald aus und krieche weiter, bis ich auf einen Pfad stoße. Inzwischen kann ich gut genug sehen, um zwei halb verrottete Baumstämme zu erkennen, Überreste einer Rodung vor langer Zeit, die mir den Weg versperren. Der Pfad führt noch ein kurzes Stück weiter bis zum hinteren Waldrand und schneidet dort einen anderen, der im Halbkreis bis zu einem Brombeergestrüpp führt. Die Büsche überragen mich. Es ist fast komplett dunkel.

Ich nehme einen sehr schmalen Pfad, die Brombeerdornen zerren an mir, ich halte mir schützend die Hände vors Gesicht. Trotzdem bin ich ruhig, denn Augie hat keine Ahnung, wo ich mich befinde. Wie sich zeigt, als er zwei Schüsse abfeuert, die nicht mal ansatzweise in meine Richtung gehen.

Schließlich erreiche ich das Ende des Pfads, vor mir liegt mein Garten. Ich habe nicht vor, den Wald zu verlassen oder Augie anzugreifen. Ich gehe davon aus, dass die Zeit für mich spielt, und rechne jeden Moment damit, heulende Sirenen zu hören. Im Nachbarhaus ist Licht im oberen Stock. Aber es kommt anders.

Augie befindet sich auf dem hinteren Rasen nahe am Haus. Sein Blick ist nicht auf mich oder den Wald gerichtet, sondern nach hinten auf meine Mutter. Mom steht zehn Meter weiter und hält die Schrotflinte auf Augie gerichtet.

Augie verzieht das Gesicht zu einer Grimasse, die vermutlich ein Lächeln darstellen soll, und hebt langsam die Hände, ohne seine Waffe fallenzulassen. Er macht mir nichts vor, und Mom sicher auch nicht. Doch sie steht wie erstarrt da, und ich weiß, dass Augie seinen Mut zusammennimmt. Er wird sich nicht ergeben, niemals. Er wird den ersten Schritt machen, und ich weiß, dass er sie erschießen wird, selbst wenn sie es über sich bringt, abzudrücken.

Plötzlich spüre ich die Pistole in meiner eigenen Hand, meine kleine CZ 83, und wünschte mir, ich wäre damit auf einen Schießstand gefahren und hätte stundenlang geübt. Augie steht etwa zwanzig Meter von mir entfernt. Um ihn auszuschalten, muss ich seinen Kopf treffen. Die Chancen dafür stehen mehr als schlecht.

»'n Abend, Celia.«

»Leg die Waffe weg.«

»Das muss man euch lassen, ihr habt euch wacker geschlagen, du und deine Tochter. Habt mich komplett getäuscht. Connor auch.«

»Leg die Waffe weg.«

»Aber du warst ja schon immer die Hölle auf Rädern. Immer volle Pulle voraus.«

»Leg die Waffe hin, Augie. Sonst drück ich ab.«

»Na, na, Celia …«

Ich muss was tun, muss handeln, und wenn ich nur für Ablenkung sorge. Ich gebe schnell hintereinander vier Schüsse ab. Augie schwenkt den Lauf seiner Waffe in meine Richtung, der Schock ist ihm anzusehen. Mein nächster Schuss hat nur ein kaputtes Fenster rechts neben Augie zur Folge. Dann endlich drückt Mom ab, das Donnern der Remington lässt die Zeit verstummen. Ich kann das Schrot nicht sehen, das zwischen Mom und Augie durch die Luft fliegt, aber Augies locker sitzendes Hemd flattert, als wäre plötzlich der Wind hineingefahren. Dann beginnt Blut, im Mondlicht schwarz, aus Augies Gesicht und Hals zu fließen. Das blaue Hemd verfärbt sich, Augie legt die Hand auf seine Flanke. Er schaut auf, mir in die Augen. Er wirkt verwirrt. Das war nicht vorgesehen, zwei Frauen, die sich nicht ergeben, zwei Frauen, die Widerstand leisten. Sein Mund schnappt auf, dann fällt er vorwärts um, die Waffe fliegt ihm aus der Hand. Erst dann höre ich die sich nähernden Sirenen.

Ich schaue zu Mom hinüber. Wahrscheinlich hat sie vergessen, die Flinte gegen ihre Hüfte zu drücken. Die Waffe liegt drei Meter weiter weg, und Mom sitzt mit einem schiefen breiten Grinsen auf dem Rasen.

»Zeit, auf Position zu gehen, Tochter«, ruft sie mir zu.

Als sie sich mit dem Gesicht nach unten auf den Boden legt, Arme und Hände ausgestreckt, kapiere ich. Die Cops sind wegen Schüssen gerufen worden und werden dementsprechend nervös sein. Ich komme aus dem Wald, lasse die CZ 83 fallen und mache noch ein paar Schritte, bevor ich mich wie Mom auf den Boden fallen lasse. Endlich ergeben.

46
EINE WOCHE SPÄTER
GIT

Charlie sitzt am Küchentisch auf Delias Schoß. Sagt Tante Delia zu ihr. Ich habe keine Ahnung, woher sie das mit der Tante hat, und spare mir die Frage. Sie trägt Delias goldene Dienstmarke – natürlich voller Stolz –, während mir nur die Rolle am Herd bleibt, wo ich mich um das Rührei kümmere, den Toaster im Auge behalte, eine Orange viertele. Aber das macht mir nichts aus, rein gar nichts. Ich … gewöhne mich immer noch um. Außerdem scheint Delia Charlie wirklich zu mögen, und mich vielleicht auch. Delia ist ziemlich offen lesbisch, vielleicht liegt es auch daran. Sie strahlt eine Aufrichtigkeit aus, die ich attraktiv finde. Sie scheint das Leben zu lieben und es leicht zu nehmen.

Augie und sein Gangsterkumpel (laut Delia Little Ricky) sind beide tot. Sie haben es nicht besser verdient, keine Frage. Sie haben ihre gerechte Strafe bekommen. Auch keine Frage. Weder Mariola noch die Bundespolizei, die den Tatort untersuchte, haben sie gestellt, auch nicht der Rechtsmediziner, der gestern die Obduktion durchgeführt hat.

Dieser Teil also, der rechtliche Teil, ist abgeschlossen. Aber nicht der andere, nicht der mit dem Ruf. Dem schlechten nämlich. Ich bin die Frau mit Hut, die mit Bradley Grieg in Hütte 909 gegangen ist. Bestenfalls eine schwanzgeile Nutte. Und schlimmstenfalls? Schlimmstenfalls habe ich Bradley dorthin gelockt, damit Carl Schmidt ihn umbringen konnte. Diese Spekulationen überraschen mich nicht, weil die Tatsachen den braven Bürgern von Baxter einfach zu unglaublich erscheinen. Sie wissen nicht, dass Bradley allein war, als er ins Skyview eincheckte, oder dass er und ich uns an jenem Abend zum ersten Mal begegnet sind, oder dass ich den Namen Carl Schmidt bis zu Bradleys Ermordung nie gehört hatte. Connors auch nicht.

»Wenn die Leute keine Fakten zur Hand haben, erfinden sie welche, um die Lücken zu füllen.« Das hat Zack gestern Abend gesagt, als wir uns verabschiedeten. »Solange ihre Geschichten halbwegs logisch klingen, glauben sie alles. Dann streitet man sich nur noch um die Details.«

»So wie, ist Bridget O'Rourke eine Schlampe, oder hat sie Geld bekommen? Ist sie eine Freizeitnutte oder eine echte?«

»Ja, genau so.«

Zacks Ton war sanft, ich spürte sein Bedauern. Er hat mir einen Job angeboten, als seine »Stellvertreterin«. Vor zwei Wochen hätte ich sofort angenommen. Aber ich will nicht, dass Charlie als Tochter einer Frau mit schlechtem Ruf aufwächst. Als ich ablehnte, gab Zack mir einen Umschlag – einen »Bonus«. Ich hab erst zu Hause nachgezählt. Achttausend Dollar. Zusammen mit Moms dreitausend reicht das, um meine Pflegeausbildung abzuschließen, wenn ich gleichzeitig arbeite. Und danach ein Studium? Jeder Abschluss bringt einen finanziellen Vorteil. Als staatlich anerkannte Pflegerin mit Collegeabschluss würde ich bei achtzigtausend im Jahr einsteigen. Ohne Überstunden.

»Wir klettern auf einen Berg«, erzählt Charlie Delia.

»Wirklich?«

»Mhm. Einen echten. Nicht wie Mount Jackson. Mom sagt, Mount Jackson ist bloß ein Hügel.«

»Wie hoch ist denn der Berg? Ist es der höchste Berg der Welt? Kann man von da oben China sehen?«

Falsche Frage. Charlie lebt oft in einem alternativen Universum namens Landkartenwelt. Sie findet auf ihrem Tablet die Hauptstadt von Kambodscha in unter einer Minute.

»Nein, du Dummkopf«, erklärt Charlie. »China ist doch auf der anderen Seite der Erde.«

»Ach ja, das hatte ich vergessen.« Delia umarmt mein kleines Mädchen. »Aber immerhin steigst du auf einen richtigen Berg, stimmt's?«

»Mhm.« Charlie sieht mich an. »Stimmt doch, Mommy?«

»Ganz genau.«

Wenn mit Delia alles besprochen ist, machen Mom, Charlie und ich uns auf den Weg nach New Jersey. Nahe der Grenze zwischen Ohio und Pennsylvania halten wir in einem kleinen Ferienort in den Appalachen an, im Vista View House. Das sind nicht die Alpen. Es geht gerade mal sechshundert Meter hoch. Aber Charlie hat ihr ganzes Leben im platten Mittleren Westen verbracht. Die Aussicht auf einen echten Berg fasziniert sie völlig und lenkt sie hoffentlich etwas von all dem Irrsinn ab. Als sie eine Erklärung für die ganze Gewalt forderte, habe ich gesagt, böse Männer wollten mir und Oma wehtun, und unzählige Warum-Fragen erwartet, aber sie beließ es dabei. Zumindest fürs Erste.

Die Nachricht über das Nissan-Werk hat auch geholfen. Die machte zwei Tage nach der Schießerei Schlagzeilen, und ich bin ziemlich sicher, dass Delia sie durchgestoßen hat. Ich weiß, dass sie auf meiner Seite steht, und mir ist auch klar, dass ihr Job immer Vorrang vor ihren Gefühlen hat. Aber von wem auch immer die Information kam, Baxter ist seitdem wie angestochen. Der *Baxter Bugle* druckte die Schlagzeile NISSAN BAUT NEUES WERK IN BAXTER quer über die gesamte Titelseite ab. Es folgten Spekulationen über die Anzahl der Jobs, die beim Bau der Fabrik entstehen würden, über die Zahl der festen Stellen, sobald sie in Betrieb genommen wird, über neue Wohnhäuser für all die neuen Arbeitskräfte und über neue Geschäfte, die gut verdienende Arbeitskräfte anziehen werden.

Die Nutten-Geschichte ging in der ganzen Aufregung zwar nicht gänzlich unter, aber wenigstens lungerten keine Reporter mehr vor meinem Haus rum.

»Iss auf, Liebes, wir haben eine lange Reise vor uns.«

Charlie greift zu ihrer Gabel. »Danke, Mommy.«

»Bitte sehr.«

Ich bin jetzt voller Ungeduld und gehe mit Delia in den Garten. »Was immer Sie zu sagen haben, Lieutenant, sagen Sie es schnell. Ich habe keine Zeit für Spielchen.«

Delia bleibt unbeeindruckt, aber ich spüre Respekt mir gegenüber. Ich habe mich gewehrt, und das zählt in ihrer Welt.

»Okay. Was die Tötungsdelikte angeht, sind Sie vom Haken. Notwehr bleibt Notwehr, und ich sehe nichts, das dagegensprechen würde. Und vielleicht haben Sie noch ein zweites Mal Glück. Vielleicht gehen die Schmidts auf einen Deal ein und plädieren auf schuldig. Doch selbst dann wird Connor vermutlich alle Karten ausreizen und die Beweislage anfechten. Ist sie auf legalem Weg zustande gekommen? War der Verdacht ausreichend? War es eine Falle? Wenn das passiert, Git, müssen Sie aussagen. Tja, ich könnte Sie als Tatzeugin auch hier festhalten, aber das werde ich nicht tun. Sie können beruhigt fahren. Das haben Sie sich mehr als verdient. Aber ich bitte Sie, sich irgendwo niederzulassen, wo ich Sie finden kann. Ein Anruf, okay? Keine Spielchen.«

»Verstanden, Lieutenant.«

»Das höre ich gern, weil ich weiß, dass Sie im Zweifelsfall einen Eid schwören und sich Fragen gefallen lassen müssen, die Sie lieber nicht beantworten würden. Nämlich, haben Sie Bradley Grieg Geld gestohlen? Wir beide wissen, dass das nicht der Fall war. Und: Warum haben Sie das behauptet, wenn Sie es doch nicht getan haben? Denken Sie daran, Sie haben Connor gegenüber ein paar unkluge Dinge gesagt, und ich hab sie auf Band. Und dann ist da noch Ihre Behauptung, Bradley hätte sie aus dem Hotelzimmer weggeschickt, weil er Connor erwartete. Da haben Sie sich echt was einfallen lassen.«

Jetzt lächle ich. »Geben Sie mir Fluchtgründe, Lieutenant?«

»Nein. Ich gebe Ihnen Zeit, sich vorzubereiten.« Sie erwidert mein Lächeln und streckt die Hand aus. »Bisher haben Sie Glück gehabt, und vielleicht haben Sie wieder Glück. Unser Bezirksanwalt steht unter Druck, die beiden Schmidts so schnell wie möglich anzuklagen. Der Stadtrat will keinen Schauprozess, der die öffentliche Aufmerksamkeit auf unser Drogenproblem lenken würde. Wenn sich Deals machen lassen, werden sie Deals machen.«

»Und was ist mit Ihnen, Delia? Jetzt, da es vorbei ist, da der Druck weg ist, was kommt für Sie dabei raus?«

Delias schokoladenbraune Augen werden schmal, als ihr Mund sich zu einem breiten Lächeln verzieht. »Nun, wenn ich mich gleich von Ihnen verabschiedet habe, fahre ich los, um meinen Sohn Baseball spielen zu sehen.«

»Ihren Sohn?«

»Danny. Ich habe ihn für ein paar Wochen ins Baseballlager geschickt, und er scheint die Trainer beeindruckt zu haben. Er wurde eingeladen, in einer Sommerliga zu spielen. Er wird kreuz und quer durch den ganzen Bundesstaat reisen.«

Ihr Stolz auf ihren Sohn ist offensichtlich, sie fühlt sich wie ich, wenn Charlie sich durch einen schwierigen Absatz in *Unten am Fluss* liest.

»Auf längere Sicht«, fährt Delia fort, »hat die Stadt ein Drogenproblem, das angegangen werden muss. Bevor Nissan Stellen schafft.«

»Sie glauben wirklich, Sie könnten den Drogenkonsum in Baxter in den Griff kriegen? Das Zeug ist überall. Alles, was das Herz begehrt.«

»Da gebe ich Ihnen recht, aber laut unserem lieben Bürgermeister wird Nissan bei neuen Angestellten Drogentests durchführen.

Und wenn nötig werden sie Arbeitskräfte von auswärts anheuern. Dann würden die Menschen hier vor demselben Nichts stehen wie jetzt. Ich kann nicht zaubern, Git, aber ich habe nicht vor, rumzusitzen und aufs Beste zu hoffen. Ist schon seltsam … Sie haben Ihr ganzes Leben hier verbracht und können es kaum erwarten wegzukommen. Ich bin erst seit ein paar Jahren hier und Fan geworden. Ihnen und Ihrer Familie jedenfalls viel Glück. Ich wünsche Ihnen alles Gute.«

Einen winzigen Moment, so lang wie ein Blinzeln, denke ich, wir würden uns umarmen. Aber dann schüttelt Delia mir die Hand.

»Wenn es okay ist«, sagt sie, »würde ich mich gern noch von Charlie verabschieden.«

»Gute Idee, und vergessen Sie Ihre Dienstmarke nicht, wenn Sie gehen.«

Zwei Stunden später fahren wir auf der I-80 gen Osten. Charlie ist in ihren Kindersitz geschnallt und schläft fest. Mom sitzt neben mir. Wir haben nicht wirklich über die Ereignisse gesprochen, auch, weil Mom im Auto eingeschlafen war, was mich fast das Leben gekostet hätte. Ich kann immer noch die Kugeln an meinem Kopf vorbeizischen hören wie wütende Hornissen. Aber ich rechne nicht mit einer Entschuldigung – dafür ist meine Mutter nicht der Typ –, und als sie endlich spricht, bekomme ich auch keine.

»Ich erzähl dir was, das ich vor langer Zeit erlebt habe. Als ich ungefähr so alt wie Charlie war, hatte ich eine beste Freundin namens Sandy, die in derselben Straße lebte. Sie ...« Mom hält so abrupt inne, wie sie angefangen hat, ihr Blick huscht über ein Maisfeld am Highway. »Komisch, manche Dinge vergisst man nie. Man denkt, man ist drüber hinweg, aber das bin ich nicht und werd ich nie sein. Also, eines Nachmittags war ich drüben bei Sandy, wir haben mit ihrem neuen Welpen gespielt, und ihre Mom und ihr Dad fingen an, sich zu streiten. Sie waren beide besoffen, haben sich angeschrien und geschlagen. Sandy und ich waren daran gewöhnt und haben versucht, das Ganze zu ignorieren.« Wieder hält sie inne, fast eine Minute lang, und starrt aus dem Fenster. »Okay, ich mach's kurz, ich halt's nicht gut aus, darüber zu sprechen. Oder nur daran zu denken. Jedenfalls kam irgendwann der Punkt, an dem Sandys Mom es nicht mehr ertrug. Sie lief ins Haus und kam mit einem Gewehr raus und fing an, auf ihren Mann zu schießen. Hat ihn aber nicht getroffen. Sondern ihre Tochter. Ich stand zwei Meter daneben, und ich hab das Blut gesehen, als die Kugel aus Sandys Rücken kam. Ein rosa Nebel, der ihr bis zum Boden folgte, als würde er sie jagen.«

»Hör mal, Mom ...«

»Nein, lass mich zu Ende reden, Tochter.« Als ich nicke, fährt sie fort. »Sandys Mom und Dad fingen an zu schreien, standen über ihrer Tochter und starrten sie an, als hätten sie Angst, sie zu berühren. Ich glaube, sie war sofort tot. Als der Krankenwagen eintraf, war sie es jedenfalls. Und ich stand starr wie eine Statue, Git, als wären meine Füße am Boden festgenagelt. Hab kein Wort gesagt und wahrscheinlich nichts gedacht, bis viel später, als deine Oma kam und mich nach Hause holte. Dann habe ich so heftig angefangen zu zittern, dass Mom dachte, ich hätte einen Anfall. Und so ging es monatelang, immer wieder. Und selbst jetzt ist es manchmal wieder da, als könnte ich es nicht tief genug begraben.«

»Und so wird es mir auch gehen? Little Ricky und Augie werden immer wieder aus dem Nichts heraus auftauchen?«

»Genau, Git. Du musst weitermachen, du hast keine Wahl, aber manche Dinge gehen nicht mehr weg. Mit denen muss man einfach leben.«

Ich bin (k)ein anderer

Ein Nachwort von Marcus Müntefering

Ausgezeichnet, Sie sind bis hierhergekommen, ans Ende, und das bedeutet hoffentlich, dass Ihnen dieser Roman gefallen hat. Und vielleicht erhoffen Sie sich von diesem Nachwort, dass es Ihnen mehr verrät über den Autor von »Die Höfe«, der sich A.F. Carter nennt. Doch in diesem Fall muss ich Sie leider enttäuschen. Denn A.F. Carter ist ein Pseudonym, und mehr als dass sich hinter diesem Alias ein in den USA erfolgreicher Krimiautor verbirgt – ja, es handelt sich um einen Mann –, der in New York lebt, will er auch nicht von sich preisgeben. Nicht einmal, warum er inzwischen regelmäßig unter diesem Pseudonym veröffentlicht – »Die Höfe« ist sein zweiter Roman als Carter, in den USA ist mit »The Hostage« bereits ein weiterer erschienen – mag er verraten. Sie könnten also nur mutmaßen, raten, rätseln – und das bringt bekanntlich nicht viel. Trösten wir uns also damit, dass es ja in Teilen der Literaturkritik ohnehin gerade en vogue ist, Werk und Autor voneinander zu trennen.

Lassen Sie uns in diesem Nachwort an vier prominenten Beispielen ergründen, aus welchen Beweggründen Schriftsteller sich dafür entscheiden, für ein Buch (oder eine ganze Reihe von Romanen) einen anderen Namen als den eigenen zu wählen. Und darüber erzählen, wie diese Pseudonyme schließlich gelüftet wurden. Ich beschränke mich dabei weitgehend auf Krimiautoren, schließlich haben Sie sich mit Carter ja wahrscheinlich bewusst einen Vertreter dieses Genres ausgesucht.

Gründe, ein Pseudonym zu verwenden, gibt es im Überfluss – der Autor schämt sich für sein Werk, etwa weil es erotischer Natur ist; er ist ein notorischer Vielschreiber und sein Verlag tritt auf die Bremse; er ist schüchtern und mag nicht im Mittelpunkt stehen; er hat etwas zu verbergen; er muss Repressalien fürchten, etwa weil er in einem totalitären Regime lebt; er will die Freiheit genießen, jenseits der Erwartungen, die an ihn gestellt werden, zu schreiben. Oder genießt das allgemeine Rätselraten dort draußen – man mag sich doch nur allzu gern die Bestsellerautorin Elena Ferrante vorstellen, wie sie in ihrer Villa über dem Golf von Neapel sitzt und sich über all die aufgeregten Theorien amüsierte, die jahrelang die Runde machten.

Während Ferrantes wahre Identität bis heute nicht zweifelsfrei feststeht, sind viele andere Autoren sehr früh aufgeflogen. In einem recht bekannten Fall sogar schon vor der Veröffentlichung des Romans. Richard Price, Autor von »Clockers« und »Cash« sowie zweifach oscarnominierter Drehbuchautor, schrieb 2015 an »The Whites« (deutsch: »Die Unantastbaren«), und weil dieser Roman anders werden sollte als seine anderen, sehr ambitionierten Werke – »ein temporeicher, handlungsgetriebener Krimi«, schwebte ihm vor, und schnell sollte es gehen –, beschloss Price, für »The Whites« selbst ein anderer zu werden, ein gewisser Harry Brandt. Doch je länger Price an seinem Roman arbeitete, umso evidenter wurde: Er blieb dabei immer Price. Er hatte gehofft, dass er sich einfach an einigen Genrekonventionen entlanghangeln könnte, schickte diese Regeln aber bald zum Teufel.

Irgendwann dann wünschte er sich, dass er Harry Brandt nie erfunden gehabt hätte; und als das Buch in den USA schließlich auf den Markt kam, stand auf dem Titel von »The Whites« »Richard Price writing as Harry Brandt«, was allgemein für Irritation sorgte.

Denn der Roman ist ein typischer Price, sehr New York, sehr komplex, mit einem tiefen Verständnis für die Ambivalenzen urbanen Zusammenlebens unterschiedlicher Gesellschaftsschichten. Sein deutscher Verlag S. Fischer ließ konsequenterweise das Pseudonym fallen, veröffentlichte »Die Unantastbaren« einfach als neuen Richard Price. Das Buch gewann 2016 den Deutschen Krimipreis. Seitdem hat Price keinen weiteren Roman geschrieben, was aber, so darf man hoffen, mehr mit seiner Arbeit fürs Fernsehen – er adaptierte unter anderem Stephen Kings »The Outsider« für HBO – zu tun hat, als mit den Irrungen und Wirrungen rund um sein gescheitertes Pseudonym. R.I.P. Harry Brandt.

Ein einfacher Co-Krimi hatte »The Whites« werden soll, und Price hatte sich dafür Ed McBain zum Vorbild genommen. Dieser brillante Schnell- und Vielschreiber hat das Genre vielleicht nicht erfunden, setzt aber mit seinen zwischen 1956 und 2005 entstandenen, 55 Romanen über die Cops des 87. Polizeireviers in einer ungenannten Stadt, die natürlich New York City ist, bis heute die Standards für den modernen Polizeiroman.

Ed McBain, ein Name, so tough, so rough – als Name für einen Krimiautor eigentlich zu gut, um wahr zu sein. Und tatsächlich ist er es auch nicht. McBain wurde 1926 als Salvatore Albert Lombino geboren. Doch als er sich Mitte der Fünfzigerjahre Ed McBain nannte, hieß er schon ein paar Jahre lang auch offiziell nicht mehr Lombino, sondern Evan Hunter. Ein super amerikanisch klingender Name, den er wählte, weil er besser fürs Geschäft war, seine Kurzgeschichten unter dem eigenen Namen hatten sich mäßig verkauft. Italienische Autoren galten als Kassengift, bis Mario Puzo 1969 mit »Der Pate« einen Überraschungsbestseller hatte. »Ich habe früh in meiner Karriere damit begonnen, unterschiedliche Pseudonyme zu verwenden«, erzählte McBain einmal. »Damals verdiente ich einen Viertel Cent pro Wort und musste sehr viel schreiben, um davon leben zu können. Manchmal waren drei oder vier Geschichten von mir in einem einzigen Magazin, ohne dass der Redakteur eine Ahnung davon hatte.«

Als Evan Hunter hingegen stellte sich der Erfolg bald ein, schon sein Romandebüt »Die Saat der Gewalt« wurde ein Erfolg (wie wenig später auch die Verfilmung von Richard Brooks), und Hunter arbeitete später mit Alfred Hitchcock an »Die Vögel«. Als Hunter mit der Reihe über das 87. Polizeirevier begann, beschloss er, sich Ed McBain zu nennen, weil, wie er sagte, »Krimis damals keinen guten Ruf hatten«.

Doch es sollte nicht bei Hunter und McBain bleiben: als Curt Cannon schrieb er weitere Kriminalromane, für seine Ausflüge in die Science-Fiction nannte er sich gern Hunt Collins, als Richard Marsten schrieb er unter anderem Jugendbücher, und unter dem Pseudonym Dean Hudson sollen annähernd einhundert erotische Geschichten erschienen sein.

Wie Ed McBain bei diesem enormen Output und den vielen Pseudonymen den Überblick und seine geistige Gesundheit behalten konnte, wäre eine literarische Forschungsarbeit wert. Tatsache ist aber, dass sein Werk, was Quantität und Qualität angeht eigentlich nur mit dem des Kommissar-Maigret-Erfinders Georges Simenon zu vergleichen ist, der wiederum seinerseits unter diversen Pseudonymen – eines davon lautet Georges Sim und ist ein beliebtes Lösungswort in Kreuzworträtseln – veröffentlichte, darunter auch echten Schund.

Aber bleiben wir in den USA, in New York City, und kommen noch einmal auf das Thema »geistige Gesundheit« zu sprechen. »Das Verhältnis zwischen einem Schriftsteller und seinem Pseudonym ist komplex, vor allem dann, wenn das *Alter Ego* sich weigert, aufzutauchen«, hat Donald E. Westlake 2001 in einem Artikel für die »New York Times« geschrieben. Er erzählt darin, wie er 40 Jahre zuvor angefangen hatte, eine Reihe von Romanen zu schreiben, die ihn weltberühmt machen sollte. Allerdings nicht unter seinem eigenen Namen, sondern als Richard Stark. Zwei Dutzend Romane um den skrupellosen Verbrecher Parker veröffentlichte Westlake/Stark zwischen 1961 und 2008, dem Jahr in dem er starb. Und so wie McBain den Polizeikrimi unwiderruflich geprägt hatte, wurde Stark der *godfather* des – in Ermangelung einer besseren Bezeichnung – Berufskriminellengenres, das heute etwa der Australier Garry Disher (der übrigens nie ein Pseudonym benutzt hat) mit seiner »Wyatt«-Reihe bestens bedient.

Erfunden hatte Westlake sein *Alter Ego* Stark, weil er zu viel schrieb, um alles unter demselben Namen zu veröffentlichen (ein typisches Verlegerargument). Dass die Parker-Romane so erfolgreich wurden, überraschte ihn selbst, und es fühlte sich seltsam für ihn an, dass sein Pseudonym bald bekannter war als sein echter Name. Doch dann, Mitte der Siebziger, verschwand Stark einfach – Westlake bekam als Stark keinen geraden Satz mehr zustande, egal was er versuchte. Rund zwanzig Jahre dauerte dieser Zustand an – eine Zeit, in der eine ganze Reihe Nicht-Parkers veröffentlichte, einige davon übrigens unter weiteren Pseudonymen. Eine partielle Schreibblockade – das klingt schon ein wenig schizophren.

Möglicherweise wäre Stark nie wieder aufgetaucht, wenn da nicht die Geschichte mit Stephen Frears passiert wäre. Der britische Filmemacher engagierte Westlake, um das Drehbuch für die Jim-Thomson-Verfilmung »The Grifters« zu schreiben. Nur dass er nicht Westlake im Team haben wollte, sondern Stark. Und auch wenn

Westlake schließlich durchsetzen konnte, dass er unter seinem Geburtsnamen im Abspann aufgeführt wurde, brachte die Arbeit mit Thompsons Roman am Ende doch Richard Stark wieder zum Vorschein. Einige Jahre danach, 1997, gab es endlich einen neuen Parker – einzig möglicher Titel natürlich: »Comeback« (auf Deutsch etwas blumiger: »Verbrechen ist Vertrauenssache«).

Westlake/Stark hat bis heute unzählige Bewunderer, und der bekannteste unter ihnen ist sicherlich Stephen King. Jeder neue Roman von ihm sei ein Grund glücklich zu sein, sagte King einmal. Und dann schrieb er seinen Bestseller »The Dark Half« und nannte seinen Bösewicht ausgerechnet George Stark. »The Dark Half« gehört zu Kings furchterregendsten Romanen. Hier entwickelt sich ein Pseudonym zu einer realen Bedrohung. Thad Beaumont, wie King selbst trockener Alkoholiker – ist mit seinen eigenen Romanen wenig erfolgreich, schreibt aber seit Jahren als George Stark Bestseller über einen psychopathischen Killer. Als das Pseudonym kein Geheimnis mehr ist, beschließt er, in einer Pseudozeremonie sein ohnehin ungeliebtes *Alter Ego* zu begraben. Es gibt nur ein Problem: Stark weigert sich zu sterben und richtet fortan reichlich Unheil an.

King hat in »The Dark Half« nicht nur Westlake/Stark eine Reminiszenz erwiesen, sondern auch seine eigene Geschichte verarbeitet: Zu Beginn seiner Karriere, zwischen 1977 und 1984, veröffentlichte er fünf Romane unter dem Pseudonym Richard Bachman, der Nachname leitet sich von der Rockband *Bachman Turner Overdrive* ab, der Vorname – Überraschung! – von Richard Stark. Es sollte einige Jahre dauern, bis das Pseudonym gelüftet werden würde – die heißeste Spur war, dass King seine Bachman-Bücher Menschen widmete, die ihm nahestanden. Für King war das Pseudonym zunächst eine Art Spiel, auch ein Versuch zu schauen, ob er ohne seinen Namen, der seit »Carrie« und »Shining« eine Bestsellergarantie war, Erfolg haben würde. Ein Spiel, das Spaß machte, aber wenig Ertrag brachte: Die Verkäufe waren moderat, bis das Pseudonym schließlich aufgedeckt wurde und sich die Verkaufszahlen schnell verzehnfachten. Als das Spiel dann nicht mehr lustig war, Mitte der Achtziger, ließ King seine Erfindung Bachman an einem Gehirntumor sterben. Würde er eines Tages zurückkehren wie Richard Stark für Donald Westlake oder George Stark für Thad Beaumont? In einem Vorwort zu einem US-Sammelband der Bachman-Romane ließ King die Frage noch offen. Aber natürlich, 1997 und 2007 wurden zwei weitere Bachmans veröffentlicht.

Es gäbe noch unendlich viele weitere Geschichten über Schriftsteller und ihre *Alter Egos* zu erzählen. Nur leider ist kein Platz mehr für John Banville und seinen »bösen Bruder« Benjamin Black, für Julian Barnes, der bis heute nicht auf seine Krimireihe um den schwulen Ex-Cop Nick Duffy angesprochen werden will, für den wiederum homosexuellen Feingeist Gore Vidal, der als Edgar Box toughen Macho-Pulp schrieb, und auch nicht für Joanne (J.K.) Rowling (das K. ist übrigens frei erfunden, weil Rowlings Verleger meinte, ein Frauenname könne potenzielle Fantasy-Leser abschrecken) und die Aufdeckung ihrer Zweitkarriere als Autorin der Cormoran-Strike-Krimis unter dem Männernamen Robert Galbraith, eine Geschichte, die fast so spannend ist wie ein Thriller.

Aber vielleicht ergibt sich demnächst eine Gelegenheit für eine Fortsetzung? Vielleicht wenn der Polar Verlag »The Hostage« veröffentlicht, die Fortsetzung von A.F. Carters »Die Höfe«, die ein Wiedersehen mit der kaputten, bedrohten, bedrohlichen Kleinstadt Baxter und ihrer eigenwilligen Polizistin Delia Mariola bietet.